명주 여자 박연화

정 종 숙
역사소설

명주 여자

박연화

동연

머리말

　「삼국사기」 권10, 신라본기10, 원성왕 즉위년 기사에는 박연화의 아들 김주원이 알천의 다리를 건너지 못해 왕이 되지 못한 것으로 나온다. 과연 그럴까? 기록에 감춰진 것은 무엇일까? 그 단서를 추적하다 보면 박연화의 삶과 마주하게 된다.

　8세기 통일신라 시대 강릉지역 토호의 딸 박연화와 신라 왕족 무월랑 김유정은 지리적인 거리만큼 신분의 격차도 컸다. 엄격한 골품제의 나라 신라에서 명주 땅의 박연화는 무월랑과 어떻게 사랑의 결실을 맺은 걸까?

　무월랑이 명주로 간 시기는 〈헌화가〉, 〈해가사〉의 주인공 수로부인이 명주로 가던 길에 납치사건이 일어난 때와 같은 시기다. 그 시대 명주 땅에선 대체 무슨 일이 있었을까? 왕권 강화에 반대하는 신라 귀족들의 저항과 권력투쟁 그리고 왜국까지 오간 신라 해적. 유교적 질서가 유입되면서 집 밖에서 집 안으로 축소된 1,300년 전 여성의 사회적 지위. 박연화는 그 굴레에서 벗어나기 위해 어떻게 시대와 맞장 뜨며 자신의 삶을 찾고, 사랑을 찾아갔을까?

　자신을 가둔 시대의 요구를 박차고 나와 자신이 원하는 삶을,

자신이 원하는 사랑을 찾아가는 연화 낭자의 위대한 여정.

그리고 그 혁명에 불을 지핀 한 남자의 이야기!

짧은 기록 속에서 만난 1,300여 년 전 명주 여자 박연화의 삶을, 그 시대의 이야기를 많은 사람들과 나누고 싶었다.

정종숙

차례

1

춤추는 돌탑

칠흑 같은 밤이었다. 혼자였다. 깊은 산속의 밤은 도시의 불빛에 익숙한 나를 완전히 다른 세계로 이끌었다. 밤하늘은 오직 별들의 것이었다. 고개 들어 하늘을 올려다본 것이 언제였더라…. 기억조차 가물가물한데 별을 보니 답답하던 가슴이 절로 부풀어 올랐다.

"안녕. 참 오랜만이네. 넌 거문고자리지. 그럼 넌…?"

점점이 떠 있는 무수한 별들 가운데 유독 눈길이 가는 별이 있었다. 거문고자리에서 푸른색으로 빛나는 가장 밝은 별, 직녀성이다. 나는 여름철 우리 하늘에 나타나는 직녀성을 정말 좋아한다. 한때는 별 사냥꾼처럼 별을 보기 위해 전국을 돌아다닌 적이 있다. 그것도 시간에 쫓기고 마감에 쫓기며 밥벌이를 해야 하는 처지가 되면서 누릴 수 없는 사치가 되어버렸지만.

'김우주. 이게 뭐니. 이름값도 못 하고 살았네.'

또다시 별이 나를 일깨운다. 지금 내 눈에 포착된 저 별은 태양

계에서 25광년 떨어진 곳에서 빛의 속도로 달려와 지구별의 나에게 도착한 것이다. 무려 25년을 달려 온 그 별빛 아래 지금, 나는 서 있다. 별을 본다는 것은 나의 존재가 그 자체로 하나의 우주가 되는 것이다. 별을 본다는 것은 그 무한의 시간 앞에서 나는 어떤 존재인지를 깨닫는 것이다. 별을 본다는 것은, 별을 본다는 것은…. 그러므로 나에겐 그 자체로 간절한 삶의 이유가 되어주기도 한다.

오랜만에 머리가 맑아졌다.

별이 내게 준 선물은 또 있었다. 들뜬 기분으로 별을 헤아리는데 별똥별 하나가 긴 꼬리를 그리며 떨어지고 있었다. 나는 오래된 습관처럼 두 손을 모으고 별똥별의 떨어지는 곡선에 소원을 빌었다.

스물일곱 내 인생에서 별똥별을 제대로 본 것은 딱 세 번이다. 세 번 다 무언가 간절할 때였다. 나의 첫 별똥별은 아버지의 암 수술을 앞둔 때였고, 두 번째는 취업을 앞두고 면접 결과를 기다리던 어느 초겨울이었으며, 오늘이 그 세 번째다.

"우주 씨, 계속 이러면 곤란한데. 다시 쓸 수 있겠어?"

하필이면 왜 별똥별을 본 그때 박 감독의 빈정대던 말이 떠올랐을까. 며칠 전 박 감독이 내게 건넨 원고 뭉치는 이미 다섯 번이나 고쳐 쓴 뮤지컬 대본이었다. 그런데 또 퇴짜를 놓았다. 박 감독의 손에 난도질당한 원고는 빨간 펜으로 죽죽 그어 댄 X자로 피투성이가 되어 있었다. 꾹, 누르고 있던 화가 폭발했다.

"무슨 이런 개 같은 경우가 다 있어요. 고쳐야 할 곳이 있다면

조목조목 짚어가며 지적해야지, 빨간 펜으로 온통 난도질 쳐놓고
도 모자라 다짜고짜 빈정거리는 이유가 대체 뭔가요. 모욕주려고
일부러 그러는 거죠, 아니면 작가 인내심 테스트하는 건가요. 여성
탐정의 심리를 알긴 하냐고요? 왜 주인공이 그러는지, 무엇 때문
에 위험을 무릅쓰고 그 사건에 매달리며 추적하는 건지 아냐고요?
여성에 대해 모르면 공부라도 좀 하고 지적질을 해 주세요. 제발!"

그동안 구질구질하게 쌓아둔 감정을 모두 쏟아내고 나자 되레
차분해졌다.

"나는 여기서 쫑할 테니 감독님 당신이 마저 쓰세요."

이제 당신이 의뢰하는 대본 따위는 절대 쓰지 않겠다는 태도로
사무실을 박차고 나왔다. 나의 소심한 복수였다. 잘했어, 잘했다
고, 마음속으로 되뇌었지만 딱 거기까지였다. 몇 발짝도 못 가 후
회가 밀려왔다. 박 감독이 쫓아 나와서 붙잡았더라면 못 이기는
척 사무실로 돌아갔을지도 모른다. 당장 일거리가 필요했으니까.
그러나 그런 일은 일어나지 않았다.

깊은 한숨을 몰아쉬며 밤새 뒤척였다. 상처로 너덜너덜해진 내
자존감은 끝이 보이지 않는 깊은 수렁으로 빠져들었다. 그대로 있
으면 꼭 무슨 짓을 저지를 것만 같았다. 동이 트자마자 짐을 쌌다.
목적지를 정하지 않고 무작정 떠나온 길. 그 길 끝에서 강릉 만월
산 자락의 용연사에 발이 닿았다. 그리고 그 절집 마당에서 별똥
별을 만난 것이다.

'다시 돌아갈 수 있을까…. 그래, 돌아갈 수 있을 거야.'

별똥별의 효과였는지 아닌지, 나는 모른다. 다만 신기하게 지

옥처럼 들끓던 감정이 누그러지며 눈꺼풀이 무거워졌다. 지난밤 이루지 못한 잠이 물밀듯이 밀려왔다. 이젠 푹 잘 수 있겠다 싶어, 마당을 가로질러 방으로 들어가려는데 무언가가 휘~이익!, 소리를 내며 하늘에서 떨어졌다. 뭐지?, 거의 동시에 퇴짜 맞은 원고와 함께 수렁에 처박혔던 나의 호기심이 불쑥 치솟았다. 재빨리 소리 나는 쪽으로 다가갔다. 대웅전 마당의 돌탑 앞. 조금 전 내가 별똥별을 보았던 바로 그 돌탑 앞에 떨어져 박힌 것은 다 타지 못한 채 낙하한 별똥별의 파편, 운석이었다.

바닥 친 나의 자존감을 찾아서 용연사 절집에 불시착한 날, 우주에서 지상으로 떨어진 혜성의 파편이, 그것도 내가 보는 앞에서 절집 마당에 불시착한 건 단순한 우연일까. 우연이라면 이런 기막힌 우연이 또 어디에 있을까.

흥분으로 쿵쾅대는 가슴을 겨우 진정시키고 운석을 파냈다. 제법 컸다. 운석이 떨어지는 현장에서 직접 목격하는 행운을 누리는 것이 도무지 믿어지지 않았다. 아직은 따뜻한 운석을 보고 또 보고 만지고 쓰다듬었다. 그러다 요 정도쯤이야 싶어 번쩍 들어 올리려고 했지만, 이 땅에 뒹구는 같은 크기의 돌과는 급이 다른 무게였다. 결국 운석을 잡고 끙끙대다가 돌탑 앞에 털썩 주저앉고 말았다.

그때였다. 내 눈앞에 신기한 일이 일어난 것은 분명히, 그때였다. 별빛 아래 반짝이던 돌탑이 빙글빙글 춤을 추기 시작했고, 웡웡거리는 이상한 소리와 함께 누군가 나를 부르며 달려왔다. 낯선 목소리였으나, 또 많이 듣던 익숙한 목소리이기도 하다. 내가 흔들리는 건지 돌탑이 흔들리는 건지 알 수 없었지만, 여하튼 돌탑이 빙빙, 밤하늘의 별들이 빙빙 춤을 추며 돌아갔다.

"낭자!"

누군가 깨우는 소리가 햇살에 얹혀 눈부셨다. 머리는 상쾌하고 몸은 날아갈 듯이 가벼웠다. 그런데 정신을 차리고 보니 용연사 대웅전 마당의 돌탑 앞, 어젯밤 그대로다. 아니, 아니었다. 날이 밝아 아침이 되었고 그것도 잠자리에 예민한 내가 돌탑 앞에 큰 대자로 팔다리를 벌리고 누워 있었다. 밤새 이러고 있었다고? 내가? 한바탕 꿈을 꾼 듯 비현실적이고 이상한 아침이다.

"낭자, 이제 정신이 좀 드십니까?"

나를 흔들어 깨운 건 용연사 스님이었다.

"죄송합니다, 스님. 제가 술을 먹은 게 아니라 어젯밤 별을 보다가 그만…."

스님은 이미 다 알고 있으니 안심하라는 듯 고개를 끄덕이며 말했다.

"소승도 밤하늘 별빛에 취하기도 한답니다, 낭자."

스님의 친절에도 불구하고 창피한 마음에 서둘러 그 자리를 피하고 싶었다.

"스님, 그럼 저는 이만 가보겠습니다."

"갈 때 가더라도 아침 공양은 드시고 가야지요."

스님이 빙긋 웃으시며 덧붙여 말했다.

"이미 아침 공양 준비해놓았으니 방으로 가시지요."

"저는 아침 안 먹는데…."

그저 둘러댄 빈말이 아니었다. 밥벌이를 시작한 뒤 나는 삼시

세끼를 제때 챙겨 먹어본 적이 없다. 아침은 커피 한 잔이 전부였다. 먹는 것에 공들이지 않았다. 대충 먹고, 열심히 살았다.

"안 됩니다. 용연사에선 아침 공양, 꼭 드셔야 합니다."

거절하기 힘든 단호한 말투였다. 더 이상 거절할 수 없어 스님을 따라 공양간으로 향했다. 그런데 참 이상한 일이었다. 돌탑에서 멀어지자 느닷없이 추위가 몰려왔다. 그것은 나에게 일어날 놀라운 일의 시작에 불과했다. 이건 뭐지?, 눈앞의 세상이 온통 한겨울로 바뀌어 있다. 초록이 무성해야 할 절집의 나뭇가지는 앙상하고, 절집을 오가는 스님들의 옷차림도 모두 겨울 승복이다.

'어, 내 옷도 반팔이 아니네.'

분명히 어젯밤 반팔을 입고 있었는데 이제 보니 나도 두툼한 누비옷을 입고 있다. 영문을 알 수 없는 노릇이었다. 하룻밤 사이 계절이 한여름에서 한겨울로 바뀔 수는 없지 않은가.

"스님!"

뭔가에 홀린 듯 스님을 불러 세웠다.

"예, 낭자."

"저는 잠시⋯."

꼭 다시 그곳에 가봐야 할 것 같았다.

"어디 좀 들렀다가 공양간으로 가겠습니다."

스님께 허락을 구한 뒤 나는 곧장 대웅전 돌탑으로 달려갔다. 그러나 아까 본 그 돌탑도 겨울 풍경 한가운데 서 있다. 유일하게 내 기억 속의 풍경과 같은 것은 탑 앞에 박혀 있는 제법 큰 돌뿐이다. 어젯밤 내가 본 운석과 비슷한 크기의 돌이다.

꿈을 꾼 것인가. 꿈이라면 꿈속에서 본 것은 무엇이고, 여긴 또 어딜까? 하지만 꿈이라고 하기엔 주변 풍경이 너무나 익숙하다.
마치 오래전부터 여기에 살았던 사람처럼. 이런저런 생각으로 머
릿속이 터질 듯 복잡했다.

"스님!"
그때 말을 타고 달려온 누군가 절 입구에서 내리며 소리쳤다.
뒤이어 금성에서 온 전령이라는 소리가 들려왔다.
"무슨 일인가? 연화 부인께 무슨 일이 생겼는가?"
큰스님이 직접 전령을 맞이했다.
"연화 부인께서 이 편지를 전하라고 하셨습니다. 큰스님을 급
히 모셔오라고 하시면서."
"알았네. 내 떠날 채비를 하겠네."
전령이 금성에서 가져온 연화 부인의 비밀편지. 나의 특별한
시간여행은 바로 그 편지에서 시작됐다.

왕의 다리

용연사 큰스님 일행이 금성에 도착한 것은 785년 정월. 신라가
고구려와 백제를 무너뜨리고 삼국을 통일한 지 100년이 훌쩍 지
난 해다. 통일신라의 수도는 눈부시게 화려했다. 기와를 올린 큰
저택들이 즐비했다. 신라인들이 자부하는 불국토(佛國土)답게 금성
에는 절들이 뭇 별처럼 흩어져 있었으며 탑들은 기러기가 줄지어
나는 듯했다. 바둑판 모양으로 잘 정돈된 도시에서 절의 높은 탑
들은 이정표 구실을 해주었다. 신라 왕궁에서 시작된 금성의 남북

대로는 도시를 동서로 가로질러 흐르는 알천까지 이어졌다. 연화 부인의 저택은 알천에서 북쪽으로 20여 리 떨어진 곳에 있었다. 통일 후 도시가 확장되면서 새롭게 형성된 신라 귀족들의 고급 주택단지였다.

"이제 다 왔네. 다들 고생이 많았네."

일행이 막 마을 입구에 들어설 때 구슬픈 나팔 소리가 알천의 물안개 사이로 울려 퍼졌다. 큰스님이 멈춰 섰다. 바람에 실려 오는 나팔 소리를 쫓던 큰스님의 눈길이 알천의 남쪽으로 향했다. 신라 왕궁이 있는 곳이다.

"왕궁에서 나팔을 부는 거라면… 큰일이 생긴 거 아닐까요?"

동행한 행자 스님이 걱정스럽게 말했다.

"나무관세음보살. 왕께서 승하하셨나 보네."

큰스님은 신라왕의 죽음을 알리는 부음이란 걸 단번에 알아챘다. 왕이 위독하니 급히 와달라고 하는 연화 부인의 편지를 받고 금성에 온 것이었다. 큰스님과 달리 행자 스님은 모든 것이 어리둥절했다. 큰스님이 따라나서라는 말에 영문도 모른 채 금성까지 왔고, 얼떨결에 연화 부인의 저택에 온 것이다.

"먼 길 오시느라 고생하셨습니다."

저택에 들어서자 머리가 희끗희끗한 노부인이 마당으로 달려 나와 큰스님을 맞이했다. 연화 부인이었다.

"주원 공께 큰스님 오셨다고 전해라."

연화 부인이 하인에게 지시를 내리자마자 김주원이 안채에 들어섰다. 김주원은 연화 부인의 아들이다. 남편은 몇 해 전 세상을 떠났고, 분가해 살던 아들 김주원이 홀로 남은 어머니를 모시기 위해 저택으로 돌아와 함께 살고 있었다.

"스님, 일찍 도착하셨군요. 내일쯤 오실 거라 여겼는데."

"서둘러 온다고 왔습니다만 알천을 건널 때 나팔 소리를 들었습니다."

큰스님의 눈길이 김주원의 상복 차림에 가 닿았다.

"궁에 들어가시려고요?"

"네, 스님. 궁에서 기별이 와 어머니께 인사드리고 가려던 참이었습니다."

"주원 공, 혹여 궁으로 가는 길을 막는 자가 있을지도 모릅니다. 꼭 호위무사를 거느리고 가셔야 합니다."

이심전심이었는지 큰스님의 당부에 연화 부인이 고개를 끄덕이며 말했다.

"주원 공, 큰스님 말씀 명심하시게."

"네, 염려 마세요. 소자 다녀오겠습니다."

연화부인과 큰스님이 대문 밖으로 나와 김주원을 배웅했다. 궁으로 가는 아들의 뒷모습을 지켜보는 연화 부인의 얼굴에 만감이 서렸다. 연화 부인은 신라 귀족들이 변방 취급을 하는 명주 지역 출신이었다. 고향을 떠나 금성에 온 뒤로 하루도 마음 편한 날이 없었던 그녀였다. 살얼음판 위를 걷듯이 아슬아슬 헤치고 살아온 지난 세월이 주마등처럼 스쳐 갔다.

"부처님께 비나이다. 부디 우리 주원 공이 무사히 궁에 도착할 수 있게 도와주세요."

연화 부인은 저택에 모셔놓은 불상 앞에서 간절히 기도했다.

그 사이 소나기가 쏟아졌다. 부슬부슬 내리던 겨울비는 어느새 장대비로 바뀌었다. 빗줄기를 지켜보던 큰스님 얼굴빛이 어두워졌다.

그 시각 신라 왕궁에선 긴급 화백회의가 열리고 있었다. 신라에선 화백회의를 통해 국가의 중대사를 의논하고 결정한다. 화백회의에는 20명 정도의 진골 귀족이 참여했으며 의장을 상대등이라 불렀다. 제37대 신라왕인 선덕왕(재위기간 780년~785년)이 재임 5년 만에 죽자 다음 왕을 정하는 화백회의가 열린 것이다.

"제가 김주원 공을 새 왕으로 추천하는 이유는 다들 아실 겁니다."

가장 끝자리에 앉아 있던 귀족 박희철이 김주원을 추천했다. 그러나 그의 말에 동조하는 사람은 없었다. 다들 눈치만 볼 뿐이다.

"모두 왜 꿀 먹은 벙어리가 되셨습니까. 주원 공은 태종 무열왕의 6대손입니다. 승하하신 왕께서 후사를 남기지 못하셨으니 주원 공이 왕위계승 1순위가 아닙니까."

그때 상대등 김경신이 나섰다.

"진정하세요. 그래서 지금 주원 공이 오시길 기다리고 있지 않습니까."

상대등이 답답하다는 듯 귀족들을 둘러보며 말했다.

"아직 주원 공 소식은 없습니까?"

"감감무소식, 아, 아닙니다."

상대등의 오른쪽에 앉아 있던 귀족이 말을 하다 말고 문 쪽을 쳐다봤다. 누군가 회의장에 급히 들어서는 것을 본 것이다. 상대등의 비서였다. 회의장의 모든 시선이 그쪽으로 쏠렸다.

"어찌 되었나? 주원 공은 도착했는가?"

상대등이 먼저 물었다.

"변이 생겼다고 합니다."

"변이라니? 그게 무슨 말인가?"

"갑자기 장대비가 쏟아지는 바람에 주원 공께서 발이 묶였다고 합니다."

그 말에 회의장이 술렁댔다.

"이거, 이거 큰일입니다. 갑자기 장대비가 쏟아진 것도 이상하다 싶었는데, 그 비에 주원 공의 발이 묶이다니요."

"이 모든 것이 다 하늘의 뜻인 것 같습니다."

"그러게요. 하늘의 뜻이 다른 사람에게 있는 게 아니겠습니까."

국가 중대사를 결정하는 회의에서 '하늘의 뜻'이 등장했다. 왕은 하늘이 내리는 지위라며 상대등의 측근들이 나서서 분위기를 몰아갔다. 다들 그 말에 동조하는 분위기였다. 의문을 제기하는 사람은 단 한 명뿐이었다.

"이 정도 비에 주원 공의 발이 묶이다니요? 누가 발을 묶은 게 아니고요?"

회의장 끝자리의 박희철이었다.

"공께선 어찌 그리 불경스런 말을 입에 담을 수 있습니까?"

상대등 측근이 박희철을 향해 쏘아붙이자 여기저기서 벌떼처럼 일어나 한마디씩 보탰다.

"누가 감히 그런 짓을 저질렀다는 것입니까?"

"희철 공, 어디 말 좀 해보세요."

"희철 공도 다 아시지 않습니까. 알천이 범람한 게 어디 한두 번 있는 일입니까."

"공께선 알천의 상황을 알고도 그런 말을 하는 거요?"

화백회의 귀족들은 박희철이 항변할 틈을 주지 않고 몰아갔다.

알천의 잦은 범람은 누구도 부인할 수 없는 사실이었다. 큰비가 올 때마다 알천의 물이 넘쳐 피해가 컸다. 어느 해엔 알천의 물이 넘쳐 집이 떠내려가고 금성의 북문이 무너지기도 했고, 또 어느 5월에는 주변 마을이 물에 잠겨 집이 200여 채나 떠내려갔으며, 민가 3만 360호가 수몰되고 200여 명이 죽는 대참사가 일어나기도 했다. 금성 사람들에게 알천의 범람은 국가적인 재앙이었다. 달리 말하면 그것은 사람의 힘으로 어쩔 수 없는, 하늘의 뜻이었다. 그러니까 상대등의 측근이 말한 '하늘의 뜻'은 금성 사람들에겐 단순한 정치적 수사가 아니었다. 단숨에 민심을 뒤흔들 수 있는 강력한 힘을 가진 말이었다.

"이게 다 하늘의 뜻입니다."

"맞습니다."

"여기에 상대등이 계십니다. 하늘의 뜻이 상대등께 닿은 게 분명합니다. 그렇지 않습니까?"

상대등을 지지하는 무리가 화백회의 분위기를 주도했다. 모두 짜고 기다렸다는 듯이 상대등 김경신을 왕으로 추대하고 일사천리로 통과시켰다. 화백회의는 구성원 모두 찬성해야 결정되는 만장일치제로 운영되기 때문에 상대등 측근들은 대놓고 박희철을 압박했고, 날이 밝아오자 박희철도 더 이상 버티지 못하고 찬성표를 던지고 만 것이다. 이로써 다음 왕위는 상대등 김경신에게로 넘어갔다. 왕위계승 2순위의 김경신이 하늘의 뜻을 내세워 김주원을 제치고 제38대 신라왕(원성왕)이 되었다.

암흑천지였다. 연화 부인의 배웅을 받으며 저택을 나섰던 김주원은 그 시각 동굴에 감금되어 있었다. 김주원이 검은 복면을 쓴 자들에게 급습을 당한 것은 그들 일행이 막 알천을 건너려고 할 때였다. 장대비로 바뀌긴 했으나 그때만 해도 충분히 다리를 건널 수 있는 상황이었다. 하지만 김주원이 선두의 호위무사와 함께 다리에 들어서는 순간 자객들이 다리 밑에서 솟구쳐 올라 김주원을 공격했다. 동시에 매복하고 있던 또 다른 자객들이 다리 입구를 막아섰다. 미리 계획한 듯 퇴로까지 차단한 것이다. 그 사이 호위무사들이 인간방패가 되어 김주원을 에워쌌다. 그러나 중과 부족이었다. 자객의 칼에 호위무사들은 차례로 쓰러졌고, 김주원은 납치되고 말았다.

"너희들은 누구냐? 대체 누가 시킨 것이냐?"

자객이 그의 머리에 두건을 씌우자 김주원이 발버둥 치며 소리쳤다.

"김경신이 시켰느냐?"

"…."

약속이라도 한 듯 자객들은 아무런 대꾸도 하지 않았다. 긍정도 부정도 하지 않고 침묵할 뿐이었다. 그들이 할 일은 김주원을 납치해 동굴에 감금해 놓으면 된다는 듯이.

두 팔은 묶였고 머리엔 두건이 씌워져 칠흑 같은 어둠 속이었다. 김주원은 꼼짝할 수도 없었지만 그래도 포기하지 않았다. 여기서 탈출해 반드시 궁으로 가야 한다고 생각했다. 그러나 동굴에

감금된 지 얼마 안 돼 그만 정신을 잃었다. 결박을 풀려고 발버둥
치다가 동굴 벽에 머리를 부딪친 것이다.

"너는 먼저 명주로 출발해라."
"예, 근데 스승님께서는 안 가시고요?"
큰스님의 말에 행자 스님이 물었다.
"나도 곧 뒤따라갈 것이다."
"그럼 소승은 바로 출발하겠습니다."
"그래, 이 길로 곧장 가야 한다. 딴 데로 새지 말고."
"스승님은 참, 제가 아직도 아이인 줄 아십니까."
"그래 알았다. 도착하는 대로 작은 스님께 전해라, 연화 부인
모실 준비 해놓으시라고. 그럼 아실 것이다."
"예. 스승님."
그 어렵다는 스승에게 행자 스님이 떼쓰는 아이처럼 구는 데는
나름의 이유가 있었다. 젖먹이 때 부모 잃은 어린 행자를 용연사
로 데려가 직접 똥오줌 씻어가며 키운 분이 큰스님이다. 그러다
보니 불법의 길로 이끌어주신 스승이기도 하지만 큰스님은 때로는
행자에겐 아버지였고 어머니였다. 종종 아버지와 아들처럼 티격태
격할 때가 있어 남들 눈에는 땡중처럼 보이는 행자의 버릇없는 말
투에도 큰스님은 그저 허허허, 웃을 뿐이었다.
"걱정하지 마세요. 다른 길로 새지 않고 곧장 달려가겠습니다."
큰스님의 얼굴에 시름이 가득했다. 행자는 그것이 지금 자신이
서둘러 명주로 가야 하는 이유일 것이라고 짐작했다. 그 길로 봇
짐을 꾸려 길을 나섰다.

"또 한차례 폭풍이 몰아치려나 봅니다. 나무관세음보살!"

행자를 배웅하고 돌아서던 큰스님이 하늘을 올려다보며 혼잣말을 했다. 곧 다가올 폭풍을 이미 알고 있는 것처럼.

"마님! 나와 보셔야겠습니다."

안채로 달려온 집사가 다급히 아뢰었다.

"무슨 일인가? 주원 공의 행방을 찾았는가?"

연화 부인이 버선발로 달려 나왔다. 김주원이 감쪽같이 사라진 지 이레째 접어들었지만, 여전히 그의 행방이 묘연했다. 장대비에 실종되었다는 소문만 떠돌았다. 지푸라기라도 잡고 싶은 마음으로 연화 부인이 집안 하인들을 풀어 알천 주변을 수색하게 한 것도 그 때문이었다. 바로 그 수색 현장을 지휘하던 집사가 달려온 것이다.

"마님, 그게…."

집사가 답답하게 굴며 말꼬리를 흐렸다.

"어서 말해보시게. 찾았는가?"

연화 부인이 재촉했다.

"예, 마님. 찾아서 모시고 오긴 했습니다만…."

불길한 말투였다. 집사의 말이 채 끝나기도 전에 연화 부인의 발길은 이미 김주원의 처소로 향하고 있었다. 늘 불길한 느낌은 비껴가지 않고 현실이 되어 나타났다. 집사의 말꼬리를 흐리는 품새가 이상하다 싶었는데 아니나 다를까 김주원이 초주검이 된 채 돌아왔다. 저택의 수색조가 알천과 형산강이 합쳐지는 지점에서 쓰러져 있는 김주원을 발견해 데려온 것이었다.

"의원님, 우리 주원이 상태는 어떤가요?"

죽은 듯이 누워 있는 김주원을 보며 연화 부인이 울먹였다.

"큰 고비는 넘겼습니다."

치료를 하고 지켜보고 있던 의원이 연화 부인을 안심시켰다.

"크게 상한 데는 없겠지요?"

그래도 불안한 듯 연화 부인이 물었다.

"다행히 큰 상처는 없었습니다. 다만 충격이 컸던 모양이니 이대로 하루 이틀은 계속 주무실 수 있습니다. 그것도 다 치료과정이니까 심려하지 마시고 지켜보면 될 것 같습니다."

연화 부인은 그제야 안도의 한숨을 내쉬었다.

그러나 안채로 돌아온 뒤에도 연화 부인은 마음이 편치 않았다. 아들에게 힘이 되어주지 못한 어미 때문에 이런 일이 닥친 것만 같았다. 그도 그럴 것이 금성의 귀족들은 연화 부인 댁을 경계했다. 아니 경계하기보다는 처음엔 무시했다고 하는 것이 맞을 것이다. 그러다 어느 순간 무시는 경계로 바뀌었다.

아들은 신라의 왕족이지만 어미인 자신 앞에 따라붙은 꼬리표는 변함없이 따라다녔다. 명주 변방에서 온 촌것이라는 꼬리표. 그 꼬리표가 아들 김주원의 발목을 잡은 것은 아닌지, 연화 부인은 밤새 자책했다. 그러나 자책한다고 아들을 지킬 수 있는 게 아니었다. 이런저런 생각이 꼬리에 꼬리를 물며 이어졌다. 연화 부인은 새벽까지 골똘히 생각에 잠겨 지난 시간을 되짚어나갔다. 신라의 왕위를 바꿔놓은 이 중차대한 사건의 진상을 반드시 밝혀야 한다고 생각했다.

다음 날 아침, 연화 부인은 일찌감치 큰스님을 찾아갔다.

"밤새 생각해 보았습니다, 스님."

연화 부인이 큰스님께 자신의 생각을 털어놓았다.

"그자들의 목적이 무엇이냐는 겁니다. 주원 공을 납치한 목적 그리고 또 풀어 준 목적… 스님께선 주원 공을 납치한 자들의 목적이 무엇이라고 보십니까?"

"주원 공의 발을 묶어 궁으로 들어가지 못하게 하는 것이 아니었겠습니까."

큰스님도 연화부인과 같은 생각이었다.

"그렇다면 주원 공의 발을 묶어 가장 큰 이득을 본 자… 새 왕이 된 자, 김경신입니다. 스님."

"허나, 물증이 없습니다. 섣불리 나서다간 되레 큰 봉변을 당할 수 있어요. 무엇보다 주원 공의 안전이 중요합니다."

"저도 잘 알고 있습니다."

연화 부인은 영민하게 대처했다. 당장이라도 궁으로 달려가 김경신의 죄를 묻고 싶었지만, 물증이 없어서 때를 엿보았다. 그때는 의외의 곳에서 의외로 빨리 찾아온 듯했다.

"주원 공을 납치한 자가 누군 줄 알아?"

"납치라니? 알천이 범람했을 때 휩쓸려 실종된 게 아니었나?"

"그건 다 납치범들이 꾸며낸 말이고."

"그럼 대체 누가 주원 공을 납치했단 말인가?"

"누구긴 누구겠어. 주원 공 대신 왕이 된 자가 아니겠어."

"이 사람이! 큰일 낼 사람일세. 누가 들으면 어쩌려고."

금성의 저잣거리에서 은밀한 소문이 떠돌았다. 며칠이 지나자 저잣거리의 소문을 넘어 금성 사람들 사이로 퍼져나갔다.

"그래도 혜공왕처럼 죽이지는 않고 풀어준 모양이네."

급기야 그동안 쉬쉬하던 혜공왕의 죽음까지 소환되었다. 혜공왕은 김주원을 집사부 시중으로 삼은 제36대 신라왕이다. 그런데 780년 반란이 일어났고, 당시 상대등이던 김양상과 그의 동생 김경신이 반란을 진압했다. 그 와중에 혜공왕과 왕비는 살해되었고, 그 뒤를 이어 태종 무열왕계가 아닌 김양상(내물왕 10대손)이 제37대 왕위에 올랐다. 그가 바로 선덕왕이다. 그리고 재임 5년 만에 선덕왕이 죽자, 왕위계승 후보 중에서 가장 유력한 1순위 인물 김주원이 알천 다리를 건너지 못하고, 그 틈에 2순위 후보였던 김경신이 왕이 된 것이다.

"주원 공이 납치되지 않았다면 누가 왕이 되었겠나?"

"그야 주원 공이 새 왕이 되었겠지."

소문은 걷잡을 수 없이 퍼졌다. 금성의 민심이 출렁였다. 민심은 하늘의 뜻도 바꿀 수 있는 강력한 힘을 가진 것이었다. 지금까지 그런 민심은 무엇과도 바꿀 수 없는 연화 부인의 든든한 지원군이 되어주었다. 하지만 큰스님은 되레 그것이 걱정이었다. 새 왕의 측근들에게 김주원의 존재는 그 자체로 위협이 되었기 때문이다.

그러던 어느 날 밤 저택이 발칵 뒤집혔다. 김주원을 노리고 숨어든 자객이 저택에 침입하다 발각된 것이다. 다행히 낌새를 눈치챈 큰스님이 한발 앞서 김주원을 뒷문으로 빼돌린 다음이었다. 저택의 무사들이 달아나는 자객을 뒤쫓았다. 하지만 쫓고 쫓기는 추격 끝에 붙잡힌 자객이 스스로 목숨을 끊어버렸다.

"이게 벌써 두 번째입니다."

연화 부인이 먼저 말문을 열었다.

"스님, 명주로 가야겠습니다. 주원이를 지키려면 그 방법밖에 없는 것 같습니다."

"그렇게 하시지요. 명주에 사람을 보내놨으니 모든 준비를 해두었을 겁니다."

큰스님의 혜안은 앞서갔다. 이때를 대비해 이미 행자를 명주로 보낸 것이다.

연화 부인은 꾸물거리지 않았다. 마음을 정하면 과감하게 행동으로 옮겼다.

이른 아침 연화 부인은 저택을 나섰다. 대문을 나서다 말고 뒤돌아서서 한참 동안 집안 곳곳을 둘러봤다. 마당에서 마루로, 안채로 사랑채로… 눈길이 닿는 곳마다 남편과 함께한 추억이 가득하다. 다정한 남편이 연화 부인을 위해 설계하고 지은 곳이라 쉽게 발걸음이 떨어지지 않는 애틋한 집이었다. 하지만 지금은 아들을 지키는 게 더 중요했다. 아들의 목숨을 노리는 자들이 있는 곳에서 한시라도 빨리 벗어나야 한다고 생각했다.

"꼭 다시 돌아오셔야 합니다, 연화 부인!"

"기다리고 있겠습니다, 주원 공!"

금성 사람들이 거리로 몰려나와 연화 부인과 김주원을 배웅했다. 그들의 눈물겨운 배웅이 연화 부인의 마음에 낙인처럼 남아 있던 그날의 시간으로 이끌었다.

결혼하고 처음 금성에 온 날. 그 차가운 눈초리와 술렁거리던 날선 말들. 명주에서 온 촌것이라며 대놓고 무시하던 그날, 금성 사람들의 모습이 선하게 떠올랐다. 그랬던 그들이 지금은 연화 부인의 명주행을 진심으로 안타까워하고 있다. 연화 부인은 금성에서 그들과 희로애락을 함께하며 살아온 그의 시간을 알아주는 것만 같아 고마웠다. 권력을 가진 금성의 귀족들과는 결이 다른 사람들이었다.

'내 반드시 신라 왕위를 뒤바꾼 납치사건의 진상을 밝힐 것이다. 그리고 그 죄를 물을 것이다.'

연화 부인은 금성을 떠나던 날 굳게 다짐했다.

선덕왕이 죽자 아들이 없었으므로 여러 신하들이 의논한 후 왕의 조카뻘[族子]되는 주원을 왕으로 세우려 하였다. 이때 주원은 금성 북쪽 20리 되는 곳에 살았는데, 마침 큰비가 내려 알천(閼川)의 물이 불어나 건널 수가 없었다. 한 사람이 말하기를 "임금의 큰 지위란 본디 사람이 어떻게 할 수 있는 것이 아니다. 오늘의 폭우는 하늘이 혹시 주원을 왕으로 세우기를 꺼려함이 아니겠는가. 지금의 상대등 경신은 전 임금의 아우로 본디 덕망이 높고 임금의 체모를 가졌다"라고 하였다. 이에 여러 사람들의 만장일치로 그로 하여금 왕위를 잇게 하였다. 얼마 후 비가 그치니 온 나라 사람들이 만세를 불렀다.

「삼국사기권」 10, 신라본기 10, 원성왕 즉위년

2

눈꽃 바람

만월산의 겨울은 길고, 깊었다. 동해의 습한 공기와 내륙의 찬 공기가 만나 눈을 만들었다. 겨우내 화사한 눈꽃이 피어났다. 산세가 둥근 달처럼 완만하다고 붙여진 만월산은 그 이름값을 톡톡히 하는 산이었다. 완만한 산세 덕분에 눈꽃 구경을 하기 위해 겨울 산행에 나서는 사람들이 더러 있었다. 능선을 타거나 계곡을 따라 어른 걸음으로 서너 시간 남짓 올라 정상에 도착하면 벅찬 풍광이 압도한다. 사방으로 발왕산, 오대산, 황병산 같은 고산준봉이 둘러싸고 있다. 겹겹이 포개지는 산봉우리의 행렬 끝에 망망한 푸른 바다가 펼쳐지고 명주 시가지가 한눈에 들어온다.

월정사는 만월산을 병풍처럼 두른 오대산 자락 너른 평지에 자리했다. 선덕여왕 12년(643년)에 자장율사가 창건한 절이다. 운명 같은 우연으로 나의 발길이 닿은 용연사는 월정사의 말사 가운데 하나였다. 대웅전은 만월산에 둘러싸여 한겨울에도 포근하게 다가왔다. 그 신비한 삼층 돌탑은 대웅전 앞 오른쪽에 자리하고 있었다.

봄날의 꽃비처럼 함박눈이 내리던 날, 바로 그 돌탑 앞에서 나는 연화 부인을 처음 만났다. 어둠이 내려앉은 겨울밤 휘날리는 눈꽃 바람이 사위를 밝혔다. 하늘은 별들이 무리 지어 빛나고 지상은 눈꽃 바람이 눈부셨다. 대웅전 돌탑에도 화사하게 핀 눈꽃이 보석처럼 반짝였다. 연화 부인은 그 돌탑 앞에 그림처럼 서 있었다.

"나는 명주 땅의 겨울이 좋습니다. 금성에 있을 때도 이 돌탑의 눈꽃 바람이 참 그리웠어요."

연화 부인이 상념에 젖어 말을 건넸다. 나는 적잖이 당황했다. 연화 부인이 첫 만남에서 불쑥, 속마음을 털어놓을 줄 몰랐다.

"내가 낭자를 어리둥절하게 만들었나 봅니다."

"예. 조금 놀라긴 했어요."

나도 솔직하게 답했다. 연화 부인은 상대의 마음을 단번에 무장 해제시켜 경계심을 허물어뜨리는 힘이 있었다. 노련한 분이었다.

"낭자에게 부탁할 게 있습니다. 주원 공 납치사건의 범인 찾는 것을 도와주세요. 작은 스님이 곧 금성으로 갈 겁니다."

"근데 제가 도움이 될까요?"

"큰스님께 이미 얘기 들었습니다. 총명한 분이라고. 지금 내게 꼭 필요한 그런 분이지요."

연화 부인이 나에게 총명하다고 했다. 날아갈 듯 기분 좋은 말이긴 하지만 내가 그 말을 곧이곧대로 다 믿은 건 아니다. 연화 부인은 이미 나에 대해 많은 것을 알고 있었다. 마음먹으면 귀신같이 증거를 찾아내고 끈질기게 범인을 쫓아다니는 나의 기질까지 꿰뚫고 있었다.

"눈꽃 바람이 잠잠해지네요. 그럼 잘 부탁해요."

연화 부인이 남긴 그 말은, 나의 능력을 신뢰한다는 말처럼 들렸던 그 말은, 세상 어디에도 없는 화사한 눈꽃 바람이 되어 나의 귓전을 맴돌았다.

김주원 공 납치사건 범인 찾기. 그것은 촌각을 다투는 긴급 사안이었다. 신라의 왕위계승권자를 납치한 자라면 단순한 납치범이 아닐 것이다. 그렇기 때문에 시간이 지나면 그 흔적은 영원히 봉인될 가능성이 컸다. 연화 부인은 속전속결로 범인의 증거를 찾아야 한다고 신신당부했다. 작은 스님은 김주원 공 납치사건의 증거를 찾아 금성으로 떠났다. 나는 나대로 연화 부인의 생을 되짚어 나갔다. 큰 스님께서 그 속에 사건 해결의 실마리가 있을지도 모른다며 지나가듯 던진 그 한마디에 꽂혀 감으로 촉으로 시작한 조사였다. 하지만, 그때만 해도 김주원 공 납치사건의 범인과 이어지는 증거가 그곳에 있으리라곤 상상조차 하지 못했다.

명주의 세력가

둥둥둥! 웅장한 북소리를 따라 화사하게 차려입은 구경꾼들이 명주 관아 앞을 가득 채웠다.
"올해 우승자는 누가 될까?"
"우리 내기라도 하는 게 어때?"
해마다 활쏘기 경기가 열리면 내기 판이 벌어졌다. 그도 그럴 것이 우승자에게는 엄청난 상금과 함께 출셋길이 열리기 때문에 이 시기 명주 지역 사람들의 관심은 온통 활쏘기 경기에 쏠려 있었다.

"나는 명주 최고의 명사수 고영우에게 걸겠네."

"그건 아니라고 봐. 이번 경기 우승자는 권신호라고 확신하네. 권신호."

"나도 권신호에 걸겠네. 지금까지 고구려 유민촌 사람에게 우승이 주어진 적은 없었어."

누군가 툭, 내뱉은 그 한마디가 내기 판을 흔들었다. 처음엔 고영우의 우승을 점쳤던 사람들이 우르르 권신호 쪽으로 몰려갔다. 고영우에게 따라붙은 고구려 유민촌 출신이라는 꼬리표. 그것은 신라인이라면 누구나 다 아는 사실을 환기시켜 주는 강력한 힘을 가진 말이었다.

명주는 한때 고구려의 영토였다. 신라의 영토가 된 것은 550년 진흥왕 때다. 이때 형성된 고구려 유민촌은 신라가 백제, 고구려를 무너뜨리고 삼국을 통일한 뒤 더욱 커졌다. 하지만 명주에 고구려 유민촌이 형성된 지 200여 년이 흐른 지금도 유민촌 사람들은 완전한 신라 사람이 될 수 없었다. 그저 고구려 유민일 뿐이었다.

명주의 활쏘기 경기도 예외는 아니었다. 명주 지역 청년이라면 누구나 경기에 참여할 수 있지만, 우승자가 되는 길엔 보이지 않는 장벽이 존재했다. 제아무리 뛰어난 실력자라도 고구려 유민촌 사람은 결코 넘을 수 없는 차별의 벽이었다.

"그런데 말이죠, 다들 이건 모르는 것 같은데."

내기 판을 다시 뒤흔든 건 고영우의 우승을 끝까지 주장한 유일한 사람, 박연화였다.

"5년마다 경기를 주관하는 가문이 바뀐다는 건 다들 알죠. 그럼 올해 경기는 누가 주관할까요? 최씨일까요? 김씨일까요? 아닙니다, 아니에요."

"옳거니. 박씨 가문이구만."

"네~ 그렇습니다. 올해는 박씨 가문이 주관하죠. 그럼 박씨 가문이 이번 경기를 주관한다는 사실이 왜 중요할까요?"

"왜 그런데?"

"빙빙 돌리지 말고 어서 말해봐, 아가씨."

연화는 판 돈을 건 사람들의 애간장을 태우며 말을 이어갔다.

"그러니까 판돈이 걸린 이 내기 판과 무슨 관계가 있느냐 하면…."

"아이참, 성질 급한 놈은 숨넘어가겠네. 아가씨, 뜸 들이지 말고 어서 말해."

분위기가 무르익었다고 생각한 듯 연화는 본론으로 들어갔다.

"박씨 가문이 고구려 유민이라고 차별하는 것 봤어요? 차별하는 거 본 사람 있으면 어디 나와 보라고 해요."

"맞아. 그건 그래."

"그리고 보니 저 아가씨 박씨 어른댁 고명딸 아냐?"

박씨 가문의 고명딸이란 말이 삽시간에 분위기를 바꿔놓았다. 권신호의 우승에 판돈을 걸었던 사람들이 다시 우르르 고영우 쪽으로 옮겨갔다.

"당연해. 박씨 가문이라면 실력을 으뜸으로 칠 거야."

"그렇지. 유민촌 사람이라고 차별하지는 않을 거고, 그럼 우승은 고영우 거네. 나는 고영우에게 판돈의 두 배를 걸겠네."

명주 지역 사람들의 박씨 가문에 대한 신뢰는 내기 판의 판돈을 움직일 정도로 컸다. 연화는 그 사실을 누구보다 잘 알고 있었다.

연화의 아버지 박진우는 명주 지역에서 가장 존경받는 유지였다.

박씨 가문은 신라의 동북 지역 군사요충지인 명주 땅에서 조상 대대로 살아온 지방호족이었다. 명주 땅을 움직이는 호족 세력은 권씨, 김씨, 박씨 등 몇몇 가문이 주축을 이루었다. 그 가운데 박 씨 가문에 대한 명주 사람들의 신뢰는 절대적이었다. 신분의 높낮 이에 관계없이 누구나 차별하지 않고 공정하게 대하는 것으로 유 명했고, 명주 사람치고 박씨 가문의 덕을 보지 않은 사람이 없을 정도로 인심이 후했다. 명주 관청의 곳간은 비어도 박씨 가문 곳 간은 마르지 않는다는 말이 있을 정도로 큰 부자였으며 신라의 정 규군에 버금가는 사병을 거느리는 세력가이기도 했다. 활쏘기 경 기의 우승자는 지역 최고의 사병을 거느리고 있는 그런 박씨 가문 의 군관이 될 수 있었기 때문에 그만큼 경쟁이 치열했다.

"내 역할은 여기까지."

내기 판이 자신의 의도대로 흘러가자 연화는 재빨리 그곳을 빠 져나왔다.

때맞춰 첫 경기가 시작됐다. 활을 든 청년들이 정해진 자리에 섰다. 첫 경기는 발사대에서 오백 보 떨어진 과녁에 활을 쏘아 명 중시키는 경기다. 한 사람이 쏠 수 있는 기회는 세 발. 그 세 발로 첫 경기의 승패를 가른다. 화살이 과녁 한가운데 명중하면 십 점 이 주어졌다.

"지금부터가 중요해."

고영우와 권신호가 나란히 발사대에 서자 구경꾼들은 숨죽이 고 지켜보았다. 먼저 고영우가 활시위를 당겼다. 피용! 고영우의 화살이 바람을 가르며 날아갔다.

"명중이오!"

명중을 알리는 깃발이 나부끼고 북소리가 울리자 함성이 터져 나왔다.

"역시 고영우야. 명주 최고의 명사수다워."

고영우는 세 발 모두 명중시켜 내기꾼들을 흥분시켰다. 권신호의 실력도 뛰어났다. 한 발, 두 발, 세 발, 차례로 쏘아 명중시켰다. 정확하게 과녁을 맞히는 권신호의 솜씨에 모두 입을 다물지 못했다.

"이거, 이거, 두 사람이 동점이네."

"여보게들, 이제부터가 중요해. 점수가 칠십 점이나 주어지니까 두 번째 경기에서 결판이 날 거야."

첫 번째 활쏘기 경기에선 고영우와 권신호가 각각 삼십 점을 받아 나란히 선두를 달렸다.

이어지는 두 번째 경기는 난이도가 훨씬 높았다. 말을 타고 달리며 활쏘기를 겨루는 경기다. 둥둥! 출발 신호가 떨어지자 선수들은 말을 타고 달리며 곳곳에 놓여 있는 과녁에 활을 쏘고 지나갔다. 장애물도 넘고 개울도 건너가며 치열한 경쟁이 펼쳐졌다. 사람들의 예상대로 이번에도 고영우와 권신호가 줄곧 선두를 달렸다. 앞서거니 뒤서거니 곡예를 하듯 활을 쏘며 질주했다.

"이러다 이번에도 동점이 나오겠는데."

"이 사람들아, 빠르게 달리는 속도만 보면 안 돼. 명중률에서 결판이 날 거야."

"어, 저기 들어온다."

설왕설래하는 사이 말을 탄 두 사람이 결승점에 모습을 드러냈다. 기다리고 있던 사람들은 저마다 내기를 건 선수가 우승하기를 응원했다. 거의 동시에 두 선수가 결승점에 도착했고 사람들의 관심은 명중률에 집중됐다.

내기꾼들은 부지런히 각 구간을 돌며 재빠르게 명중률을 확인했다. 고영우의 명중률은 육십 오점, 권신호는 육십 점을 기록했다. 합산 점수로 보면 고영우의 승리였다. 하지만 명주 태수가 발표한 결과는 그 반대였다. 우승자는 고영우가 아닌 권신호로 바뀌어 있었다.

"이거 어떻게 된 거야?"

"명중률 계산을 잘못한 거 아닐까?"

"다들 순진하기는. 내가 처음부터 이렇게 될 거라고 했잖아."

"그래도 이건 너무하잖아."

뒤바뀐 결과에 한숨과 탄식이 이어졌다. 하지만 나서서 항의하는 사람은 없었다. 고영우의 우승에 내기를 건 사람들도 불만에 차 있을 뿐 대놓고 따지지 못했다. 섣불리 나섰다가 무슨 봉변을 당할지 알 수 없는 일이었다. 경기를 주관하는 세력가들의 눈 밖에 나면 명주 땅에서 살아가기 힘들다는 건 젖먹이들도 다 아는 사실이었다.

"태수 어른!"

그때 누군가 큰소리로 따지며 나선 사람이 있었다.

"점수 공개를 요청합니다."

연화였다. 누구도 예상치 못한 연화의 돌출행동에 주변이 술렁였다. 누구보다 당황한 건 경기를 주관한 연화의 아버지, 박진우였다. 귀빈석에 나란히 앉아 박진우의 곤란한 표정을 살피던 최씨

가문의 수장이 혀를 끌끌 차며 연화를 꾸짖었다.

"여긴 계집이 나설 자리가 아니다."

그러나 쉽게 물러날 연화가 아니었다.

"어르신, 저는 계집으로 나선 것이 아닙니다. 우승자 발표에 의문을 가지고 있는 사람들을 대신해 요청드리는 겁니다. 우리가 각 구간의 명중률을 확인한 결과와 다른데 그 이유를 밝혀주세요."

연화의 당찬 말에 침묵하고 있던 사람들이 그제야 불만을 터뜨렸다. 여기저기서 웅성거리며 연화의 말에 동조했다.

"연화야, 그만하거라. 내 설명할 테니."

더 이상 두고 볼 수 없었던 박진우가 사태수습에 나섰다.

"명중률이 바뀐 건 아니다. 특별 가산점을 부여해 우승자를 가린 것이다."

"특별 가산점이라뇨. 그건 또 무슨 말입니까? 활쏘기 경기 우승자는 명중률로 가리는 게 아닌가요?"

연화가 따지듯 되물었다.

"네 말대로 명중률은 중요하다. 그러나 우리 명주 지역의 활쏘기 경기는 더 중요한 것이 있다. 단순한 활쏘기 실력을 겨루는 경기가 아니라는 얘기다. 신라의 국경을 지킬 군관을 뽑는 경기다. 명주 지역 각 가문의 사병은 신라의 국경을 지키는 핵심 병력이니 신라의 국경을 믿고 맡길 수 있는 자격이 있는 사람을 뽑아야 한다. 특별 가산점을 부여한 건 그런 것까지 다 고려해 내린 결정이다. 더는 토 달지 말아라."

박진우는 단호했다. 딸 연화가 더 이상 따지지 못하도록 쐐기를 박았다. 연화를 그냥 뒀다간 명주 세력가들이 들고 일어날 태세웠기 때문이다.

"올해의 우승자는 권신호 군입니다."

명주 태수가 서둘러 우승자를 확정 짓고 시상식을 일사천리로 진행했다.

"아휴, 꼰대들은 왜 이렇게 바뀌지를 않는 걸까…."

연화는 풀이 죽어 혼잣말을 중얼거렸다. 해마다 반복되어 온 우승자 논란. 지난 몇 년 동안 명주의 활쏘기 경기에서 언제나 앞선 것은 고영우였다. 누구도 그의 실력을 뛰어넘지 못했다. 하지만 번번이 우승은 딴 사람이 차지했다. '고구려의 후예다운 솜씨야', '그래서 무서운 거야', '그런 자가 우승을 차지하면 큰일이지….' 연화는 경기가 열릴 때마다 떠도는 무수한 말들이 못마땅했다. 자신이 무언가를 할 수 있는 것이 있다면… 꼭 바꾸고 싶었다. 그래서 기회를 엿보다가 박씨 가문이 경기를 주관하는 해가 되자 적어도 이번만큼은 고영우에게 공정한 기회가 주어져야 한다고 생각했다. 경기에 앞서 내기 판의 사람들을 움직여 분위기를 만든 것도 그 때문이었다. 그러나 소란만 일으키고 달라진 건 없었다.

다음 날 연화는 찻상을 들고 아버지 방으로 건너갔다.

"아버지, 저 아버지께 실망했어요. 아버지에 대한 존경심이 요만큼 사라졌다는 것만 알아주세요."

찻물을 따르며 투정을 부려도 박진우에게 연화는 그저 사랑스러운 딸이었다. 공식적인 자리에서 보였던 단호한 모습과는 딴판으로 대했다.

"연화야, 이제 없어진 그 존경심 다시 불러야겠다."

"왜요? 그건 아버지가 부르란다고 다시 생기는 그런 게 아닌데요."

"내 말 들으면 바로 생길 텐데…."

"뭔데요, 아버지?"

아버지의 솔깃한 말에 연화가 재촉했다.

"고영우의 능력은 나도 잘 안다. 다만 너도 알아야 할 것이 있다. 명주의 활쏘기 경기는 우리 가문 만의 것이 아니다. 그건 너도 잘 알 것이다. 우승자를 가리는 것도 나 혼자 결정할 수 있는 게 아니야. 그건 이 명주 지역의 공식적인 행사고 공식적인 결정이다. 허나 우리 가문의 일은 내가 결정할 수 있다. 네 소원대로 고영우를 우리 가문의 군관으로 삼기로 했다."

"아버지 정말이죠? 역시 우리 아버지가 최고예요!"

연화는 그 길로 고구려 유민촌으로 달려갔다.

"고 사부! 이제부터 우리 가문 군관이야. 그 말인즉슨 나의 스승이란 얘기지. 고 사부의 뛰어난 능력을 나에게 전수해 줘. 내가 말 타고 달리며 활 쏠 수 있도록 잘 가르쳐 줘야 해."

"아가씨, 지금 무슨 말을 하시는 건지…."

연화는 영문을 몰라 어리둥절한 고영우의 표정을 보고서야 아차 싶었다. 기쁜 소식을 빨리 전하고 싶은 마음이 너무 앞선 탓이다.

"아버지가 허락하셨어."

고영우에겐 꿈같은 말이었다. 정말 고마워 말이 나오지 않았다. 웃는다고 웃는데 그의 눈에 눈물이 핑 돌았다.

"고 사부. 기쁜 거 맞지?, 그 표정. 고맙다는 뜻이지? 고 사부는 어째 한결같니. 고마우면 고맙다고 말을 해야지. 그래야 마음이 전해지는 거야, 이 바보야."

연화의 농담이 이번엔 고영우를 제대로 웃게 만들었다. 연화는 동갑내기 고영우에게 특별한 존재였다. 명주 땅의 다른 세도가 사람들과 달리 고영우를 친구처럼 대했다. 고구려 유민촌을 수시로 드나들며 유민촌 사람들과 허물없이 지냈다. 유민촌에 크고 작은 일이 생길 때마다 발 벗고 나서서 도운 것도 연화였다.

"그럼 내일부터 당장 가르쳐 주는 거야. 알았지!"

명주 최고의 명사수 고영우는 그렇게 박씨 가문의 군관이 되었다. 박연화의 활쏘기 스승이 되었다.

괴소문

바람이 불었다. 이 나무에서 저 나무로 옮겨 다니던 바람이 백두대간 골짝을 나와 마을로 내려왔다. 무리 지어 피어난 남대천 억새꽃이 그 바람을 타고 은빛 찬란한 춤을 춘다. 남대천은 명주 시가지 남쪽에 있는 강으로 백두대간의 이 골짝 저 골짝에서 내려온 물줄기가 합쳐져 명주를 지나 동해로 흘러간다. 남대천은 동해로 흘러들고, 동해는 힘껏 바닷물을 민물로 밀어붙인다.

한여름 햇살이 순해지며 억새 바람이 부는 가을의 남대천은 바다에서 거슬러 오르는 연어 떼가 장관을 이루었다. 백두대간에 쌓인 눈이 녹고 얼음이 풀리는 이른 봄엔 황어가, 초여름엔 은어가 올라왔다. 한여름 남대천에서 성장한 은어는 몸을 불려 가을 무렵 하류로 내려갔다. 알을 낳은 어미들은 생을 마쳤다. 모천회귀(母川回歸). 치어들은 다시 동해로 내려가서 겨울을 난 뒤 봄이 오면 어김없이 어머니의 강, 남대천으로 돌아왔다.

남대천은 명주 사람들에게도 어머니의 강이었다. 남대천 물을
길어 밥을 지었고 남대천 물고기를 잡아 밥상을 차렸다. 연어나
황어, 은어처럼 바다와 강을 오가는 물고기는 가난한 사람들의 허
기와 영양을 채워 주는 귀한 것이었다. 급류 바위틈을 뒤져 작살
로 은어도 잡고 연어도 잡아 올렸다. 싱싱한 그것들을 회로 쳐서
먹고, 삶아 먹고, 훈증해 먹었다. 살아 있는 모양 그대로 훈증한
것들은 왕골로 묶어 귀한 사람에게 선물로 주기도 하고 시장에 내
다 팔아 살림에 보탰다.

박연화의 집은 명주 시내 한복판 나지막한 산 아래 있었다. 계
절이 바뀔 때마다 풍경이 달라지는 아름다운 집이었다. 아름드리
숲길이 집 뒤로 이어지고, 방문을 열면 저만치 흘러가는 남대천이
한눈에 들어왔다.

"연화야!"

뒷문으로 막 빠져나가려고 할 때 어머니가 연화를 불러 세웠다.
연화가 뒷문으로 드나드는 걸 눈치채고 지키고 있었던 모양이었다.

"또 어딜 가려고? 오늘은 안 된다고 했을 텐데."

연화는 몰래 밖으로 나가려고 했다. 어머니는 그것이 못마땅해
막아섰다. 어제, 오늘의 일이 아니었다. 숨바꼭질이라도 하는 것처
럼 연화는 어머니의 눈을 피해 밖으로 나갔고, 어머니는 그런 딸
을 잡으러 다녔다.

"여자가 어찌 밖으로만 싸돌아다니려고 하는 거니. 지금 당장

공방으로 가자. 오늘은 꼭 모전 짜는 것을 배워야 한다."

다른 때처럼 어머니의 손을 뿌리치고 도망칠 수 있었다. 하지만 연화는 그렇게 하지 않았다. 이번에도 그랬다간 어머니가 쓰러질 것 같아 순순히 공방으로 따라갔다.

"어머니, 왜 여자는 모전을 짜야 하는 걸까요?"

"왜긴. 몰라서 물어?"

"예, 정말 모르겠습니다."

연화는 어머니가 무슨 말을 할지 다 알면서도 푸념을 늘어놓았다.

"모전을 짜는 것도 옷을 짓고 수를 놓는 것처럼 여자가 잘 할 수 있는 여자의 일이니 여자가 하는 것이지."

연화는 어머니의 그런 말들이 정말 싫었다. 모전 짜던 것을 흔들어 보이며 시위하듯 항변했다.

"그런데 어머니 이거 한 번 보세요. 저는 모전 짜는 데 재주가 없는걸요. 여자라고 해서 다 잘하는 건 아니에요."

"못하는 건 배우면 된다. 계속하다 보면 솜씨는 좋아지기 마련이니 걱정 말거라."

어머니는 호락호락 넘어가지 않았다.

"정말 재미없어 못하겠어요."

하소연이 통하지 않자 연화는 대놓고 투덜댔다. 어머니 성화에 못 이겨 수도 놓고, 모전도 짜고 관심을 가져보려고 애를 썼지만 그런다고 없던 흥미가 생기지 않았다. 연화는 좋아하는 것이 따로 있다. 사람들을 만나고 교류하는 것이 좋았다. 활쏘기도 정말 잘했다. 연화가 좋아하는 것들은 모두 어머니가 기겁하며 싫어하는 것들이라 문제였다.

"왜 여자는 활쏘기를 못 하게 하는 건가요? 나는 잘 쏠 수 있는데….'

"그게 이 나라 신라의 법도다. 여자와 남자의 일이 따로 정해져 있는데, 왜 너만 몰라? 이 어미 애간장 태우려고 작정한 애처럼 굴어야 되겠니?"

"그건 누가 정한 건가요?"

연화는 입속에 맴돌던 말을 내뱉었다. 하지만 어머니의 표정을 보고 나서 이내 입을 다물었다. 어머니를 더 화나게 하면 외출 허락은커녕 금족령이 더 길어질 것 같았다. 연화는 작전을 바꿔 모전을 짜는 척하며 어머니의 눈치를 살폈다.

"어머니, 이건 이렇게 하면 되는 건가요?"

그러다 기회를 잡았다.

"아버지께서 허락하셨잖아요, 사흘에 한 번씩 활쏘기를 배워도 된다고."

"아이고, 너를 어쩌면 좋으니 연화야. 네 아버지가 딸 앞길을 망치는 건 아닌지 모르겠다."

어머니는 말리는 데 지친 듯 긴 한숨을 내쉬었다.

산 중턱 햇살이 잘 들고 산세가 평평한 곳에 제법 큰 활터가 있다. 연화의 할아버지가 산을 깎아 만든 활터로 박씨 가문의 사병들이 활쏘기 훈련을 하는 곳이다. 금족령이 풀리자마자 활터로 달려온 연화는 나뭇등걸에 걸터앉아 사병들의 훈련이 끝나기를 기다렸다.

"아가씨, 오래 기다렸죠. 바로 시작할까요?"

훈련을 마치고 온 고영우가 가쁜 숨을 몰아쉬면서도 활짝 웃었다. 좀처럼 보인 적이 없는 환한 모습이다.

"나는 좋지만 고 사부가 괜찮겠어? 쉬지 않고 바로 수업해도."

연화와 함께 하는 활쏘기 수업의 첫날이다. 밖으로 드러내지 않았지만, 이날을 손꼽아 기다린 건 고영우도 마찬가지였다. 고된 훈련을 해도 힘들긴커녕 되레 설레는 얼굴이었다.

"배에 힘을 주고, 어깨 힘은 빼고요."

"오랜만에 시위를 잡아서 그런가, 내가 긴장했나 봐."

고영우의 지적에 연화는 배에 힘을 주고 자세를 바로잡았다.

"이제 시위를 당겨보세요."

연화는 호흡을 가다듬고 힘껏 시위를 당겼다. 끊어질 듯 끊어지지 않는 활시위의 팽팽한 긴장감. 연화는 시위를 당길 때의 이런 긴장이 좋았다. 지금도 처음 활시위를 당기던 그날의 손맛을 생생하게 기억하고 있다. 어릴 때 아버지를 따라다니며 곁눈질로 활쏘기를 익힌 연화였다. 그러다 연화의 재능을 알아본 아버지가 본격적으로 활쏘기를 가르쳐 주었다. 그때부터 틈만 나면 활터를 찾았고, 시위를 당겼다. 연습하는 만큼 실력이 늘었다. 가르치는 아버지가 놀랄 정도로 연화의 활쏘기 실력은 빠르게 성장했다. 어머니께 들켜 활쏘기를 그만두긴 했지만 어지간한 명주 지역 사수들과 겨루어도 손색이 없을 정도의 실력을 갖추고 있었다.

"과녁 뚫어지겠어요. 그만 노려보고 이제 쏘시죠."

잠시 생각에 잠겼던 연화는 팽팽하게 당기고 있던 시위를 놓았다. 피융! 시위를 떠난 화살이 과녁 한가운데 꽂혔다. 잇달아 다섯 발을 쏘아 세 발이나 명중시켰다.

"바람이 불기 시작하네."

연화는 당겼던 활시위를 내리고 바람이 잦아지길 기다렸다. 활쏘기를 배운 뒤로 바람이 가장 큰 장애물이었다. 활쏘기를 하는 사람이라면 누구나 겪는 어려움이다.

"고 사부!"

연화가 진지하게 고영우를 쳐다보며 물었다.

"바람이 불 땐 어떻게 쏴야 합니까? 한 수 가르쳐 주십시오."

고영우라면 그 난관을 넘어설 수 있는 법을 잘 가르쳐 줄 것 같았다.

"먼저 바람을 느껴보세요."

고영우는 오른손을 뻗어 바람의 방향을 계산하며 말을 이어갔다.

"그런 다음 바람의 방향을 계산하고 시위를 당기는 거죠."

"바람의 방향은 어떻게 계산하는 건데?"

연화가 다시 물었다.

"자, 이렇게 팔을 벌리고 눈을 감아보세요."

연화는 고영우의 설명을 들으며 그대로 따라 했다.

"바람이 느껴질 거예요."

"응."

"바람이 어느 쪽으로 부는 것 같아요?"

"약간 오른쪽으로 불고 있어."

"예, 맞아요. 그렇게 바람을 몸으로 느끼면 방향이 보여요. 그게 시작입니다, 바람과의 대화는. 이제 바람을 타야 해요."

연화는 모르는 게 생기면 그때마다 질문했고, 고영우는 시범을 보여주며 알기 쉽게 가르쳤다.

"지금은 순풍이긴 한데 과녁 오른쪽으로 불고 있어요. 그럼 이렇게 서서 한 뼘쯤 과녁의 왼쪽을 맞춘다고 생각하고 시위를 당기는 겁니다."

연화는 고영우를 따라 왼쪽으로 약간 몸을 돌린 뒤 과녁의 왼쪽을 겨누고 시위를 당겼다. 고영우의 화살이 먼저 날아갔다. 이어 연화의 화살도 시위를 떠나 과녁으로 내달았다.

"오, 오! 명중이야. 명중."

과녁으로 달려가 확인한 연화는 뛸 듯이 기뻐하며 소리쳤다. 고영우가 오른손 엄지를 세워 연화를 칭찬했다.

"아가씨, 이러다간 곧 저보다 더 잘 쏠 것 같은데요."

"딱 기다리세요, 고 사부. 그게 내 목표니까."

연화는 농담 반 진담 반 스승을 넘어서겠다고 큰소리를 쳤다. 아니, 그러고 싶었다. 여자는 출전이 금지된 활쏘기 경기에 출전해 명주 최고의 명사수 고영우와 겨루는 날이 오길 꿈꾸었다. 연화는 생각만으로도 벅찼다. 활쏘기할 때면 저절로 생기가 돌았고, 자신감이 솟구쳤다. 모전 공방에서 실수를 연발하며 하품만 하던 것과는 완전히 다른 모습이 됐다. 종이가 물을 흡수하는 것처럼 스승의 가르침을 배우는 습득력이 뛰어났다. 말 타고 달리며 활 쏘는 것도 빠르게 익혀갔다.

"이보게 진우 안에 있는가? 내 바둑 한판 두러 왔네."

명주 태수 신유곤이 연화의 집을 찾아왔다. 그는 연화의 아버지 박진우와 한 마을에서 나고 자란 오랜 친구였다. 두 사람 다 바둑을 좋아해 서로의 집을 오가며 함께 바둑을 즐기곤 했다. 이날도 관아에서 퇴청한 신유곤이 연화의 집으로 찾아온 것이다.

"자네, 괴소문이 나도는 거 아는가?"

신유곤이 바둑돌을 놓으며 넌지시 물었다.

"괴소문이라니? 무슨 소문?"

박진우는 모르는 이야기였다.

"발해의 첩자들이 명주 한복판을 드나들며 사람들을 납치해간다는 소문이 나돌고 있어. 보통 골치 아픈 게 아니야."

"그게 사실이면 큰일이 아닌가. 허나 뜬소문일 수도 있으니 진상부터 파악해야 하지 않겠나."

"은밀하게 수사를 하고 있는데 소문의 출처도 확인이 안 되고 첩자의 꼬리도 못 잡아 난감하네."

바둑판 사이로 잠시 무거운 침묵이 흘렀다.

첩자 문제는 신라의 안보와 직결되는 국가 중대사다. 특히 명주는 발해와 국경을 맞대고 있는 신라의 동북 지역 거점 도시라 발해의 첩자들이 신라에 잠입하는 통로로 사용되어 큰 골칫거리였다. 그런 탓에 명주 태수는 첩자에 관한 건 작은 소문이라 해도 가볍게 넘길 수 없는 처지였다.

"큰일이네. 몇 해 전에 있었던 사건 여파가 아직도 가시질 않았는데…."

박진우가 다시 바둑돌을 잡으며 명주를 떠들썩하게 만들었던 사건 이야기를 꺼냈다.

"그럼. 그걸 어찌 잊을 수 있겠나. 대무예가 발해의 왕이 된 뒤로 이 명주 땅이 하루도 조용한 날이 없어."

명주와 같은 국경도시의 평화는 작은 틈에도 흔들렸다. 크고 작은 사건들이 국경도시의 평화를 위협했다. 한시도 긴장을 늦출 수 없는 곳에서 살얼음판을 걷는 것처럼 불안하게 살아가는 국경

도시의 삶이었다. 명주 사람들은 신라와 발해의 사이가 예전처럼 좋아져서 평화롭게 살 수 있기를 바랐다.

　신라와 발해의 관계가 처음부터 나빴던 것은 아니다. 발해는 고구려 유민인 대조영이 건국한 직후 신라에 사신을 보냈으며 신라는 대조영에게 5품 대아찬 벼슬을 내린다는 형식적인 승인 조치를 취하기도 했다. 두 나라 사이에 사절이 오갈 때엔 국가적 차원의 무역도 이루어졌다. 그에 따라 발해의 상경에서부터 동해안을 따라 신라에 이르는 신라도가 생겨났다. 하지만 대무예가 발해의 2대 왕에 오르면서 상황이 급변했다. 무왕의 급속한 세력 확장에 위기를 느낀 당나라의 계략으로 인해 두 나라는 적대적인 관계로 바뀌었다.

　그 무렵 박진우가 말한 사건이 일어났다. 발해의 무왕이 전쟁을 일으킬 것이라는 첩보가 입수되어 신라의 동북 지역에 전운이 감돌았다. 전쟁이 나기 전에 국경지대를 떠나려는 피난민들로 명주 지역은 순식간에 큰 혼란에 휩싸였다. 사태수습을 위해 금성의 중앙귀족이 명주로 파견되었고, 명주 태수는 목이 날아갔다. 왕의 지시로 명주 지역 장정 이천여 명을 동원해 국경에 장성을 쌓은 뒤 혼란은 겨우 가라앉았다. 더 심각한 문제는 그 뒤에 사건의 진상이 밝혀지면서 드러났다. 조사 결과 첩자가 퍼뜨린 헛소문에 의해 신라 동북 지역이 혼란에 빠졌던 것이다.

　"내 그때 소문의 위력이 얼마나 막강한지 뼈저리게 느꼈네. 명주 태수 목도 날리지 않았나. 그 덕에 내가 태수 자리에 오르긴 했지만."

　신유곤이 몸서리를 치며 자신의 목을 감쌌다.

"소문이란 것이 원래 사실보다 힘이 세고 파급력이 크니 심각한 문제야. 적과 국경을 맞대고 있는 우리 명주 지역 같은 곳에선 그 위력이 더 막강해. 첩자가 잠입해 신라를 교란시키기 위해 헛소문을 퍼뜨려도 막을 방도가 없어."

"그러게 말이야. 내 요즘 그 생각만 하면 잠을 이룰 수가 없어."

"자네, 더 큰 문제 생기기 전에 금성에 이 사실을 보고해야 하지 않겠나?"

박진우는 진심을 다해 친구를 걱정했다. 하지만 신유곤은 생각이 다른지 고개를 가로저었다.

"나도 그게 고민이네. 하지만 진상 파악도 제대로 못 한 채 보고했다가 자칫 잘못하면 내 목이 날아갈 수 있으니 어떡하겠나. 안 그래도 요즘 금성 귀족들의 등쌀에 임기를 다 채울 수 있을까 걱정이네."

신유곤은 항간에 떠도는 소문에 자신의 관직을 내걸 사람이 아니었다. 겉으로는 시간이 걸리더라도 소문의 진상을 파악해야 한다는 신중한 태도를 취했다. 박진우는 그것이 걱정이었다. 소문의 출처를 밝히는 건 쉬운 일이 아니다. 소문은 시간을 무기로 삼아 눈덩이처럼 혼란을 부추기는 경향이 있다. 첩자의 노림수가 그것이라면… 그 노림수에 놀아나서는 안 될 일이다. 박진우는 그렇기 때문에 그에 대한 대비책을 세워야 한다고 생각했다. 하지만 어렵게 명주 태수에 오른 친구의 마음도 이해되어 더는 말하지 않았다.

남대천 고운 물결 위로 노을이 내려앉았다. 한낮을 비추던 해는 하늘과 땅과 강물을 황금빛으로, 주홍빛으로, 붉은빛으로 물들였다. 매일의 노을이 달랐고, 매일의 풍경이 달랐다. 연화봉 너머로 해가 사라지자 떠들썩하게 황어잡이를 하던 사람들이 집으로 돌아가고 남대천 강물 위로 어둠이 내려앉았다.

"왜 어머니는 태수 어른만 오시면 이런 걸 나한테 시키는 건지 모르겠어."

연화는 투덜거리며 밥상을 아버지 방으로 들고 갔다. 다른 손님이 오면 하인들이 하는 일인데 명주 태수만 오면 어머니는 굳이 연화에게 밥상 심부름을 시켰다.

"아이고, 우리 며늘아기 아니냐. 밥상을 직접 들고 오는 걸 보니 신부수업 잘하고 있는 것 같구나."

연화의 등장에 방안에 흐르던 무거운 공기가 단숨에 바뀌었다. 조금 전까지 첩자 문제로 골머리를 앓던 신유곤이 언제 그랬냐는 듯 연화를 며느리로 점찍어 두었다고 너스레를 떨었다. 연화가 싫어하는 걸 알면서도 아랑곳하지 않았다.

"아저씨. 정말 왜 그러세요. 제 짝은 제가 찾을 거니까 더 이상의 관심은 사절입니다."

"허허, 말버릇하고는."

연화의 말대꾸에 민망해진 박진우가 딸을 나무랐다.

"자네가 이해하게. 내가 저 애 버릇을 잘못 들였네."

"아닐세. 연화가 아니면 누가 나한테 저런 말을 하겠나."

신유곤은 연화의 당돌함을 익히 알고 있어 놀라지도 않았다.

"연화야, 네가 그런다고 내 포기할 줄 아는 모양인데 난 절대 포기 안 한다. 그러니 신부수업 잘하고 있어야 한다."

연화는 그 자리에서 벗어나기 위해 더는 대꾸하지 않았다.

"저녁 맛있게 드세요."

서둘러 인사를 하고 빠져나왔다.

국경 지역 도시의 삶은 고달팠다. 명주 태수가 다녀간 뒤 연화
의 생활에 또 다른 제약이 생겼다. 잠시 집 밖을 나가더라도 부모
님의 허락을 받아야만 외출할 수 있는 상황이 됐다.

"또 사라졌대."

"누가?"

"아랫마을 김씨 딸이 없어졌대."

산나물을 캐러 간 주민이 잇달아 실종된 것이었다. 은밀하게
떠돌던 첩자에 대한 소문은 실체를 갖춘 사실이 되어 주민들의 삶
을 위축시켰다. 이런 일이 생길 때마다 여자들에게 특히 더 많은
제약이 뒤따랐다. 첩자들이 여자들만 납치해간다거나, 무시무시한
인신매매 조직이 활개를 친다는 흉흉한 말들이 보태져 한낮에도
여자 혼자 다니기 힘들게 된 것이다.

"연화야!"

이른 아침 박진우가 연화를 불렀다.

"바람 쐬러 가자꾸나."

"예, 아버지. 곧 나가요."

그 일이 생긴 뒤로 박진우는 매일 아침 연화를 불러내 함께 산
책하러 나갔다. 당분간 혼자 돌아다닐 수 없게 된 딸을 안타까워
한 박진우의 세심한 배려였다.

"아버지, 우리 집 사병들은 언제 돌아와요?"

남대천 둑길을 걷던 연화가 박진우에게 물었다.

"글쎄다, 사건이 해결되고 국경이 안정되어야 돌아오지 않겠니."

첩자에 대한 소문과 실종사건이 터지면서 명주 지역 호족의 사병들은 국경지대에 파견됐다. 만일의 사태에 대비하여 호족들이 힘을 보태 국경지대 경비를 강화한 것이다.

"왜? 고영우가 언제쯤 돌아오나 궁금한 게로구나."

박진우는 연화를 쳐다봤다.

"예. 어머니가 저 혼자는 절대 활터에 못 가게 하시잖아요."

"그건 그렇지."

활터에 가려고 고영우가 돌아오기만을 기다리는 딸이 안쓰러웠다. 박진우는 그런 딸을 위해 무엇이든 해주고 싶은 딸 바보 아버지였다.

"조금만 더 기다려보자. 내일 당장 이 애비랑 활터에 가자. 고영우 군관이 돌아올 때까지 나랑 산책도 하고 활도 쏘고 그러자꾸나."

연화는 아버지의 말에 감동했다.

"정말요? 감사합니다, 아버지."

누구보다 딸의 마음을 잘 헤아려 주는 아버지였다.

"근데 아버지, 요즘 바쁘지 않으세요?"

"아무리 바빠도 내 귀한 딸이 먼저지."

아버지는 연화의 갑갑한 삶에 숨통을 틔워주는 존재였다. 덕분에 연화는 국경도시의 불안한 시간을 이겨낼 수 있는 힘이 생겼다. 매일 아침 아버지와 산책을 하고, 또 그 산책길에서 많은 이야기를 나누었다. 연화의 나이 열다섯. 국경 지역의 도시에서 나고 자라는 동안 제약도 많았지만 그래서 얻은 것도 있었다. 특히 아버지와는 명주 사람들이 모두 부러워하는 남다른 부녀지간이었다.

"안녕하세요, 어르신. 따님과 아침 산책 나오셨어요?"

남대천에서 물고기를 잡고 있던 어부가 박진우를 알아보고 큰 소리로 인사를 건넸다.

"그렇다네. 자네도 일찍 나오셨나 보네. 물고기는 많이 잡았는가?"

"예. 황어 철이라 손맛이 쏠쏠합니다."

"그럼 많이 잡으시게."

남대천의 황어잡이는 봄이 오는 신호다. 아직 잔설이 남아 있는 남대천에는 물줄기를 따라 팔뚝만 한 황어가 올라오기 시작했다. 복사꽃이 만개할 무렵엔 물 반 고기 반의 진풍경이 펼쳐진다. 회귀 어종인 황어는 알을 낳기 위해 바다를 거슬러 고향인 남대천 상류로 이동하는데, 산란기의 황어는 혼인색을 띠어 주황색과 검은색이 머리부터 꼬리까지 선명하다.

"아버지, 저기 보세요. 황어는 참 대단한 것 같아요. 포기하지 않고 뛰어 넘어가요."

연화는 강을 거슬러 오르다가 장애물을 만나자 필사적으로 뛰어오르는 황어의 모습이 인상적이었다. 뛰어오르다 실패하면 숨 고르기를 하고 다시 뛰어오르기를 반복하며 황어는 그렇게 강을 거슬러 올라갔다.

"포기하면 삶의 목적을 잃으니까, 필사적으로 가는 거지. 그나저나 우리 연화가 누굴 닮아 고집이 센가 했더니 저 황어를 닮았나 보네. 포기를 모르는 게. 허허."

"아버지도 참."

연화는 아버지의 기분 좋은 농담에 덩달아 환하게 웃었다. 아버지와 함께한 그 봄날은 아버지의 웃음과 함께 온 힘을 다해 장애물을 뛰어넘는 황어의 포기하지 않는 강인함으로 남았다.

새벽까지 내리던 비가 아침이 되자 그쳤다. 들일을 하는 농부들의 손길이 이른 아침부터 바빠졌다. 명주 태수의 급한 전갈을 받은 박진우는 아침밥을 먹는 둥 마는 둥 하고 관아로 달려갔다.

"큰일이 났네."

명주 태수 신유곤은 얼굴이 반쪽이 되어 있었다.

"밤사이 관아의 무기고가 털렸네."

"경비는 어찌하고. 무기고를 지키고 있었을 것 아닌가? 그런데 어찌 무기고에 도둑이 들었단 말인가?"

"그게 말일세…."

신유곤이 말끝을 흐리며 목소리를 낮추었다.

"지난밤에 무기고를 지키던 군졸 두 명도 함께 없어졌어."

"그럼 그 군졸들이 도둑과 한패였단 말인가?"

"처음엔 그런 줄 알았네. 그런데…."

"그런데…? 대체 어찌 되었다는 건가? 이 사람아."

박진우가 재촉하자 잠시 망설이던 신유곤이 무겁게 입을 열었다.

"조금 전 사체로 발견됐다네."

"군졸들이 죽었다고?"

놀란 박진우가 되물었다.

"그렇네. 지난밤에 내린 비로 땅이 진창이 되었는데 도둑의 발자국이 그대로 남아 있었어. 그 발자국을 따라가며 수색하던 중에 군졸들 사체를 찾았네."

"어허, 이런 날벼락이 있나…."

박진우는 너무 놀라서 더는 말을 잇지 못했다. 첩자에 이은 실종사건의 진상도 아직 밝혀내지 못했는데 이제는 강도 살인을 저지른 무기 탈취범까지 등장한 것이다.

"자네가 날 좀 도와줘야겠네."

"알았네. 내가 뭘 도우면 되겠나?"

"자네 사병들이 곧 국경에서 돌아오기로 되어 있잖나?"

"그렇네. 이틀 뒤 최씨의 사병들과 교대하고 돌아올 거야."

"그럼 당분간 자네 사병들을 관아로 좀 보내주게. 관아 경비를 강화해야 할 것 같아."

"알았네. 내 그렇게 함세. 그나저나 금성에 보고는 어찌할 건가?"

"안 그래도 금성에 전령을 보낼 생각이네."

"잘 생각했네. 내가 도울 수 있는 건 무엇이든 돕겠네. 언제든 말만 하게."

박진우는 국경 지역의 평화를 지키기 위한 일이라면 먼저 발 벗고 나섰다. 명주의 호족으로서 언제나 그 책임을 다하려고 애썼다. 그러나 이 모든 사건들이 하나로 이어져 있을 것이라곤 생각하지 못했다. 박진우와 신유곤은 물론, 그 누구도 알지 못했다.

3

금성에서 만난 이름들

"정말입니까? 저도 데리고 가신다고요?"

연화는 믿어지지 않아 몇 번을 되물었다.

"그렇다니까. 스님께서 너를 데리고 가겠다고 하셨다. 해서 내 어쩔 수 없이 그러시라고 말씀드리고 오는 길이다."

용연사에 다녀온 박진우가 연화에게 기쁜 소식을 전했다. 금성에 가게 된 용연사의 설운 스님이 연화를 데리고 가겠다고 한 것이다.

"아버지께서 말씀드린 거예요? 저도 데리고 가라고?"

"아니다. 내가 왜 그런 말씀을 드리겠니. 설운 스님께서 먼저 말씀하시지 않았다면 어림도 없는 일이지."

손사래를 치며 아니라고 부인했지만, 박진우가 설운 스님께 부탁한 것이었다.

만월산 자락에 본가가 있는 박진우는 어릴 때부터 용연사를 다녀 설운 스님과 인연이 깊었다. 크고 작은 일이 생기면 용연사를 찾아가 스님과 의논했다. 이번에도 바깥 활동을 자유롭게 하지 못

해 답답해하는 딸을 안쓰럽게 여기는 박진우의 걱정에 설운 스님
이 흔쾌히 연화의 금성 동행을 승낙한 것이다.

"고맙습니다, 아버지."

"네가 그리 좋아하니 나도 좋다."

박진우는 흐뭇했다. 아버지의 마음을 알아주는 딸이 대견한 듯
지그시 바라봤다.

"너 또 왜 그런 표정을 짓는 것이냐?"

동그랗게 눈을 뜨고 쳐다보는 연화의 표정을 알아채고 다시 물
었다.

"이번엔 뭐가 궁금해서 그래?"

"아버지! 근데 스님은 무슨 일로 금성에 가시는 거예요?"

연화는 고개를 갸웃거리며 하려던 말을 마저 이어 갔다.

"저 금성 구경시켜 주려고 가는 건 아니실 테고."

그 말에 혀를 끌끌 차며 박진우가 말했다.

"우리 아가씨가 이제야 그게 궁금해? 스님께선 공무로 금성에
가시는 것이다. 명주 태수가 스님께 전령단을 인솔해 금성에 가서
사건보고를 해달라고 요청드렸단다."

"아~ 정말요? 저는 스님께서 그런 일까지 하시는 줄 몰랐어요."

연화는 아버지의 말을 듣고 나서 새삼 깨달았다. 신라 사회에
서 스님의 역할이 크다는 건 알고 있었지만 이렇게 많은 일을 하
고 있는 줄은 이번에 알게 됐다. 곰곰이 되짚어보니 화랑단에 참
여해 정신적 지도자 역할을 수행하기도 하고, 금성의 고관대작들
이 명주에 오거나, 중앙에 긴급한 사안을 전달할 때도 스님들이
사절단을 인솔하곤 했었다. 그래서 명주에서 연달아 발생한 사건

보고로 골머리를 앓던 명주 태수는 설운 스님에게 그 역할을 맡아
달라고 요청한 것이다. 이미 몇 차례나 금성을 오가며 사절 임무
를 훌륭하게 수행한 경험이 있는 데다 금성에 폭넓은 인맥을 가지
고 있는 설운 스님만큼 명주 태수의 시름을 덜어줄 인물은 없었기
때문이다.

"연화야."

박진우의 당부가 이어졌다.

"스님은 공적인 업무를 수행하러 가시는 분이니 폐를 끼쳐선
안 된다."

"걱정 마세요. 아버지."

그래도 마음이 놓이지 않아 박진우는 연화에게 거듭 당부했다.

"고영우 군관이 스님을 모시고 가기로 했으니까 무슨 일이 생
기면 영우와 의논하면 된다."

"예, 아버지."

연화는 금성 여행에 대한 기대로 한껏 부풀어 올라 아버지의
걱정이 더는 귀에 들어오지 않았다.

"스님께선 언제 출발한다고 하셨죠? 지금 금성 갈 짐 싸면 될
까요?"

연화는 당장이라도 떠날 것처럼 자리에서 일어나며 큰소리로
물었다.

"아이고, 귀청 떨어지겠네."

오랜만에 보는 연화의 활기찬 모습에 박진우도 귀를 잡는 시늉
을 하며 기분 좋게 웃었다.

"아버지, 빨리 말해주세요. 언제 간대요?"

연화는 아버지의 대답을 재촉했다.

"명주 태수가 사흘 뒤에…."

박진우가 뜸을 들이자 연화는 알겠다는 듯이 아버지의 말을 가로챘다.

"사흘 뒤 출발한다고요."

"그래. 사흘 뒤 출발이다."

"아버지, 제가 금성 여행을 가게 되다니 이거 꿈은 아니겠죠?"

"그렇게 좋으냐?"

"예, 아버지."

금성 여행은 연화의 오랜 꿈이었다. 그동안 좀처럼 기회가 없었는데 설운 스님이 연화의 동행을 허락해 그 꿈을 이루게 된 것이다.

"스님 감사합니다."

연화는 허공에 대고 큰소리로 감사 인사를 했다.

벌써 꽉 들어찬 봄기운이 물씬하다. 산과 들에 새잎이 다투어 자라고 꽃들이 지천으로 피어나는 완연한 봄날, 연화는 금성으로 향했다. 명주를 벗어나 다른 도시로 나가는 것은 처음이었다. 그것도 다른 도시가 아니라 금성으로 가는 것이었다. 말을 타고 달리는 동안 이름을 알 수 없는 알록달록한 꽃들이 스쳐 지나가고, 푸르른 나뭇잎들까지, 연화의 눈엔 모든 것이 싱그러웠고, 모든 것이 설레었다. 꼬박 이틀 말을 타고 달리는 고된 여정이었지만 연화는 그마저도 낯선 곳을 여행하는 모험이자 새로운 경험이었다.

"와! 저 탑 좀 보세요."

그렇게 도착한 금성의 첫인상. 그것은 압도적인 풍경으로 다가왔다. 도시에 우뚝 솟은 거대한 목탑이 첫눈에 연화를 사로잡았다. 지금껏 한 번도 본 적 없는 엄청난 높이의 목탑이다. 도시의 사방팔방 어디에서나 볼 수 있는 그 탑이 금성의 방향을 알려주는 역할을 하고 있었다.

"정말 멋져요."

연화는 거대한 탑에 홀린 듯 눈을 떼지 못하고 감탄했다.

"제가 생각했던 것보다 훨씬 더 웅장하고 아름다워요."

앞서 걷던 설운 스님이 뒤돌아서 연화를 바라보며 빙긋이 웃었다.

"스님, 우리는 어디에 머물 건가요?"

연화가 묻자 설운 스님이 바로 그 목탑을 가리켰다.

"저기 구층 목탑 보이지."

"아, 저 탑요?"

"그래, 신라에서 제일가는 황룡사 구층 목탑이란다."

"그럼 우리가 황룡사에서 머무는 거예요?"

연화는 믿어지지 않는 듯 몇 번을 되물었다.

"황룡사에 내가 금성에 올 때마다 머물던 객사가 있다. 그곳에 너희가 머물 방도 마련해두었으니 이제 그만 물어봐라."

연화는 가슴이 벅차 쿵쿵 뛰었다.

황룡사와 황룡사 구층 목탑은 신라인들에게 그런 곳이었다. 신라인이라면 누구나 꼭 한 번은 가보고 싶은 곳, 살아생전 반드시 가 봐야 하는 곳으로 꼽히는 신라 최고의 명소였다. 황룡사는 처음엔 약한 나라였던 신라가 힘센 나라로 발돋움하던 전환기의 역사와 그 시작을 함께 한 사찰이다. 처음으로 한강 유역으로 진출한 신라의 진흥왕이 새 왕궁을 지으려고 했는데 궁궐을 짓는 도중 황룡이 나타나 하늘로 올라가는 기적이 일어났다고 한다. 신라 사람들은 용이 사는 곳을 망가뜨리기를 주저했다. 그래서 궁궐 대신 용보다 더 초월적인 존재를 모시는 절을 세운 것이다. 16년에 걸친 대장정 끝에 완공한 신라에서 가장 큰 사찰. 바로 그 절이 황룡사다.

어느 절에서나 탑은 첫눈에 띄는 상징물이다. 하지만 황룡사 구층 목탑은 절 하나의 상징을 넘어 신라 역사의 이정표 역할을 하는 상징이었다. 황룡사 구층 목탑은 선덕여왕 때 자장율사의 건의로 세워졌다. 목탑의 기둥엔 자장율사가 당나라에서 가져온 부처의 진신사리를 봉안하고, 신라를 중심으로 한 주변의 아홉 개 나라를 제압한다는 의미를 담아 구층 목탑으로 만든 것이었다. 당시 주변국에게 위협받던 신라의 불안한 국제 정세를 불교 신앙으로 결집해 극복하겠다는 의지를 담아 세운 호국탑이 황룡사 구층 목탑이다.

황룡사 구층 목탑은, 그렇게 절 하나의 상징을 넘어, 통일 이전을 살다 간 신라인들에겐 간절한 통일의 염원이었고, 통일 이후를 살아가는 지금의 신라인들에겐 그 자체로 통일신라의 자부심이었다. 그 아래에 서서 구층 목탑을 보는 것만으로도 연화는 가슴이 벅차올랐다.

"아이고, 어서 오세요. 먼 길 오시느라 수고 많으셨지요?"
황룡사 입구에 도착하자 기다리고 있던 스님이 일행을 맞이했다.

"오랜만입니다, 도진 스님. 그동안 잘 계셨습니까?"

동자승 시절 설운 스님과 함께 공부하며 동고동락했던 도진 스님이었다.

"명주에서 함께 온 일행입니다."

설운 스님이 연화와 고영우를 소개하자 도진 스님이 두 사람을 향해 합장하며 머리를 숙였다.

"황룡사에 오신 것을 환영합니다."

"반겨 주셔서 감사합니다."

연화와 고영우도 두 손을 모아 정중하게 인사했다.

"고단하실 테니 어서 안으로 들어가시지요."

짤막한 인사를 나눈 뒤 도진 스님이 일행을 황룡사 경내로 안내했다. 중문으로 들어서자 연화의 눈앞에 황룡사 구층 목탑이 거대한 모습을 드러냈다. 가까운 곳에서는 고개를 들어도 그 끝이 보이지 않았다. 구층 목탑 뒤로 불상을 모신 세 개의 금당이 나란히 자리했고, 금당 뒤에 강당과 스님들이 머무는 승방 건물들이 있었다. 손님들이 머무는 숙소는 긴 회랑으로 이어진 건물에 마련되어 있었다.

"이곳입니다. 계시는 동안 편히 지내시기 바랍니다."

"감사합니다, 스님."

도진 스님이 친절하게 숙소까지 안내하고 거처로 돌아갔다. 설운 스님과 고영우도 각자의 방으로 들어갔다.

"스님 편히 쉬십시오. 저는 여기에 좀 있다가 들어갈게요."

연화는 설운 스님이 방으로 들어가는 걸 보고 마루에 걸터앉았다. 고개를 들어보니 끝없이 이어지는 황룡사 처마와 담장 사이로 발갛게 물든 하늘이 낯선 풍경처럼 다가왔다.

"같은 하늘인데 명주에서 보던 것하고는 완전히 다르네."

혼잣말을 중얼거리는 연화의 머리 위로 저녁노을이 내려앉았다. 바람에 실려 온 은은한 풍경소리가 노을 지는 황룡사 담장을 따라 넘어갔다. 금성에 온 첫날 밤, 연화는 뜬눈으로 지새웠다.

"연화야! 나는 공무를 보러 가야 하니 너는 금성 구경이라도 하고 있으려무나."

이른 아침 설운 스님은 금성의 관청으로 갔다. 고영우도 스님을 모시고 간 터라 연화는 혼자서 황룡사를 나섰다.

반듯하게 뚫린 큰길 사이로 날아갈 듯한 기와집이 연이어 있다. 초가집은 한 채도 보이지 않았다. 바삐 오가는 사람들을 보면서 연화는 신라의 중심이라는 말이 실감 났다. 왕이 머무는 궁궐은 월성이 에워싸고 있었고, 그 앞으로 나 있는 큰 대로를 따라 관청 건물이 좌우로 늘어서 있었으며, 또 다른 큰 길이 황룡사 서쪽을 지나 금성의 북쪽으로 이어졌다. 금성에는 왕궁을 빼놓고도 크고 화려한 집들이 많았다. 마당에는 전돌을 깔아 비가 와도 흙을 밟지 않고 다닐 수 있도록 만들고, 지붕 선을 아름답게 하기 위해 처마를 이중으로 만든 겹처마에, 치미를 올린 집도 있었다. 게다가 금성에서는 밥을 지을 때 숯을 쓴다고 했다. 장작을 쓸 때보다 그을음이 적게 나기 때문에 나무보다 훨씬 비싼 숯을 쓸 정도로 금성에 사는 사람들은 귀족이거나 아주 잘 사는 사람들이었다.

"오세요. 오세요. 그냥 지나가면 손해랍니다. 신라에서 가장 진귀한 물건들 구경하러 오세요."

　우렁찬 소리를 따라 시장에 들어선 연화는 눈앞에 펼쳐진 광경에 눈이 휘둥그레졌다. 명주에서는 볼 수 없는 진귀한 것들이 가득했다. 숯을 사러 온 손님과 상인이 흥정하는 숯 가게도 연화는 처음 보는 것이었다. 시장은 물건을 사러 나온 사람들로 북적였고, 이 가게 저 가게에서 흥정하는 소리로 시끌벅적 활기가 넘쳤다. 옹기 가게, 기름 가게 등 일상용품을 파는 가게 골목을 나오자 조금 떨어진 곳에 귀족들을 상대로 고가의 사치품을 파는 가게들이 줄지어 있었다. 명주에서는 구하기 힘든 화려한 신발이며 보석으로 장식한 머리빗, 서역에서 들어온 보석에 모전까지 갖가지 고가품들이 손님을 기다리고 있었다. 포목점의 화려한 비단이 연화의 눈길을 붙잡았다. 신라 비단은 직조법이 다양해 능·라·겸·금·포 등 그 종류도 많았다. 연화는 비단의 종류가 이렇게 많다는 것을 이곳에서 알게 됐다. 더 놀라운 건 또 있었다. 금성에서 처음 본 낯선 얼굴이었다.

　"아가씨. 이거 구경하고 가세요."

　어눌한 말투로 낯선 상인이 지나가는 연화를 불러 세웠다.

　"어머!"

　연화는 낯선 모습의 상인을 보고 깜짝 놀랐다. 신라 사람보다 훨씬 큰 키에 곱슬거리는 짧은 수염, 크고 깊은 눈과 큼지막한 매부리코에, 머리엔 수건을 두르고 있었다.

　"놀라지 마라, 아가씨. 나는 서역에서 온 상인이다."

　상인이 놀란 연화에게 신라 말로 자신을 소개했다. 조금 어눌하긴 해도 신기할 정도로 신라 말을 잘하는 서역 상인이었다.

　서역은 중국의 서쪽 나라를 가리키는 말이다. 세계의 많은 나라들을 다니며 무역을 하는 서역 상인들은 이윤이 있는 곳이면 가지 않는 곳이 없었다. 그들은 큰 배를 타고 바닷길 동남쪽의 여러 나라와 당나라를 거쳐 신라의 개운포에 정박해 금성을 오갔다.

연화는 말로만 전해 들은 적 있는 서역 상인을 직접 만나 처음엔 조금 당황했다. 하지만 그것도 잠시뿐이었다. 신기한 물건들을 구경하느라 이내 넋을 놓고 말았다. 에메랄드부터 공작새의 꼬리 등 상점에 진열된 것들은 모두 처음 보는 물건이었다.

"이건 뭔가요? 어디에 쓰는 건가요?"

서역 상인은 친절했다. 연화가 궁금해하는 물건마다 자세하게 소개했다.

"이건 유리로 만든 컵이야. 색이 참 예쁘지? 아가씨만큼 멋진 컵이야. 이거 하나 사."

연화는 서역 상인이 소개한 유리컵 가운데 파란색 두 개를 샀다. 어머니와 아버지께 드릴 선물이었다.

"이 목걸이도 주세요."

그리고 작은 유리구슬로 만든 목걸이를 골랐다.

"아가씨 멋쟁이. 이 목걸이 아가씨한테 정말 잘 어울려."

상인은 유리컵을 짚풀 봉투에 담으며 너스레를 떨었다. 연화는 서역 상인의 그런 상술이 싫지 않았다.

금성은 시장의 규모도 지방 도시 명주와는 급이 달랐다. 신라의 모든 문물이 금성의 시장으로 모여들었다. 전국에서 나는 특산물도, 먼 바닷길을 건너온 서역의 상품도 금성의 시장에서 사고팔았다. 시장은 금성의 멋쟁이들이 입고 먹는 유행이 가장 먼저 시

작되는 곳이었고, 신라 전역으로 퍼져나가는 신라풍 유행의 출발
지였다.

"이건 서시에는 없는 거야. 남시에도 없어."

한 가게 앞에서 시장 상인이 손님과 흥정하는 소리가 들렸다.

"참 거짓말도 맛깔나게 잘하시네."

빈정대는 손님의 대꾸에 상인은 손사래를 치며 반박했다.

"거짓말을 내가 왜 해. 여기 동시에서만 파는 거니까 있을 때
사. 그게 이득이야."

"이득은 개뿔. 지금 내가 서시에서 오는 길인데도 거짓말할 거
요. 거기에도 이런 물건들 다 있었는데."

수많은 손님들을 상대하는 상인이라 금방 말을 바꾸며 능수능
란하게 대처했다.

"그새 서시에도 들여놨나 보네. 그래도 물건의 질은 거기랑 급
이 달라. 진짜야."

그 앞을 지나던 연화는 상인과 손님이 옥신각신 실랑이하는 소
리에 웃음이 나왔다. 호기심이 생겨 귀 기울여 들어보니 자신이
지금 구경하고 있는 곳이 금성에서 가장 오래된 동시(東市)였다.
금성에는 모두 세 군데에 시장이 있었는데, 삼국통일 뒤 도시가
확장되면서 서시(西市)와 남시(南市) 등이 새로 생겼다. 금성의 시
장은 모두 나라에서 직접 운영하고 관리했다. 시장을 관리하는 관
청이 따로 있었다. 시장을 열고 닫는 시간을 관리하고, 왕궁에서
사용하는 물품을 조달하는 일, 상인들에게서 세금을 거두어들이는
일 등을 맡아서 관리하는 관청이었다.

"음! 이건 도무지 못 참겠는데…"

연화는 구수한 냄새에 이끌려 간이주점으로 들어갔다. 시장 상인과 손님들 상대로 간단한 음식과 술을 파는 곳이었다.

"아가씨, 혼자 오셨나? 뭘 드릴까?"

주점 주인이 연화에게 자리를 권하며 물었다.

"이 집에서 가장 잘 팔리는 건 뭔가요?"

"금성이 처음인가 보우. 어디서 오셨소, 아가씨?"

연화는 지방에서 온 사람을 깔보는 듯한 그의 태도가 못마땅했다.

"그건 왜요?"

연화가 까칠한 반응을 보이자 주인의 태도가 바뀌었다.

"아이고, 내가 괜한 헛소리를 했나 보네. 금성 사람이라면 다 아는 우리 집 국밥을 모르니까 한번 해본 소린데, 내 얼른 국밥 가져다드리리다. 잠깐만 기다리시오."

주인의 말대로 눈 깜짝할 사이에 국밥이 나왔다. 뜨끈뜨끈한 고기 육수에 갖가지 채소를 넣어 끓인 국밥이었다. 한 숟가락, 두 숟가락 먹으면 먹을수록 더 담백하면서도 풍성한 맛이 입안 가득 퍼지는 즐거운 맛이었다. 연화는 주점 주인이 금성을 대표하는 국밥이라고 자랑할 만한 맛이라고 생각했다. 그제야 앞서 지방에서 왔냐고 묻는 주점 주인의 말에 쓸데없이 예민하게 군 것 같아 괜히 미안했다.

"맛있게 잘 먹었습니다."

연화는 주인에게 더 깍듯한 인사를 하고 주점을 나왔다.

그런데 얼마 지나지 않아 연화를 언짢게 하는 그 말이 또다시 들렸다.

"지방에서 온 촌것이라고 무시하는 것 아니냐고."

"누가 무시했다고 그래."

간이주점에서 얼마 떨어지지 않은 곳에 자리한 고기 가게에서 상인과 손님이 삿대질하며 다투고 있었다.

"당신이 저울을 속였잖아. 내가 지방에서 왔다고 등신인 줄 알아?"

손님은 상인이 저울을 속였다면서 금방 멱살잡이라도 할 것처럼 씩씩거렸다.

"이 사람이 큰일 낼 사람이네. 누가 저울을 속였냐고?"

상인도 억울하다고 소리치며 시치미를 잡아뗐다. 그러다 갑자기 눈치를 보며 입을 다물었다.

"나리, 저울 가지고 오셨어요?"

시장 상인들의 눈속임을 단속하는 시전 관리가 온 것이다.

"이제 저울에 달아 보면 속인 건지 아닌지 금방 알겠네."

시전 관리의 등장에 손님은 의기양양해졌고, 상인은 안절부절 어쩔 줄 몰라 했다.

"이것이 우리 시전에서 사용하는 표준 저울입니다. 이 저울로 달아 보면 금방 알 수 있으니까 잠시 기다려주세요."

시전 관리는 먼저 상인이 사용하던 저울에 고기를 올려서 달아 본 뒤 표준 저울에 다시 달아보고 꼼꼼히 그 무게를 비교했다. 그리고 나선 상인을 노려보며 큰소리로 꾸짖었다.

"네 이놈! 어디서 감히 저울 눈금을 조작해."

시전 관리에게 눈금 조작이 들통나자 상인이 두 손을 모아 싹싹 빌었다.

"이번이 처음입니다. 딱 한 번만 눈감아 주세요, 나리."

그러나 시전 관리는 단호했다.

"저울을 속여 시장 질서를 어지럽히는 자는 용서할 수 없어. 엄격하게 처벌하는 것이 시전의 법이야."

"당연한 말씀입니다. 지방에서 온 촌놈이라고 얕잡아 보고 저울을 속이는 나쁜 놈들은 혼쭐이 나야 합니다."

손님이 맞장구를 치며 관리의 처분에 안도의 한숨을 쉬었다.

"이건 또 뭔가?"

고기 가게 안에서 또 하나의 저울이 발견됐다. 시전 관리가 다시 상인을 추궁했다.

"이것도 눈금을 조작한 저울인가?"

"아닙니다요. 이번엔 정말로 아닙니다. 표준 저울하고 똑같은 저울입니다."

상인은 손사래를 치며 아니라고 발뺌을 했다.

"그럼 두 개의 저울로 무엇을 한 것이냐? 사람을 봐 가면서 조작한 저울을 사용한 것이냐?"

"그건 아닙니다요, 나리. 이번에 딱 한 번 사용한 겁니다요. 믿어주십시오."

상인은 조작한 저울을 처음 사용한 것이라고 끝까지 우겼다.

"지방 촌놈한테 된통 걸려서 이게 무슨 꼴이야. 재수가 옴 붙었네."

시전 관리에게 끌려가면서 상인이 중얼거리며 속마음을 내뱉었다. 연화는 목에 박힌 생선 가시처럼 그 말이 마음에 걸렸다. 명주 사람들이 고구려 유인촌 사람들을 차별할 때 쓰는 말과 같은 것이라 더욱 그랬다. 더구나 그것은 단지 금성 상인 한 사람의 말이 아니었다. 금성 사람들이 지방 사람을 대하는 일반적인 말이고 태도라는 사실을 알았기 때문에 마음이 불편하고 언짢은 것이었다.

신라가 엄격한 신분제 사회라는 것은 연화도 잘 알고 있었다. 신라의 골품 제도는 말 그대로 사람들을 '골'과 '품'으로 나누었다. 왕족과 귀족에 해당하는 '골'에는 성골과 진골이 있고, 중간층과 평민을 아우르는 '품'에는 육두품부터 일두품까지 있다. 중요한 것은 이 골품 제도가 어디까지나 금성 사람들에게만 해당하는 것이다. 지방민들은 골품 제도 밖에서 금성 사람들과는 근본적으로 다른 부류 취급을 받았다. 하지만 명주에선 몰랐던 지방민에 대한 차별을 금성에서 직접 보고 겪은 것이다. 연화는 그래서 그 말이 아프게 다가왔다.

"도둑이야! 도둑놈 잡아라!"

그때 누군가 연화를 뒤에서 밀치고 달아났다. 그 바람에 연화는 시장통에 넘어졌다. 들고 가던 짚풀 봉투가 땅에 떨어져 귀한 유리컵이 산산조각이 났다.

"아가씨, 다친 데는 없어요?"

친절한 아주머니가 넘어진 연화를 부축해 일으켜 세웠다.

"아이고, 이 아까운 유리컵이 다 깨져 어째. 그나저나 아가씨, 또 잃어버린 건 없는지 잘 살펴봐요. 저 도둑놈들이 한 번씩 시장을 발칵 뒤집어 놓는다니까."

그때였다.

"아주머니! 방금 숨긴 것 내놓으시죠."

한 청년이 아주머니를 도둑 취급하며 다그쳤다. 연화는 당황했다.

"이 아주머니는 저를 도와주신 분인데…."

청년은 연화의 말을 듣는 둥 마는 둥 하고 아주머니에게 말했다.

"아가씨 돈주머니를 훔치는 걸 제가 다 봤습니다. 그러니 지금 당장 저와 함께 관아에 가실래요, 아니면 아가씨에게 돌려주실래요?"

"아니 이게 왜 여기에 있대."

아주머니는 청년이 강경하게 나오자 본색을 드러냈다. 연화를 부축할 때 훔친 돈주머니를 허리춤에서 꺼내 냅다 던지고 줄행랑을 쳤다.

"이게 대체 무슨 일이죠?"

연화는 순식간에 벌어진 상황이 혼란스러웠다. 자신에게 친절을 베푼 아주머니가 도둑이었다는 것이 믿어지지 않았다.

"금성에선 도둑들 조심하셔야 합니다. 패거리를 지어 다니며 한 놈은 밀치고, 또 다른 도둑은 친절을 베푸는 척하면서 훔쳐 가는 겁니다. 이게 다 도둑들 수법입니다. 다친 데는 없으신가요?"

"네. 다친 데는 없습니다. 정말 감사합니다."

연화가 인사를 하자 청년은 당연히 해야 할 일을 한 것이라고 겸손하게 말했다. 참 듣기 좋은 목소리였다.

"무월랑!"

누군가 시장 입구에서 청년을 불렀다.

"빨리 오시게. 서둘러 출발해야 하네."

"아가씨, 그럼 저는 이만 가보겠습니다."

무월랑이라 불리는 청년은 연화에게 작별 인사를 하고 달려갔다. 시장 입구에 또래로 보이는 청년들이 기다리고 있었다.

"저 화랑들 오늘 금강산으로 출발한대."

"부럽다, 금강산 유람이라니. 나도 다시 태어나면 화랑으로 태어나야겠어."

"누가 그렇게 만들어 준대."

연화는 청년들을 바라보며 시장 상인들이 나누는 이야기에 귀를 기울였다. 알고 보니 청년들은 화랑이었다. 금강산 유람을 떠나는 화랑단이 필요한 것을 구하기 위해 잠시 시장에 들른 것이다.

"금강산으로 유람 간다고?"

혼잣말을 되뇌며 연화는 멀어져 가는 화랑들의 뒷모습을 한참이나 지켜봤다.

"나도 저 화랑들처럼 살고 싶은데….."

연화는 그들처럼 살고 싶었다. 금강산 유람을 떠나는 화랑들처럼 자유롭게 살고 싶었다. 그러나 그것은 이룰 수 없는 헛된 꿈에 불과했다.

화랑은 아무나 될 수 있는 게 아니었다. '꽃처럼 아름다운 사나이'란 뜻의 호칭처럼 화랑은 십오 세부터 십팔 세 정도의 진골 출신 청년들이라야 될 수 있었다. 화랑은 수백에서 수천의 낭도를 거느렸다. 화랑을 따르는 낭도는 평민 출신 청년도 될 수 있었다.

화랑이 되면 삼 년 동안 단체 생활을 하면서 무예를 익히고 신라 땅의 명승지를 찾아다니며 몸과 마음을 단련했다. 전쟁이 벌어지면 화랑은 바로 군사 조직으로 바뀌어 신라가 통일을 이루는 데 커다란 힘이 된 청년조직이었다. 또한 그 가운데 능력 있는 화랑은 벼슬을 받아 관직에 나아갈 수 있어 신라의 관료 양성 수단이

기도 했다.

　연화는 화랑의 모든 것이 부러웠다. 자신이 처한 답답한 현실이 세상을 향한 질문이 되어 쏟아졌다.

　'왜 여자는 화랑이 될 수 없는 거야? 왜 남자만 화랑이 될 수 있다고 하는 거지? 왜? 도대체 왜?'

　그러다 문득 어머니의 잔소리가 떠올랐다.

　"넌 왜 그렇게 궁금한 게 많니. 아무짝에도 쓸데없는 무용한 것들만 골라서 질문을 하고 그래. 제발 쓸모 있는 생각이나 좀 하거라."

　그 소리는 환청이 되어 연화의 귀에 달라붙었다.

　"여자가 화랑이 되고 싶다니 그게 가당키나 한 소리야."

　어머니의 야단치는 소리가 너무나 생생하게 들려왔다. 연화는 눈앞에 어머니가 서 있는 것 같았다. 어쩌면 어머니의 말처럼 세상에 순응하며 살아갈 수도 있을 것이다. 그러나 설령 그렇다고 하더라도, 연화는 그것을 온전히 자신의 삶으로 받아들이고 살아갈 자신이 없었다.

　"연화야 금성 구경 갔다가 무슨 일이 있었던 것이냐?"

　찻잔에 차를 따르며 설운 스님이 연화에게 물었다. 누군가 말을 걸어주기만 기다렸다는 듯이 연화는 마음에 담아 둔 말을 쏟아냈다.

　"스님, 저는 화랑들처럼 자유롭게 살고 싶습니다. 단지 그것뿐인데 왜 다들 안 된다고만 할까요?"

"허허, 사람들이 연화의 마음을 몰라주어서 며칠을 그러고 있었구나."

"예, 스님. 제 마음을 알아주는 건 스님뿐입니다."

"그래? 그렇다니 나도 좋구나."

차를 한 모금 마신 뒤 설운 스님이 말을 이어갔다.

"연화야 꼭 남들처럼 살지 않아도 된다. 세상은 말이다, 세상을 향한 질문을 하는 자가 만들어가는 것이다. 질문하는 자가 없으면 잘못된 것도 쉽게 바꾸려고 하지 않거든. 그러니 너는 너의 생각대로 너의 삶을 살면 되지 않겠니?"

그동안 설운 스님처럼 말해 준 사람은 아무도 없었다. 연화를 누구보다 아끼는 아버지도 그렇게 말하지 않았다.

"이 신라 땅에 저처럼 생각하는 사람들이 또 있을까요?"

"그럼. 당연히 있지. 이 신라 땅 어딘가에 또 다른 연화들이 있을 테니 힘을 내거라."

그것은 연화에게 무엇보다 큰 힘이 되어 주는 말이었다.

"연화야, 명주로 돌아가기 전에 너에게 꼭 보여주고 싶은 곳이 있다."

"어딘데요? 지금 말씀해주시면 안 돼요?"

"허허, 가보면 안다."

금성에 온 지 열흘. 설운 스님이 모든 공무를 마치고 명주로 돌아가는 날이다. 일행은 이른 아침 서둘러 황룡사를 나섰다.

"이랴!"

고영우가 말을 타고 앞서서 달려갔다. 고영우는 스님이 말한 목적지를 이미 알고 있는 것 같았다. 연화는 말고삐를 잡고 뒤따라 달려갔다.

금성에서 반나절을 달려 도착한 곳은 하곡현의 강가였다. 굽이
져 흐르는 강을 끼고 커다란 암벽이 있었다.

"스님, 바위에 그림들이 새겨져 있는데요."

"여기 온 이유가 그 바위에 있으니 잘 찾아보거라."

설운 스님의 말이 떨어지자마자 연화는 바위를 살펴보기 시작
했다. 바위 위쪽엔 갖가지 문양과 사슴·멧돼지 같은 동물과 물고기
등이 새겨져 있었다. 단단한 바위 표면을 깎아내고 다듬어 그림을
새긴 게 정말 놀라웠다.

"스님! 놀랍긴 한데 이런 그림 보려고 여기 데려온 건 아니겠죠?"

바위 그림을 뚫어져라 살피던 연화가 스님을 향해 소리쳤다.

"글쎄다. 바위 아랫면을 한번 잘 살펴봐."

그러고 보니 바위 윗면과 아랫면의 그림이 조금은 달라 보였
다. 아랫면에는 윗면에는 없던 기마 행렬도와 머리를 치켜들고 비
상하는 용이 새겨져 있다. 그리고 또 다른 것이 있었다.

"찾았어요. 여기 이 글자들요."

"금방 잘 찾았네. 그럼 이번엔 그 글자들을 잘 살펴봐. 그중에
여기 온 이유가 있을 테니까."

바위 아랫면에 새겨진 글자는 팔백 자가 넘어 보였다. 글자들
을 살펴보던 연화는 바위 아랫면 오른쪽에서 흥미로운 기록을 발
견했다. '525년 을사년에 사탁부 소속의 갈문왕과 그의 누이인 어
사추여랑왕이 이곳에 놀러 온 것'을 기념해서 새긴 글이었다.

"스님! 갈문왕은 누군가요? 어느 왕을 말하는 건가요?"

"갈문왕이라는 것은 왕과 아주 가까운 친척에게 내려지는 명예로운 호칭이야."

"그럼 여기서 제가 눈여겨봐야 하는 건 '어사추여랑왕'이란 글자네요?"

"그렇지. 어사추여랑왕이라고 했으니까 그때는 여성에게도 왕이라는 명예로운 호칭을 사용했다는 걸 알 수 있지."

그뿐만 아니다. 바위에는 함께 왔던 귀족들의 이름이 더 새겨져 있었는데, 일길간지라는 관등을 가진 영지지의 처 거지시혜 부인, 사간지라는 관등을 가진 진육지의 처 아육모홍 부인도 함께 왔다고 기록되어 있었다. 귀족들과 함께 유람 온 부인들의 이름을 전부 실명으로 기록한 것이다. 그 이름들을 발견한 순간 연화는 눈이 번쩍 뜨이는 것 같았다.

"그러니까 우리 신라도 이때는 여자들도 남자들과 이름을 나란히 할 수 있었다는 거네요, 스님!"

"직접 눈으로 보니까 어때? 여성의 지위가 지금과는 사뭇 다른 것 같지."

설운 스님이 연화의 등 뒤에 대고 말했다.

"제 이상형이 여기, 여기, 여기에도 있어요."

연화는 바위에 새겨진 신라 여성들의 이름을 차례로 어루만졌다. 그 이름들과 눈을 맞추며 설운 스님에게 말했다.

"당당하게 자기 이름을 내걸고 자유롭게 다니며 바깥 활동을 했다는 거잖아요, 이분들은. 저도 저 이름들처럼 살고 싶어요."

연화는 그 시대를 살아보지 않아 몰랐던 세상이었다. 바위에 새겨진 이름들을 통해 그런 역사가 있었던 사실을 알게 된 순간 가슴이 뛰기 시작했다.

그때나 지금이나 신라 사회에서 경제력은 사회적 지위를 나타
내는 척도였다. 그러나 연화의 시대와는 달리 앞선 시대를 살았던
신라 여성들은 왕성한 경제활동을 하며 역동적인 삶을 살았다. 그
만큼 사회적 지위도 높았다. 신라의 주력산업인 직물생산을 관장
하는 관서가 있었는데 나라의 관서마다 생산을 총괄하는 감독관은
여성이었다.

평민 여성들은 베를 짜서 시장에 내다 팔아 집안 살림을 꾸리
기도 했다. 베는 쌀과 바꿀 수 있을 만큼 상품 가치가 컸다.

그뿐만이 아니었다. 신라의 화랑도가 있기 전에 원화 제도가
있었다. 진흥왕이 576년에 신라의 인재를 키우기 위해 원화 제도
를 만들었다. 남모와 준정이라는 두 여성을 뽑아 원화의 우두머리
로 삼았다. 이들이 이끄는 삼백여 명의 무리는 부모에게 효도하고,
나라에 충성을 다할 것을 맹세하고 함께 모여 수련했다. 신라에는
나라를 세울 때부터 여성들이 나라의 제사를 비롯한 종교 행사에
활발하게 참여한 전통이 있었다. 이런 전통이 남아 있었기 때문에
여성이 남성들을 이끄는 우두머리가 될 수 있었던 것이다.

연화는 의아했다. 왜 원화 제도는 없어진 걸까? 세상 사람들이
알고 있는 것처럼 남모와 준정의 갈등으로 무리는 흩어지고 원화
제도는 없어진 게 사실일까? 어쩌면 그 이면에 또 다른 진짜 이유
가 숨겨져 있을지 모른다는 생각이 들었다. 왜냐하면 그 뒤 남자
를 우두머리로 한 조직을 만들었는데, 그것이 화랑 제도였으니까.
원화에서 화랑으로 바뀌면서 여성들의 정치적 몫이 작아지고 남성
중심으로 바뀌었으니까.

실제로 여성이 정치를 하면 나쁘다는 생각은 시간이 지날수록 더 강해졌다고 한다. 통일 이후 신라에 유교 사상이 널리 퍼지면서 여성의 지위는 더욱 낮아지고 남성이 사회활동을 도맡아 하는 시대로 바뀐 것이다.

'원화가 화랑으로 바뀌었다? 그럼 누군가 또 바꿀 수 있다는 거네. 영원한 것은 없으니까.'

그렇게 생각하자 연화는 자신을 답답하게 옥죄던 그 무엇이 뻥 뚫리는 것 같았다. 불만투성이였던 세상이 조금은 달라 보였다. 힘주어 어깨를 쭉 폈다. 앞으로 여자라고 해서 절대 먼저 움츠리지 않겠다고 마음속으로 되뇌었다.

"고 군관!"

설운 스님이 고영우를 불렀다.

"저 글자들을 탁본해서 주면 연화가 좋아하지 않겠나?"

고영우는 준비해온 종이로 바윗면에 새겨진 여성의 이름을 탁본으로 떴다.

"어머 언제 이런 것을 준비해왔어? 고마워라."

연화가 탁본을 뜨는 고영우 옆에 다가서며 말을 붙였다.

"스님께서 미리 말씀하셨어요. 저는 준비해 온 것일 뿐입니다, 아가씨."

"이 사람아, 그런 건 생색 좀 내도 되네."

설운 스님이 겸연쩍어하는 고영우에게 면박을 주며 웃었다.

"아가씨! 탁본 다 떴습니다."

정성스럽게 탁본을 떠준 고영우도, 그 이름들의 세계로 데려와 준 설운 스님도 고맙기 그지없었다. 연화는 고영우가 건네준 탁본을 가슴에 품었다. 그리고 금성에서 알게 된 또 다른 이름 '자초랑 부인', 그 이름을 마음 깊이 품었다.

달리는 말 위로 바람이 스친다. 연화는 바람에 뺨을 내맡기고 달렸다. 금성으로 갈 때 지나온 길인데도 명주로 돌아가는 길은 사뭇 다른 풍경으로 다가왔다. 그때는 보이지 않던 것들이 저마다의 표정을 짓고 있다. 길게 이어진 호젓한 산길 옆으로 잘생긴 소나무들이 늠름하다. 훤칠한 소나무 숲 어디선가 새 울음소리가 들렸다. 나무에서 내려와 큰 눈을 굴리며 눈치를 보던 다람쥐가 쪼르르 달아난 자리에 흰 꽃잎 가운데 꽃술대롱이 노란 개망초가 무리 지어 피어 있다. 병꽃나무와 산딸나무도 아름답게 꽃 피었다. 금성에 갈 때는 보이지 않던 것들이 보였다.

어느덧 명주 땅에 들어섰다. 굽이진 길을 휘돌아 넘어갈 때였다. 누군가가 풀숲에서 뛰어나와 쓰러졌다. 휘잉! 놀란 말이 앞발을 치켜세웠다. 워! 워! 고영우가 날렵하게 놀란 말을 멈춰 세웠다. 연화도 놀란 가슴을 쓸어내리며 말에서 내렸다.

먼저 말에서 내린 설운 스님이 여자의 상태를 살폈다. 찢긴 옷에 머리를 산발한 여자는 앙상한 몸이 금방이라도 바스러질 것처럼 만신창이가 되어 있었다.

"용연사로 데려가서 치료부터 해야겠으니 고 군관 서둘러 출발하시게."

고영우는 설운 스님의 말이 떨어지기 무섭게 여자를 말에 태워 용연사로 데려갔다.

설운 스님은 약재도 잘 다루었고 의술에도 능통했다. 용연사에 도착한 뒤 설운 스님이 직접 여자를 치료했다. 다행히 여자가 기운을 차리고 깨어났다.

"이름이 어떻게 돼요?"

연화가 물었지만, 여자는 말을 하지 못했다. 뭔가를 말하려고 하는 것 같은데 입 밖으론 음, 음, 음 신음 소리가 되어 나왔다.

"실어증에 걸린 것 같구나."

"이분은 대체 무슨 일을 겪은 걸까요?"

연화는 여자의 상태에 자꾸 마음이 쓰였다. 여자는 누구일까? 어디서 무슨 일을 당한 걸까?, 집에 돌아온 뒤에도 그 생각이 맴돌았다.

'오늘은 상태가 좀 나아졌을까?'

연화는 하루가 멀다고 용연사를 오가며 여자의 상태를 관찰했다.

수로 부인을 납치한 자들

하늘을 가로질러 날아온 여름 철새가 붉은 노을 속으로 사라졌다. 저녁은 밤을 지나고 새벽을 거쳐 다시 아침에 가 닿았다. 이른 아침부터 한여름 햇살이 기세 좋게 처마에 내리꽂힌다. 앞마당 작은 꽃밭엔 주홍색 모란이 이미 다녀갔고 자주색 수국이 흐드러지게 피었다.

연화는 다시 일상으로 돌아갔다. 그러나 금성을 다녀온 뒤 예전과는 다른 시간을 사는 것 같았다. 열여섯 생기 넘치는 나이답게 활력을 되찾아 싱그러웠지만 어딘지 모르게 한층 성숙한 분위기를 풍겼다.

박진우는 누구보다 연화의 그런 모습을 반색하며 좋아했다.

"차 맛이 정말 좋다. 신라 최고의 명차라고 하더니 이름값을 제대로 하는구나."

"아버지 그렇게 좋으세요?"

"그럼 누가 사다 준 것인데. 이 다기도 내 마음에 쏙 든단다."

연화가 황룡사에서 사 온 다기였다. 박진우는 날마다 그 다기에 신라 명차를 우려 마시는 재미에 흠뻑 빠져 있었다.

"요즈음 네 덕분에 애비가 호사를 누린다."

아버지의 기뻐하는 모습에 연화는 별안간 깨진 서역 유리컵이 생각났다. 도둑만 아니었다면 그 유리컵도 아버지에게 보여드릴 수 있었을 텐데. 그랬다면 얼마나 신기해하며 좋아하셨을까. 연화는 작은 선물 하나에도 행복해하는 부모님을 보면서 소중한 사람이 행복하면 자신도 행복하다는 걸 새삼 깨달았다.

"어때? 옷 태가 다르네. 달라. 당나라에서도 탐내는 신라 최고급 비단이라고 했지? 그래서 그런가? 우리 연화 안목이 보통이 아니구나."

어머니의 칭찬도 싫지 않았다. 아니, 좋았다. 늘 연화의 안목이 형편없다며 핀잔을 주었던 어머니였다. 그런 어머니가 금성에서 사 온 비단으로 새 옷을 지어 입고는 연화를 추켜세우며 칭찬까지 하는 것이다.

여름이 깊어 갈수록 주변은 온통 초록의 세상이 되었다. 오랜만에 찾아간 활터도 초록이 무성하다. 그 사이로 얼굴을 내민 매화를 닮은 꽃이 눈길을 확 뺏어갔다. 높다란 나무를 타고 올라가 사방으로 잎을 펼친 다래나무의 손바닥만 한 잎 사이에 핀 꽃이 화사하다 못해 빛난다. 꽃이 지면 다래가 열릴 것이고, 잘 익은 다래는 누군가의 배고픔을 달래줄 것이다.

"아가씨 웬일이세요? 오늘은 활 쏘는 날 아닌데."

사병 훈련을 마친 고영우가 다래꽃을 보고 있는 연화에게 달려왔다.

"아니. 오늘은 활 쏘려고 온 거 아니야. 고 사부, 이거 받아."

연화가 고영우에게 가죽 신발을 내밀었다.

"고 사부에게 주는 선물이야."

"왜 이런 걸 저에게 주시는 건데요?"

고영우는 연화의 갑작스러운 선물에 어쩔 줄 몰라 했다.

"오늘 고 사부 생일이잖아."

"제 생일을 아가씨가 어떻게 아셨어요?"

"어떻게 알긴. 제자이니까 그냥 아는 거지."

누군가에게 처음 받아 본 생일 선물이다. 그것도 박연화가 준 선물이라니. 고영우는 감격했다. 두 손에 신발을 들고 한참을 쳐다봤다.

"어서 신어 봐. 신발은 무조건 편해야 하거든."

연화가 재촉하자 고영우는 그제야 가죽 신발로 바꿔 신었다.

"맞춤 신발처럼 꼭 맞아요. 언제 이런 걸 준비했대요?"

"미리 봐 두었다가 금성시장에서 사 왔지. 탁본 떠 준 것도 고맙고."

고영우는 그런 연화의 마음이 더 고마웠다. 작은 일에도 고맙다고 말해주는 것이 고마웠고, 늘 고구려 유민 편이 되어주는 것

도 고마웠다. 정말 고마워 사랑스러웠다. 품어서는 안 되는 마음이
라고 생각해도 마음이 따로 놀았다.

박진우가 막 저녁 밥상을 물리고 났을 때 대문이 요란하게 열
렸다. 명주 태수였다. 황급히 들어서는 모양새가 또 걱정거리를 싸
들고 온 것 같았다.

"글쎄 금성에서 관리를 보낸다는 전갈이 왔어. 내 어쩌면 좋
겠나?"

자리에 앉자마자 명주 태수가 하소연을 늘어놓기 시작했다.

"그래서 누굴 보낸다는 건데?"

"김순정 공이라고 하네."

"그분이라면 진골 출신의 최고위급 귀족 아닌가."

박진우의 말에 명주 태수가 고개를 끄덕였다.

"그렇다네. 발해의 공격에 철저한 대비를 하라고 왕께서 직접
김순정 공을 파견하라고 지시하셨다고 하네."

"그럼 자네는 어찌 되는 건가?"

박진우는 명주 태수를 걱정스러운 얼굴로 쳐다봤다.

"어쩌긴 어째. 귀족 나리를 보좌해야 하는 처지니 내 신세가 쪼
그라진 호박 신세가 되는 것 아니겠나."

"그렇지만 자네에게 꼭 나쁜 것만은 아닐 수도 있네."

박진우의 말에 명주 태수는 귀가 솔깃한 모양이었다.

"그게 무슨 말인가? 그만 뜸 들이고 어서 말해보게."

"자네가 입버릇처럼 말하지 않았나. 중앙관직에 나아가고 싶다
고. 이번 기회에 김순정 나리께 잘 보이면 소원 성취할 수도 있지

않겠나. 그분이 내내 명주에 있지는 않을 것 아닌가."

같은 상황이더라도 마음먹기에 따라 달리 보이기 마련이다. 박진우는 명주 태수의 걱정을 그렇게라도 덜어주고 싶어 한 말이었다.

"그렇지. 그렇게 될 수도 있지. 고맙네, 친구."

명주 태수가 박진우의 손을 덥석 잡았다.

"아버지!"

그때 연화가 작은 술상을 들고 왔다.

"우리 연화가 금성 다녀오더니 더 예뻐졌네. 서둘러 혼인날 잡아야겠어."

또 그 소리였다. 연화는 술상을 들여놓으며 속으로 생각했다.

'귀를 막자. 귀를 막으면 돼.'

허구한 날 혼인 타령을 하는 명주 태수가 여전히 못마땅했다.

"그럼 아저씨, 저는 이만 나가 볼게요."

연화는 가능한 한 시선을 피하며 그 자리에서 벗어났다.

그 사이 마당에는 달빛이 가득하다. 상대방에 대한 배려라곤 없는 명주 태수의 말 때문에 언짢던 기분이 한결 나아졌다. 집 앞 연못에도 달이 떠 있다. 어릴 때 이런 날이면 아버지는 어린 연화의 눈에도 달이 뜬다고 말하곤 했다. 연화는 어디에나 있는 그런 달이 좋았다.

여름의 끝자락 산꼭대기엔 하얀 구름이 감겨 있다. 물안개처럼 자욱하게 퍼지는 는개가 나뭇가지마다 내려앉는다. 들일을 하러 나온 농부는 는개에 몸을 내맡기고 바쁘게 일손을 움직인다.

점심때쯤 는개가 그쳤다. 파란 하늘이 드러났다. 연화는 점심을 먹고 나와 연못가를 거닐었다. 잉어가 물을 휘저으며 나타나자 연못에 물구나무서기를 하고 있던 산과 구름이 흔적 없이 사라진다. 여름을 싱그럽게 수놓았던 연꽃이 막바지를 향해 가고 있다. 지금도 아침마다 꽃송이를 피워내는 게 대견하다. 같은 연못 속에서도 연꽃들의 운명은 저마다 달랐다. 벌써 피었다 진 것이 있는가 하면 이제 막 활짝 핀 꽃도 있다. 연잎은 수분을 머금지 않는다. 연잎 위로 물이 튀면 구슬처럼 또르르 구르며 모이다가 미끄럼 타듯 낮은 곳으로 떨어진다. 그래서 연잎은 기름진 음식을 싸는 용도로 쓰기에 제격이었다. 연잎에 갖가지 곡식을 넣고 감싸 연잎밥을 쪄먹기도 한다. 연화의 가족들은 연잎밥을 좋아한다. 연화는 연잎밥 하기 좋은 크기의 싱싱한 것을 찾아서 눈으로 연잎을 훑었다. 그러다가 어느 순간 절묘하게 눈이 마주쳤다.

"왜? 배고파?"

연잎 위로 뛰어오른 잉어가 눈을 끔뻑거리며 연화를 쳐다보는 것이다.

"안 그래도 너희들 밥 주려고 나왔어."

연화가 들고나온 밥알을 연못에 뿌리자 잉어들이 떼지어 몰려들었다.

"그래. 많이 먹어 둬. 겨울이 오면 못 먹으니까."

잉어는 연못의 계절에 따라 살았다. 연못에 겨울이 찾아오면 잉어는 진흙 바닥에 몸을 숨기고 먹이도 먹지 않는다. 그렇게 긴 겨울을 지나 봄이 되면 꼬리를 파드득 휘저으며 다시 힘차게 연잎 위로 뛰어올랐다. 잉어의 세계는 작은 연못이 전부였다. 하지만 장마철이나 폭우가 쏟아질 때 그 세계를 필사적으로 벗어나려고 하는 잉어들이 있다. 상류로 거슬러 올라가는 물고기의 특성을 잊지 않은 것처럼 폭우를 틈타 연못을 빠져나가곤 했다. 그때마다 연화는 그 잉어들이 더 큰 세계로 무사히 나아가라고 힘껏 응원하곤 했다.

"무엇보다 인질의 안전이 중요하네. 반드시 살려서 모셔와야 하네."

박진우가 출동 준비를 마친 고영우에게 당부했다.

"명심하겠습니다."

명주 태수의 지원 요청으로 박씨 가문의 사병들이 사건 현장에 투입된 것이다.

고영우가 도착한 사건 현장은 금성에서 명주로 진입하는 해안 길 어귀에 있었다.

"누가 납치된 거래? 우리까지 현장에 출동시킨 걸 보면 대단한 사람 같은데."

사건 현장을 수색하던 병사들이 수군거리는 소리가 들렸다.

"수로 부인이래. 납치된 사람이."

"근데 수로 부인은 누군데?"

"이번에 새로 부임해오는 명주 태수의 부인이라고 하던데."

"그렇다면 이거 보통 큰일이 아니네."

신임 명주 태수로 부임하던 김순정의 아내 수로 부인이 납치된 것이었다. 그것도 금성에서 명주로 들어서는 길목에서.

명주 태수 신유곤이 아직은 그 직을 유지한 채로 사건 현장을 지휘했다.

"많이 놀라셨을 텐데 이제 좀 괜찮으십니까?"

신유곤이 사건 현장에 있는 작은 정자 임해정으로 김순정을 모시고 올라갔다.

"난 괜찮으니 괘념치 말고 무엇이든 물어보시게."

김순정은 그렇게 말했지만, 아직 넋이 반쯤은 나간 모습이었다.

"그럼 한시가 급한 일이라서 순정 공께 몇 가지 여쭤보겠습니다."

"그렇게 하시게."

신유곤은 김순정을 상대로 진술 조사를 하느라 진땀이 났다. 김순정이 자신의 명주 태수 자리에 새로 부임하는 인물인데다 진골 출신의 신라 최고위급 인사였기 때문이었다.

"부인이 납치된 건 언제 알게 되셨습니까?"

"여기서 점심을 먹고 난 뒤 아내가 산책한다고 해안 길로 내려갔네. 여종이 함께 갔는데 아내만 감쪽같이 납치됐네."

"그럼 납치됐다는 건 어떻게 아셨습니까?'

"여종이 납치되어 가는 걸 봤다고 하네."

신유곤이 김순정을 상대로 사건 경위에 대한 진술 조사를 하는 사이, 고영우가 수로 부인의 여종을 조사했다.

"수로 부인이 납치되는 걸 직접 봤나요?"

여종은 아직 그 충격에서 벗어나지 못한 것처럼 보였다. 몸을 사시나무 떨듯 부들부들 떨면서 겨우 대답했다.

"그게 직접 본 게 아니라…."

여종의 목소리가 심하게 떨리면서 가쁜 숨을 몰아쉬었다. 그대로 진술 조사를 계속하기 힘든 상황이었다.

"힘드시죠. 물 한 모금 드세요. 그럼 조금은 나아질 겁니다."

고영우가 여종에게 물을 건넸다. 여종은 떨리는 손으로 물을 받아 마신 뒤 크게 숨을 쉬었다. 고영우는 여종이 안정되기를 기다렸다.

"이제 좀 괜찮은가요? 말할 수 있겠습니까?"

"예. 괜찮습니다."

다시 고영우의 조사가 이어졌다.

"직접 본 게 아니라면 납치될 때 함께 있었던 게 아닌가요?"

"예. 산책하시던 마님께서 바위틈에 핀 꽃이 예쁘다며 꺾어달라고 하셨어요. 그래서 벼랑으로 올라가 꽃을 꺾어 왔는데 마님이 없어졌어요. 아무리 불러도 대답도 없고…."

"그럼 직접 본 것도 아닌데, 왜 납치되었다고 생각한 건데요?"

고영우가 이상하다는 듯 다시 캐물었다.

"마님을 부르면서 찾아다니는데 어떤 남자들이 큰 자루를 짊어지고 바닷가로 내려가는 걸 봤어요. 근데 자루가 막 꿈틀거리면서 살려달라고 하는 소리가 들렸어요. 아주 작게 들리긴 했지만, 분명히 우리 마님 목소리였어요. 그래서 고함을 질러 사람들에게 알린 거예요."

안정을 되찾은 여종이 당시 상황을 비교적 자세하게 설명했다. 납치범들이 수로 부인을 자루에 넣어 짊어지고 가는 것을 목격한 것이었다.

"그자들 얼굴을 봤나요?"

"저기 바다 쪽으로 내려가고 있어서 얼굴은 못 봤는데 목덜미에 용 문신 같은 것을 하고 있었어요."

"용 문신을 봤다고요?"

"예. 용 문신이 맞아요. 그게 금성에서 기우제 올릴 때 쓰는 용 문양 부적이랑 비슷하게 생긴 문신을 하고 있었어요. 그러니까 용 문신이 틀림없어요."

고영우는 여종의 진술 내용을 빠짐없이 기록했다. 납치범들에 대한 단서가 될 만한 중요한 진술 내용—'자루에 넣어 납치', '목덜미에 용 문신', '납치범들 바다 쪽으로 내려가'—에는 밑줄을 그었다.

금성에서 출발한 김순정 공의 일행은 여종을 포함해 모두 스물한 명이다. 고영우는 나머지 일행에 대한 진술 조사도 이어서 진행했다.

"금성에서 출발해 이틀째 되던 날 여기에 도착했습니다. 나리께서 여기서 점심을 먹자고 하셔서요. 그때 저 아래 바다를 보니까 배 한 척이 해안 가까이 떠 있었어요."

"맞아요. 나도 봤어요."

"그때는 그냥 배가 떠 있네, 생각했는데 납치범들이 그 배를 타고 간 것 같더라고요."

고영우는 그 진술에 귀가 솔깃했다.

"왜 납치범들이 탄 배라고 생각하셨나요?"

"마님이 납치되었다는 소리를 듣고 다들 정신이 없었거든요. 저도 마님 찾느라고 주변을 뒤지고 다니다가 그 배가 멀리 떠나고 있는 걸 봤어요. 잘 생각해 보세요. 마님이 감쪽같이 사라진 뒤 바로 이 아래쪽에 떠 있던 배가 떠나가고 있었으니까요. 분명해요, 납치범들이 탄 배가⋯."

"나도 같은 생각입니다. 거의 같은 시간에 마님도 사라지고, 배도 사라졌으니까요."

사건 직후 배가 떠나는 걸 본 목격자는 몇 명이 더 있었다. 그들도 같은 생각이었다.

어느덧 해가 저물었다. 현장 조사 결과 몇몇 단서를 찾긴 했지만 이미 종적을 감춘 납치범들의 행방은 묘연했다. 더 이상 현장 조사를 하기 힘들어 모두 명주 시내로 철수했다. 신유곤이 김순정 공을 명주 관아로 모시고 갔다.

수로 부인 납치사건으로 명주 일대가 발칵 뒤집혔다. 명주 관아의 수사팀과 별도로 고영우가 이끄는 조사팀은 작은 어촌마을을 샅샅이 뒤지고 다니며 탐문수사를 벌였다. 그러나 닷새가 지나도록 범인의 꼬리조차 잡지 못했다.

그러던 어느 날이다. 산책하던 연화는 이상한 노랫말에 이끌려 작은 골목으로 들어갔다.

거북아! 거북아! 수로를 내놓아라
남의 부녀를 빼앗아 간 죄가 얼마나 큰가
네가 만약 거역하고 내놓지 않으면
그물로 잡아 구워 먹으리라!

초가집들 사이로 난 작은 골목 안에서 아이들이 노래를 부르며 뛰놀고 있었다. 그런데 이상한 건 또 있었다. 며칠 사이에 이 동네 저 동네의 아이들이 같은 노래를 부르고 다니는 것이었다.

연화는 그것을 의아하게 생각했다. 동네마다 다니면서 노래를 부르고 있던 아이들을 붙잡고 물었다.

"지금 부르는 그 노래 참 재밌네. 누구한테 배운 거니?"

"어떤 아저씨가 가르쳐 줬어요."

옆에 서 있던 다른 아이가 연화에게 덧붙여 말했다.

"콩엿을 주면서 노래 부르고 다니라고 가르쳐 줬어요."

"그럼 그 아저씨 얼굴 기억하겠네."

"예."

아이들이 동시에 대답했다.

"나한테 그 아저씨 얼굴 어떻게 생겼는지 말해줄래?"

연화의 말이 떨어지자마자 아이들은 기다렸다는 듯이 저마다 본 것을 기억해냈다.

"키가 컸어요."

"잘생긴 젊은 아저씨였어요."

"그리고 여기 오른쪽 눈 옆에 작은 점이 있는 걸 봤어요."

그때 조용하게 있던 한 아이가 뭔가가 생각난 듯 손을 번쩍 들었다.

"여기에 용처럼 생긴 게 그려져 있었어요."

아이가 자신의 목덜미를 가리키며 말했다.

"용 문신을 본 거로구나?"

"맞아요, 용 문신."

그 아이는 그자의 목덜미에 새겨진 용 문신을 본 것이었다. 연화는 아이들에게 들은 그 자의 인상착의를 자세하게 기록했다.

"핵심은 노래를 퍼뜨린 자가 누구냐는 거지?"

연화는 그동안 혼자서 조사한 기록을 고영우에게 전했다.

"하나는 분명해. 목덜미에 용 문신을 한 젊은 남자라는 거지."

"그렇다면 수로 부인을 납치한 자들과 연관이 있는 것 같은데요."

연화도 고영우와 같은 생각이었다.

"안 그래도 그것 때문에 고 사부를 부른 거야."

연화는 아이들이 부른 노래가 수로 부인 납치사건과 연관이 있다고 생각했다. 그래서 고영우의 수사를 돕겠다고 나선 것이다.

"고 사부, 그러니까 잘 생각해 봐. 수로 부인을 납치한 자들과 같은 용 문신을 한 자가 아이들을 시켜 노래를 퍼뜨렸어. 왜? 무슨 목적으로?"

"하긴 그렇죠. 목적이 있으니까 아이들에게 시켰을 것이고. 그럼 노랫말에 그자의 의도가 들어 있을 것 같은데요?"

"그럼 노랫말을 다시 살펴보면 되겠네."

두 사람은 노랫말이 적힌 종이를 탁자에 펼쳐 놓고 머리를 맞대고 분석했다.

"거북이에게 수로 부인을 내놓으라고 하잖아. 그리고 거북이는 바다에 사는 동물이고."

연화는 첫 마디―거북아! 거북아! 수로를 내놓아라―에 중요한 단서가 있다고 생각했다. "납치범들이 바다와 연관 있는 자들이라는 걸 암시하는 것 같아요. 용 문신을 한 자와 바다와 연관이 있는 자라면…, 용 문신을 한 해적 집단을 가리키는 게 아닐까요?"

"맞아. 내 생각도 같아. 납치범들이 용 문신을 한 해적 집단이란 걸 암시하는 거야."

두 사람은 의견이 일치했다.

"그리고 여기 셋째 마디와 넷째 마디를 봐 봐."

연화가 노랫말을 손으로 가리켰다.

"예. 그자가 거북이에게 협박하고 있어요. 수로 부인을 내놓지 않으면 그물로 잡아먹겠다고."

고영우의 해석에 연화가 덧붙였다.

"그렇지. 그자는 용 문신을 한 해적 집단의 조직원 중의 하나이지만 우리에게 수로 부인을 납치한 자들이 누구인지 알려주고 싶었던 거야."

"그리고 해적 집단에게 '우리는 수로 부인을 납치한 자들을 이미 알고 있으니 어서 풀어주지 않으면 용서하지 않겠다'고 경고하는 목적도 들어 있어요."

서로 분석한 것을 주거니 받거니 하다 보니 두 사람의 생각이 하나로 모아졌다. 그 이유는 알 수 없지만, 용 문신을 한 해적 집단의 내부자가 은밀하게 수사팀을 돕고 있다는 것이다. 그것도 노래를 통한 기막힌 방법으로 그 신호를 보내왔다. 영리한 자가 분명하다.

그즈음 명주 관아에 밀서가 날아들었다. 새벽 무렵 누군가 쏜 화살이 관아 대문에 꽂혔는데 그 화살촉에 밀서가 매달려 있었다. 신유곤은 병사의 보고를 받은 뒤 곧장 김순정에게 달려갔다.

"몸값을 요구했다고요?"

납치사건으로 인한 충격으로 김순정은 아직 관아 업무를 제대로 파악하지 못했다. 그래서 사건 지휘를 신유곤에게 맡기고 중요한 사항만 보고를 받고 있었다.

"금 열 덩이와 모전 오십 장을 요구했습니다."

신유곤이 밀서의 내용을 보고했다. 그 사이 김순정은 밀서를 꼼꼼하게 살폈다.

"밀서에도 용 문양이 그려져 있네요."

"예 그렇습니다. 부인을 납치한 자들이 스스로 '하슬라의 용'이라고 밝혔는데 '용 문양'이 그자들의 상징인 것 같습니다."

"신 태수는 하슬라의 용에 대해 들어본 적이 있습니까?"

김순정은 신유곤을 태수라는 호칭으로 불렀다.

"확인해 보니 동해안을 무대로 활동하는 해적 집단입니다. 돈 되는 것이라면 무슨 짓이든 하는 무지막지한 놈들이라고 해서 걱정입니다."

신유곤의 말에 김순정이 헛기침을 하며 어렵게 말을 꺼냈다.

"그래서 하는 말인데 열흘 안으로 몸값을 다 준비할 수 있겠습니까?"

"금 열 덩이는 어떻게든 구할 수 있겠습니다만 모전 오십 장을 구하기는 힘들 것 같습니다."

신유곤이 걱정을 털어놓았다.

"그건 내가 금성에 사람을 보내 구해오라고 하겠습니다."

해적인 하슬라의 용이 수로 부인을 몸값과 교환하자고 통보한 날은 열흘 뒤. 김순정은 즉시 금성으로 파발을 띄웠다.

신유곤은 박진우에게 그 사실을 알리고 도움을 요청했다.

"걱정 말게. 내 금 두 덩이와 모전 열 장은 내 줄 수 있네."

박진우는 큰 재물을 선뜻 내놓았다.

"자네 너무 무리하는 것 아닌가?"

신유곤이 걱정할 정도였다.

"아닐세. 사람을 구하는 일인데 재물이 대수인가. 그나저나 나머지는 어찌 구할 건가?"

박진우가 걱정스러운 얼굴로 신유곤을 보며 물었다.

"다른 호족들에게도 도움을 청해 보려고."

"그건 내가 얘기해보겠네."

"고맙네, 친구."

신유곤이 반색하며 박진우의 손을 덥석 잡았다. 박진우가 나선다면 명주에서 안 되는 일이 없었다. 다른 호족들에게 지원을 요청한 지 불과 이틀 만에 금 열 덩이가 관아에 도착했다. 박진우의 힘이었다.

명주에 온 무월랑

두두두두! 두두두두!… 바람을 타고 멀리서부터 들려오던 말발굽 소리가 점점 가까워졌다. 한 떼의 말들이 명주 시내로 달려오고 있었다. 명주 관아로 이어지는 길이었다. 길가에 늘어선 은행나무 잎들이 가까워지는 말발굽 소리에 우수수 흔들리며 춤을 추었다.

흰말을 탄 두 남자가 선두에서 달려왔다. 화랑 옷을 입은 잘생긴 청년과 힘깨나 쓸 것 같은 건장한 청년이다.

"워워! 워! 워!"

맨 앞에서 말을 타고 달려오던 두 청년이 말고삐를 잡아챘다. 휘이잉! 휘이잉! 말들이 투레질을 하며 관아 앞에 멈춰 섰다. 말이 멈추자마자 두 청년이 날렵하게 말에서 뛰어 내렸다. 뒤이어 다섯 필의 말이 달려와 거의 동시에 멈춰 섰다. 뽀얀 먼지가 눈앞을 가리며 피어올랐다가 가라앉았다.

"도착했습니다."

관아 문을 지키고 섰던 병사가 소리쳤다. 신유곤이 급히 달려나와 그들을 맞이했다. 가볍게 목례를 하고 화랑에게 다가갔다.

"기다리고 있었습니다, 무월랑. 저는 구 명주 태수 신유곤이라고 합니다."

화랑은 금성에서 파견된 무월랑 김유정이었다.

"먼저 순정 공부터 뵈어야겠습니다."

인사를 하는 둥 마는 둥 무월랑은 곧장 관아로 직진할 태세였다. 한시가 급한데 인사치레에 매달려 허비할 시간이 없다는 듯한 건조한 말투에 눈치 빠른 신유곤이 대답했다.

"집무실에서 기다리고 계십니다. 제가 안내하겠습니다."

"그럼 앞장을 서시지요."

"예, 그렇게 하겠습니다."

무월랑이 빠른 걸음으로 뒤따랐다. 그 바람에 앞서 걷던 신유곤이 쫓기듯 잰걸음을 놓았다.

"어서 오시게, 무월랑."

관아 집무실로 들어서자 김순정이 무월랑의 손을 덥석 잡았다.

"황망한 일을 당하셨다고 들었습니다. 걱정 많으시지요, 순정 공."

"내 자네가 오니 얼마나 든든한지 모르겠네. 어서 앉으시게."

김순정이 자리에 앉으며 무월랑에게도 권했다. 김순정이 상석에 앉자 무월랑과 신유곤이 탁자를 사이에 두고 마주 앉았다.

"왕께서 순정 공에 대한 걱정이 이만저만이 아니십니다. 모든 것을 동원해 순정 공을 도우라는 왕명을 받고 곧장 달려왔습니다."

신라왕이 직접 사건 해결 지시를 내린 순간 수로 부인 납치사
건은 나라의 중요한 사건으로 급부상했다. 그것은 사건 해결을 위
한 국가 차원의 모든 지원이 이루어진다는 뜻이었다.

"이리 고마운 일이 어디에 있겠나."

"왕명을 받들어 수로 부인을 안전하게 구출할 수 있도록 최선
을 다하겠습니다."

"고맙네, 무월랑."

왕명의 무게가 실린 무월랑의 다짐이 김순정의 시름을 덜어주
었다.

"먼 길 오시느라 고생했을 테니 제가 숙소로 안내하겠습니다."

무월랑은 열여덟 살의 새파랗게 젊은 화랑이지만 신라의 최고
위급 왕족 출신이다 보니 신유곤이 깍듯이 존대했다.

"아닙니다. 먼저 수사 상황부터 들을 수 있을까요?"

김순정이 그렇게 하라며 고개를 끄덕이자 신유곤이 무월랑에
게 수사 결과를 설명했다.

"납치범은 '하슬라의 용'이라는 해적 집단인데 동해안을 무대로
노략질을 일삼는 자들입니다. 그자들이 수로 부인과 몸값을 맞바
꾸자고 요구한 날이 닷새밖에 남지 않았습니다."

신유곤이 몸값을 교환하기로 한 날을 강조했다.

"닷새 남았다?"

무월랑이 그 말을 되받았다.

"납치범들 은신처에 대한 수사는 진척이 있나요?"

신유곤이 예상하지 못한 질문이었다.

"은신처는 아직 파악을 못 했습니다."

당황한 신유곤이 말끝을 흐렸다.

"납치범들에게 일방적으로 끌려다녀서는 곤란하지 않을까요. 앞으로 남은 닷새 동안 우리는 납치범들의 은신처를 찾는 데 총력을 기울이도록 하겠습니다."

"그러다 그자들이 눈치라도 채고 수로 부인을 해코지하면 큰일 아닙니까?"

신유곤이 걱정스러운 얼굴로 넌지시 말했다. 그러나 신유곤보다 스무 살이나 어린 무월랑이지만 호락호락하게 얕잡아 볼 수 있는 상대가 아니었다. 수백 명의 낭도들을 이끌어 온 화랑이었다.

"물론 그렇습니다. 그래서 그자들의 요구를 들어주겠다고 약속하고, 또 몸값을 준비하고 있는 것 아닙니까. 내일이면 금성에서 모전을 실은 수레가 도착할 것이고요. 하지만 그자들이 몸값만 받고 약속을 지키지 않는다면? 태수 어른께서는 다른 방안이 있습니까?"

무월랑의 압박에 신유곤이 되레 진땀을 뺐다.

"우리는 그 전에 수로 부인의 안전을 확보할 수 있는 모든 방안을 강구해야 합니다. 그것이 우리가 할 일입니다."

분위기가 경직되자 내내 두 사람의 대화를 조용히 듣고 있던 김순정이 헛기침을 하며 나섰다.

"신태수, 우리 무월랑 참 대단하지 않습니까? 나이 든 우리가 놓친 걸 일목요연하게 정리해주니 든든합니다."

"예, 물론입니다."

신유곤은 무안해 고개를 숙였다. 그제야 무월랑도 한층 누그러진 목소리로 신유곤에게 말했다.

"태수 어른께선 명주 상황을 누구보다 잘 파악하고 계실 테니 제가 많은 도움을 청하겠습니다."

"그동안 사건 수사를 맡아온 유능한 자가 있습니다. 명주 상황을 누구보다 잘 알고 있는 영민한 자이니 무월랑의 손발이 되어줄 겁니다."

무월랑의 영민한 처신으로 신유곤은 그나마 체면치레를 하고 궁지에서 벗어났다.

다음 날 명주 관아에 임시 군막이 설치됐다. 수사팀이 기동성 있게 움직일 수 있는 여건을 만들라는 무월랑의 지시로 만든 임시 회의실이었다. 회의 때마다 중앙에 놓인 원형 탁자에 무월랑과 낭도들이 둘러앉고, 고영우와 명주 관아 수사진이 배석했다.

"납치범들 은신처에 대한 탐문수사는 진척이 있습니까?"

무월랑이 찻잔을 내려놓으며 먼저 입을 열었다.

"은밀하게 해안가를 중심으로 알아보고는 있지만 아직은 이렇다 할 단서를 못 찾았습니다."

관아 수사진의 보고에 고영우가 덧붙여 말했다.

"그렇지만 오늘 아침 한 가지 중요한 정보를 입수하긴 했습니다."

"그래요, 그 정보가 뭔가요?"

"석병산 쪽에서 한 사냥꾼이 수상한 초막을 발견했다는 전갈을 받았습니다."

"석병산은 어디에 있습니까?"

고영우가 준비한 명주 지역 군사지도를 탁자에 펼쳐 놓고 손으로 석병산의 위치를 가리켰다.

"여깁니다. 지금까지 우리는 해안가를 중심으로 은신처를 찾았는데, 석병산은 해안에서 삼십 리쯤 떨어진 곳입니다."

"그래서 그자들의 흔적을 못 찾은 것일 수 있겠네요."

무월랑이 고개를 갸웃거리며 말했다. 그러자 무월랑의 낭도 중 한 명인 홍길수가 고영우를 쳐다보며 물었다.

"그런데 그 정보는 믿을 만한 것입니까?"

"정보를 준 사냥꾼은 제가 오래전부터 알고 지낸 사람입니다. 며칠 전 사냥을 하던 중 멧돼지 발자국을 따라 석병산 계곡 근처까지 갔다가 그 초막을 발견했다고 하니까 우리가 직접 가서 확인해 볼 만하다고 생각합니다."

"그렇긴 합니다만 수상한 자들을 직접 목격한 거랍니까?"

"예. 그쪽은 원래 사람들이 잘 드나들지 않는 곳이라서 계곡 입구에 작은 초막이 있는 걸 보고 이상하게 여겼답니다. 그래서 숨어서 초막의 동정을 살폈는데 건장한 남자들이 드나드는 것을 보고 곧장 저한테 알려 온 겁니다."

"좋습니다. 오늘 당장 초막을 급습합니다. 이곳 지리를 잘 아는 고영우 군관과 관아 수사진이 홍길수 낭도와 함께 가도록 하죠. 납치범들이 눈치 못 채도록 은밀하게 움직이는 것 잊지 마시고요."

"예, 명심하겠습니다."

그날 오후 홍길수 낭도와 수사진은 곧바로 석병산 계곡으로 달려가 초막을 급습했다. 하지만 수상한 자들은 이미 행방을 감췄고 초막은 비어 있었다.

"우리가 한발 늦었습니다."

"여기 불 피운 흔적이 있습니다. 이 흔적으로 봐서 하루 전에 피운 것 같습니다."

"그럼 어제까지 여기 있었다는 건데. 자, 여러분 잠깐 주목해주세요."

손뼉을 치며 홍길수 낭도가 수사진의 주의를 환기시켰다.

"그자들의 꼬리를 잡을 수 있는 단서가 될 만한 것을 찾아야 합니다. 깨진 그릇 조각 하나도 그냥 넘기지 말고 다 살펴보세요."

관아 수사진은 홍길수 낭도의 지시에 따라 다시 초막을 샅샅이 수색했다. 그때 초막의 방 뒷벽을 살피던 고영우가 소리쳤다.

"여기 동굴로 이어지는 통로가 있습니다."

뒷벽에서 이상한 흔적을 발견하고 손으로 밀자 동굴로 이어지는 통로가 나온 것이다.

"고영우 군관 대단한데요."

홍길수 낭도가 고영우에게 다가와 어깨를 툭 치며 칭찬했다.

"수색은 이렇게 하는 겁니다. 고영우 군관처럼. 이제부터 동굴 안으로 들어가서 샅샅이 수색하겠습니다."

뒷벽에서 이어진 동굴의 좁은 통로를 따라가자 꽤 넓은 공간이 나왔다. 건장한 남자 스무 명쯤 머물 수 있는 큰 동굴이었다. 동굴 안에서 깨진 항아리 조각과 부러진 화살촉 등이 발견됐다.

"이 인장 좀 보십시오. 용 문양이 새겨져 있는 것 같은데요."

동굴 벽돌 틈에서 용 문양이 새겨진 인장을 찾았다. 이번에도 고영우였다.

"하슬라의 용이라는 해적 집단의 표식이 용 문양이라고 하지 않았나요?"

홍길수 낭도가 고영우에게 물었다.

"그렇습니다. 이건 그자들의 인장이 분명합니다."

"그렇다면 근거지를 급히 옮겼다는 것인데…."

미간을 모으고 잠시 궁리를 하던 홍길수 낭도가 고영우에게 말했다. 그러자 고영우가 홍길수 낭도의 귀를 솔깃하게 하는 새로운 의견을 내놓았다.

"어쩌면 다른 동굴이 더 있을지도 모릅니다."

"다른 동굴이 더 있을지도 모른다?"

"예. 여러 곳에 은신처를 마련해 놓고 여기저기 옮겨 다니는 게 아닐까요? 이런 동굴이라면 어렵지 않게 은신처를 마련할 수 있을 테니까요."

"일리 있는 생각입니다."

홍길수 낭도가 고영우의 의견에 힘을 실어주었다.

"앞으로 남은 기간은 사흘. 납치범들이 제시한 수로 부인 몸값 교환일까지 단 사흘 남았습니다. 우리는 남은 기간 전력을 다해 저들의 은신처를 찾아야 합니다. 알겠습니까?"

"예."

납치범들의 새로운 은신처를 찾는 수색은 계속됐다. 무월랑도 직접 현장으로 나와 수색에 합류했다. 그들의 은신처로 추정되는 몇몇 동굴을 찾아냈다. 하지만 은신처를 수시로 옮겨 다니는 놈들이라 번번이 허탕 치고 말았다.

"금성에서 화랑단이 왔다고 하데."

"나도 봤어. 잘생긴 총각들이 우르르 몰려가더라고."

"명주에 유람 왔다고 하더만. 부럽다, 부러워. 나도 화랑으로 살고 싶어. 전국을 돌아다니면서 경치 좋은 명승지들 유람하고 다니게."

"아이고, 이 사람아. 경을 칠 소리를 하고 있네. 화랑은 아무도 되는 건가, 어디. 신라에서 가장 높은 분들의 자제들이나 할 수 있는 게 화랑이야, 화랑."

"누굴 바보로 아나. 그 정도는 나도 알아. 유람 온 화랑들이 엄청나게 부럽다는 거지."

이 골목 저 골목에서 화랑단에 대한 이야기가 명주 사람들의 입방아에 오르내렸다. 무월랑이 고영우에게 지시해 퍼뜨린 소문이었다. 납치범들을 자극하지 않기 위해 금성에서 화랑단을 파견한 사실을 숨기고 명주에 유람온 것으로 위장한 것이다. 그럼에도 불구하고 납치범들의 행적은 찾지 못했다.

오롯이 산길이었다. 내리막인가 싶으면 다시 오르막이 나오고, 오르막인가 싶으면 순한 평지가 이어져 잠시도 지루할 틈이 없다. 다시 완만한 경사로가 굽이굽이 이어졌다. 이윽고 급하게 방향을 트는 굽이를 두어 번 돌아서자 길섶 너머로 명주 최고의 비경을 자랑하는 용연계곡이 자태를 드러낸다. 누구라도 걸음을 멈출 수밖에 없는 비경이다.

"연화 아가씨!"

누군가 계곡의 풍경에 빠져 있는 연화를 불렀다. 연화가 돌아봤다. 저만치 용연사 들머리에서 동자 스님이 손을 흔들며 소리쳤다.

"설운 스님께서 기다리고 계십니다. 어서 오세요."

"예, 스님."

연화는 급히 오라는 설운 스님의 전갈을 받고 용연사에 오는 길이었다. 손을 흔들며 기다리고 있는 동자 스님에게 달려갔다.

"잘 계셨어요, 아기 스님. 이거 콩엿이에요, 스님 드리려고 가져왔어요."

연화는 용연사에 올 때마다 동자 스님의 요깃거리를 대나무 상자에 싸 왔다.

"고맙습니다, 연화 아가씨."

동자 스님은 꽤 무거워 보이는 큰 대나무 상자를 번쩍 받아들고 좋아했다. 연화가 절까지 들고 가겠다고 해도 괜찮다며 종종걸음으로 앞서갔다.

"하나도 안 무겁습니다."

"무거울 텐데요, 스님. 제가 들어준다니까요."

연화는 낑낑대며 가는 동자 스님이 마냥 귀여운 듯 뒤따라가며 웃었다.

"저분은 누구세요?"

대웅전 앞뜰에서 한 여자가 탑돌이를 하고 있었다.

"연화 아가씨도 아시는 분일 겁니다. 그럼 저 먼저 들어갑니다, 아가씨."

동자 스님이 힘들어 끙끙대며 곧장 공양간으로 들어갔다.

"그러고 보니 낯익은 분인데…, 어디서 봤더라."

연화와 눈이 마주치자 탑돌이를 하던 여자가 고개 숙여 목례를 했다. 그제야 연화는 여자를 알아봤다.

"그때 그분…."

금성에서 돌아오던 길에 갑자기 뛰어나와 쓰러졌던 바로 그 여자다.

"이렇게 건강한 모습을 뵙다니, 정말 다행입니다."

금방이라도 바스러질 듯 앙상했던 여자는 건강을 되찾아 몰라보게 바뀌어 있었다. 그때 대웅전을 나온 설운 스님이 두 사람을 불렀다.

"두 분이 벌써 인사를 나누셨나 봅니다."

"안 그래도 지금 막 알아보고 놀라는 중입니다."

"그럴 만하지. 연화야 다실로 들어가자, 급히 전할 말이 있으니."

"예, 스님."

"보살님은 준비한 걸 가지고 오시겠습니까."

여자는 알겠다는 듯이 고개를 끄덕이고 객사로 갔다.

용연사 다실은 연화가 좋아하는 곳이다. 언제 와도 차향이 그윽하다. 급히 전할 말이 있다던 설운 스님은 묵묵히 물을 끓이고 다구를 데우고 찻잎을 우려낸다. 연화는 덩달아 조용히 앉아 스님이 따라 준 차향을 음미하며 한 모금 마셨다.

"저 들어가겠습니다."

연화는 여자의 인기척에 놀라서 돌아봤다.

"어머 말을 하게 됐군요."

여자는 실어증에 걸렸던 사람이라곤 믿지 않을 정도였다. 말을 청산유수로 잘했다.

"보살님 말문이 열린 뒤로 나도 깜짝깜짝 놀란다, 어찌나 언변이 좋은지."

"홍겨울이라고 합니다. 일전에 신세 많이 졌습니다, 아가씨."

"연화 너보다 다섯 살 많은 언니다."

연화가 편히 대할 수 있도록 설운 스님이 호칭을 정리해주었다.

"울이 언니. 이렇게 부르니까 진짜 언니가 생긴 것 같아요. 울이 언니."

무남독녀로 자란 연화는 늘 갖고 싶었던 것이 언니였다. 홍겨울이 연화에게 그런 언니가 되어줄 것 같았다. 이름을 몰랐을 땐 그저 실어증에 걸린 '여자'였는데 이름을 부르자 연화의 가슴을 몽골 몽골 하게 하는 '울이 언니'가 되었다.

"여기가 제가 잡혀 있던 곳입니다."

홍겨울이 가지고 온 것은 해적의 은신처를 표시한 지도였다.

"그럼 울이 언니가 그때 해적들에게 잡혀 있다가 도망쳐 나온 거예요?"

연화는 깜짝 놀라 홍겨울을 쳐다봤다. 고개를 끄덕이는 홍겨울의 미간에 꾹 누르고 있던 고통이 묻어났다. 숨을 크게 들이쉰 다음 다시 천천히 내쉬고 설명을 이어가는 홍겨울이 안쓰러워 보였다. 그 감정이 연화에게 고스란히 전해졌다.

"그때 그자들이 여기가 해적의 은신처 중 하나라고 떠드는 걸 들었습니다."

연화는 아무 말도 하지 못했다. 그저 묵묵히 듣기만 했다. 그러다 불현듯 수로 부인 납치범들의 용 문신이 떠올랐다.

"언니, 혹시 그자들 용 문신을 한 자들이었나요?"

"맞아요. 용 문신을 하고 있었어요. 여기 목덜미에."

"아무래도 보살님을 납치한 자들과 수로 부인 납치범들이 같은 자들 같아."

"그럼 그자들 은신처를 울이 언니가 알고 있다는 거네요?"

"그렇지."

홍겨울이 감금되어 있던 곳에서 알게 된 중요한 정보는 또 있었다.

"저 말고도 상당히 많은 여자들이 감금되어 있었어요. 빨리 구출하지 못하면 그자들이 일본에 팔아넘길 거예요."

"당장 관아에 알려야겠어요. 영우 군관이 놈들의 은신처 찾느라 잠도 못 자며 찾아다니고 있어요."

"그래서 널 부른 것이다. 지금 보살님과 함께 관아로 가서 이 사실을 전해라."

"스님은 안 가시고요?"

"금성에서 은사 스님이 곧 도착한다는 기별이 와서 난 갈 수가 없어 널 불렀다."

"그럼 제가 울이 언니랑 함께 관아로 가겠습니다."

연화는 그 길로 홍겨울과 함께 관아로 향했다.

관아에 도착했을 때는 이미 어둠이 짙게 내려앉았다. 등불이 내걸린 관아는 적막이 감돌았다. 병사 두 명이 입을 꾹 다문 채 관아 앞을 지키고 있었다. 한 번도 쉬지 않고 달려온 연화와 홍겨울은 숨이 턱에 찼고, 다리가 후들거렸다. 촌각도 지체할 수 없는 상황이었다.

"고영우 군관을 만나러 왔소."

"지금 여기에 안 계십니다."

"그럼 어디로 가면 만날 수 있어요?"

"그건 좀….."

관아 앞을 지키던 병사가 말끝을 흐렸다.

"그럼 들어가서 기다리겠습니다. 급한 일이라서."

병사는 금방이라도 쓰러질 것처럼 지친 기색으로 말하는 연화를 쓱 훑어봤다. 함께 온 홍겨울도 겨우 몸을 지탱하고 서 있었다. 두 사람을 힐끗 쳐다본 병사들이 귓속말을 나누더니 안쓰러워하며 관아 문을 열어주며 군막을 가리켰다.

"아가씨, 관계자가 아니면 못 들어가는 곳이니까 우리가 잠시 자리를 비운 사이에 몰래 들어간 겁니다. 아시겠지요?"

관아로 들어가는 연화에게 한 병사가 작은 소리로 말했다.

"알았어요. 고마워요."

관아로 들어서던 연화가 휘청했다. 홍겨울이 재빠르게 연화를 부축해 군막 쪽으로 다가갔다. 그때였다.

"누구요? 대체 누군데 아가씨들이 군막 앞에 있는 거요."

군막 안에서 나온 낯선 청년이 두 사람을 가로막았다. 무월랑의 낭도였다.

"여기는 여자들이 함부로 드나들 수 있는 곳이 아니니 어서 나가시오."

빌어먹을! 그놈의 여자 타령을 가만히 듣고만 있을 연화가 아니었다. 하지만 대꾸조차 할 기운이 없었다. 연화는 온 힘을 모아 겨우 입을 열었다.

"수로 부인 납치사건에 대한 정보가 있어 고영우 군관을 만나러 왔소."

그래도 낭도는 연화를 군막 안으로 들이지 않았다.

"그럼 밖에서 기다리시오. 여자는 군막 안으로 들일 수 없소."

앞뒤가 꽉 막힌 원칙주의자였다.

군막 앞에서 옥신각신하고 있는 사이 납치범들의 은신처 수색을 나갔던 사람들이 돌아왔다.

"무슨 일인가?"

무월랑이었다.

"이 아가씨들이 군막 안에 들어가려고 해서 안 된다고 돌려보내던 참입니다."

"그래? 알았네."

무월랑은 지쳐 있었다. 수색을 나갔다가 별 소득 없이 또 허탕만 치고 돌아오는 길이었다. 군막 밖은 어두웠고, 생각할 것은 많았다. 누군가에게 눈길을 줄 여유라곤 없었다. 곧장 군막 안으로 들어갔다.

"아가씨!"

고영우였다. 반가운 목소리에 연화는 눈물이 왈칵 쏟아질 것 같았다.

"이 밤에 무슨 일로 오셨습니까?"

수색 일을 마무리하고 무월랑을 뒤따라오는 길이었다.

"납치범 은신처에 대해…."

연화는 고영우를 보자 긴장이 풀렸는지 몸이 휘청거렸다. 놀란 고영우가 얼른 연화를 부축했다. 옆에 있던 홍겨울이 연화 대신 찾아온 용건을 말했다.

"수로 부인 납치범의 은신처에 대한 제보를 하려고 왔습니다. 용연사에서부터 쉬지 않고 달려오느라 아가씨가 기진맥진한 상태입니다."

고영우는 눈썰미가 좋았고 어두운 데도 홍겨울을 단번에 알아봤다.

"아, 그때 그분."

"예. 맞습니다."

"어서 안으로 모시겠습니다."

고영우는 연화를 위한 일이라면 앞뒤를 가리지 않았다. 낭도가 눈을 부라리고 서 있었지만, 연화를 부축해 군막 안으로 들어갔다. 그런 다음 무월랑에게 상황을 설명했다. 자초지종을 알게 된 무월랑은 즉시 낭도를 불러 따뜻한 차를 내오게 했다.

"먼저 한숨 돌리신 다음 얘기를 하시지요."

따뜻한 차를 마시자 연화는 살 것 같았다. 그제야 비로소 무월랑의 얼굴이 눈에 들어왔다.

"혹시 금성시장에서….''

"맞아요, 금성시장에서 도둑….''

무월랑도 거의 동시에 연화를 알아봤다.

"이런 기막힌 인연이 다 있네요."

고영우는 영문을 몰라 두 사람을 번갈아 쳐다봤다.

"우리 둘만 아는 그런 게 있네. 고 군관."

무월랑은 그런 고영우를 놀리는 게 재밌는지 더는 설명하지 않고 곧장 화제를 돌렸다.

"납치범들의 은신처는 어떻게 알게 된 것입니까?"

"울이 언니가 알아냈어요. 그자들에게 납치되었다가 도망쳐 나왔거든요."

연화가 무월랑에게 홍겨울을 소개했다. 홍겨울이 납치되어 감금되어 있다가 탈출하면서 보고 들은 것을 무월랑에게 말했다. 그들의 은신처가 표시된 지도도 무월랑에게 넘겼다.

"제보해주셔서 감사합니다. 당장 필요한 조처를 할 테니 뒷일은 저희에게 맡겨주세요."

두 사람에게 정중한 인사를 한 다음 무월랑은 고영우를 불렀다.

"고 군관! 군관이 두 분을 안전하게 댁까지 모셔다드리세요."

고영우는 그 말을 기다렸다는 듯이 벌떡 일어났다. 연화와 홍겨울과 함께 군막을 나와 남대천 둑길을 걸었다. 풀벌레 울음소리가 요란하다. 한 무리의 반딧불이가 그 길을 따라가고 있다.

무월랑은 즉시 수하를 불러 제보받은 곳을 은밀하게 살피라고 지시했다. 홍길수 낭도가 현지 지리에 빠삭한 수사관을 데리고 정탐을 나갔다. 납치범들에게 들키지 않기 위해 등불은 켜지 않았다. 오직 밤하늘의 별들을 길잡이 삼아 제보 현장을 찾아갔다. 현장에 도착해 주변을 살핀 결과 홍겨울의 제보는 사실로 드러났다. 납치범들의 은신처 입구에는 횃불이 놓여 있었다. 건장한 남자들이 입구를 지키고 있었고, 은신처를 드나드는 자들은 하나같이 허리춤에 칼을 차고 있었다.

구출작전

납치범들의 몸값 교환 날짜가 하루 앞으로 다가왔다. 정탐 결과를 보고 받은 무월랑은 동이 트자마자 작전회의를 소집했다.

"모전 오십 장과 금 열 덩이를 싣고 갈 수레까지 모두 준비해놓았습니다."

먼저 낭도들이 최종 점검 상황을 보고했다. 무월랑은 낭도들이 빠뜨린 보고 내용을 놓치지 않고 잡아냈다. 작은 것 하나도 허투루 넘기지 않았다.

"표식은 해두었나?"

"예. 명 받은 대로 모전과 금덩이가 시중에 풀리면 즉시 꼬리를 밟을 수 있도록 표식을 해두었습니다."

"모두 긴장해야 합니다. 사소한 것 하나가 작전의 성패로 연결된다는 점 명심해야 합니다. 우리에게 주어진 시간은 단 하루. 하루밖에 없습니다."

본격적인 작전회의가 시작되자 무월랑의 목소리는 단호하게 바뀌었다.

"오늘 새벽 납치범들의 은신처를 확인했으니 그에 따라 작전을 변경해야 합니다. 두 개 조로 나누어 작전을 전개한다면 성공 가능성을 더 높일 수 있는 것으로 판단됩니다."

무월랑이 홍길수 낭도의 제안에 관심을 보였다.

"두 개 조라면?"

"납치범 은신처가 파악됐으니 기습공격도 가능합니다. 그래서 현장조와 공격조를 짜서 운영하자는 겁니다. 현장조가 순정 공과 함께 인질 교환 현장에서 대응하는 사이, 공격조가 납치범들의 은신처를 기습한다면 일망타진도 가능할 것입니다."

그의 제안은 기습공격에 힘이 실려 있었다. 그도 그럴 것이 공권력이 납치범들에게 일방적으로 끌려다니는 것 같다며 찜찜하게 여기던 홍길수였다. 그렇기 때문에 번번이 허탕을 치면서도 혈안이 되어 납치범들 은신처를 찾아다녔다. 그리고 이제는 그 은신처를 확인했으니 기습공격으로 주도권을 확보하겠다는 것이었다. 하지만 그의 작전에는 치명적인 결함이 있었다.

"우리 작전의 목표는 수로 부인을 무사히 구출하는 것인데요.

수로 부인의 안전을 어떻게 확보하겠다는 것입니까?"

무월랑도 고영우와 같은 생각이었다. 하지만 홍길수가 발끈했다.

"현장조의 최우선 임무가 수로 부인의 안전을 확보하는 것이니 고 군관은 괜한 걱정 안 해도 됩니다."

"만약 납치범들이 약속한 현장에 수로 부인을 데리고 나오지 않는다면? 은신처에 감금해 두고 그자들만 현장에 나온다면? 그럴 때는 어떻게 되는 겁니까?"

고영우도 만만치 않았다.

"그건, 그건, 공격조가 그런 상황까지 염두에 두고 작전을 진행하면 됩니다."

홍길수가 당황해 말을 더듬거렸다.

"자, 두 분 진정하세요. 우리는 모든 가능성을 열어두고 저들보다 한발 앞서 움직여야 합니다. 고영우 군관은 그에 대한 대안이 있다는 말로 들리는데요?"

내내 묵묵히 듣고 있던 무월랑이 조용히 입을 열었다.

"먼저 납치범들이 취할 가능성이 있는 행동을 모두 예상해 봐야 합니다."

원탁에 둘러앉은 모든 눈길이 고영우에게로 쏠렸다.

"하나는 약속한 현장에서 몸값을 받고 수로 부인을 풀어주는 겁니다. 가장 단순한 방법인데, 이렇게 할 경우엔 수로 부인을 현장에 데리고 나올 테니 그에 맞는 대응을 준비하면 될 것이고요."

"그럼 두 번째는?"

"몸값을 먼저 받고 수로 부인을 풀어주겠다고 하는 겁니다. 그럴 경우 수로 부인을 어디에 감금해뒀는지를 우리가 알아내야 합니다."

"그야 확인하지 않았습니까, 그자들의 은신처를."

홍길수가 자신 있게 말했다. 그러나 고영우의 생각은 그렇게 단순한 것이 아니었다.

"그자들이 머리가 있다면 인질 교환 장소를 자기들 은신처 근처로 잡지는 않을 겁니다. 그렇다면 인질 교환 장소 가까운 곳으로 수로 부인을 이동시켜 감금할 가능성이 큽니다."

"일리 있는 생각입니다. 오늘 밤 인질 교환 장소를 알려준다고 했으니까 그에 대한 대비책도 세우도록 하죠."

무월랑이 고개를 끄덕이며 고영우의 의견에 힘을 실어줬다.

"그리고 또 하나 있습니다. 몸값만 받고 튀는 경우인데, 그에 대비해 수로 부인의 안전을 확보할 수 있는 방안도 세워야 합니다."

고영우는 홍길수 낭도의 견제에도 불구하고 주눅 들지 않았다. 무월랑은 신분의 귀천을 두지 않고 참모들의 의견에 귀를 기울였고, 그런 무월랑이 고영우의 든든한 바람막이가 되어준 것이다.

"좋습니다. 홍길수 낭도도 고영우 군관과 같은 생각일 것입니다. 우리의 목표는 수로 부인을 안전하게 구출하는 겁니다. 그리고 납치범들을 소탕하는 것 또한 우리가 할 일입니다. 하지만 작전의 기본은 수로 부인의 안전을 최우선으로 삼아야 한다는 걸 잊지 말아야 합니다. 그걸 전제로 대책을 생각해주세요."

무월랑이 지침을 내리자 참모들은 저마다 의견을 내놓았다. 하지만 뾰족한 대안을 찾지 못해 작전회의는 제자리를 맴돌았다.

어느덧 해가 중천에 떴다. 진척 없이 작전 회의가 공회전을 하고 있던 그때 물꼬를 터준 사람이 있었다.

"납치범들 은신처에 또 다른 출입구가 있다고 합니다. 그날 울이 언니가 깜빡 잊어버리고 그 말을 전하지 못했다고 해요."

박연화였다. 홍겨울이 그날 깜빡 잊고 말하지 못한 정보를 전하러 연화가 다시 찾아온 것이었다. 무월랑이 그 얘기를 듣고 연화를 회의에 참석시켰다. 여느 때 같았으면 여자가 나설 자리가 아니라고 가로막았을 홍길수 낭도도 가만히 지켜봤다. 시간이 촉박해 꽉 막힌 돌파구를 뚫어줄 수 있는 사람이라면 누구든 가릴 때가 아니었다.

"제가 지금 말씀드린 대책의 핵심은 마을 주민들의 도움에 달려 있다고 할 수 있습니다."

연화가 제안한 것은 무월랑의 참모들이 미처 생각하지 못한 방안이었다. 줄곧 여자라고 무시하던 홍길수 낭도가 가장 먼저 무릎을 치며 기막힌 방안이라고 연화를 추켜세웠다. 연화의 참석으로 새로운 작전 수립은 일사천리로 진행됐다.

"화살이 날아들었습니다."

서쪽 하늘에 개밥바라기별이 떴을 때 납치범들이 인질 교환 장소를 알려왔다. 화살이 관아 기둥에 날아와 꽂혔는데, 몸값을 요구할 때처럼 그 화살촉에 접힌 종이가 매달려 있었다. 종이에 적힌 인질 교환 장소는 임해정(臨海亭). 수로 부인이 납치된 곳이었다.

"수로 부인을 납치한 곳에서 수로 부인과 몸값을 교환하겠다?"

무월랑의 눈빛이 납치범들의 의도가 무엇일 것 같으냐고, 참모들에게 묻고 있었다. 고영우가 그 눈빛에 담긴 질문을 알아채고 답했다.

"이건 놈들이 바닷길을 이용한다고 봐야 합니다. 바닷길을 이용한다면 그들의 은신처에서 임해정까진 한식경이면 충분히 오갈 수 있으니까요."

명주 지역 지리에 익숙한 고영우는 납치범들이 바닷길을 이용해 움직일 것이라고 예상했다. 산자락이 끝나는 곳에서 바다가 시작되고, 파도치는 바닷가에서 곧바로 굽이굽이 산줄기가 시작되는 곳이 명주 지역이었다. 놈들의 동굴 은신처는 석병산에서 발원해 동해로 흘러가는 계곡을 따라 크고 작은 산들이 이어져 바다와 맞닿는 곳에 있고, 임해정은 바다에서 곧바로 산줄기가 시작되는 곳에 있다. 그렇기 때문에 놈들이 바다로 이어지는 통로를 이용해 움직일 가능성이 크다고 본 것이다.

마침내 그날이 왔다. 무월랑과 그의 낭도들이 은밀하게 움직였다. 두 개조로 편성된 병력을 이끌고 납치범들의 은신처 주변에 매복했다. 바닷가로 연결된 출입구는 무월랑의 병력이, 계곡 쪽 출입구는 홍길수 낭도의 병력이 각각 맡았다.

그 시각 인질 교환 현장 지휘를 맡은 고영우는 김순정을 모시고 납치범들이 지정한 장소로 향했다. 박연화와 마을 주민들이 모전과 금덩이를 운반하는 짐꾼으로 변장해 그 뒤를 따랐다. 모두 막대기를 짚고 갔다.

해시계가 정오를 가리킬 때 김순정 일행은 임해정 앞에 도착했다. 이백 보 정도만 가면 임해정에 닿을 수 있는 거리였다.

"멈춰라!"

납치범들이 임해정 정자에서 모습을 드러냈다. 미리 와서 김순정 일행의 일거수일투족을 지켜보고 있다가 나타난 것이었다.

"알았다."

　맨 앞에서 김순정과 나란히 걸어가던 고영우가 멈춰 섰다. 그리고는 뒤돌아서 주먹 쥔 손을 치켜들었다. 그걸 본 일행이 모두 멈춰 섰다.

　"우리가 요구한 것은 가지고 왔나?"

　납치범 중 한 명이 소리쳤다. 그러자 고영우는 짐꾼들이 내려놓은 모전과 금덩이 꾸러미를 가리키며 한 걸음 앞으로 나섰다.

　"여기에 있다. 수로 부인은 모시고 나왔나? 부인이 무사한지 먼저 확인해야겠다."

　고영우의 말에 납치범이 발끈했다.

　"지시는 우리가 한다. 우리가 묻는 말에 대답을 잘해야 할 것이다. 수로 부인의 안전을 생각한다면."

　협박에 가까운 말투였다.

　"고영우 군관, 저자의 말을 따르는 게 좋겠네. 무슨 짓을 할지 모르는 자들이니."

　김순정이 고영우의 귀에 대고 넌지시 말했다.

　"잘 알겠습니다, 순정 공."

　고영우는 그의 지시에 따라 납치범들을 자극하지 않는 선에서 조심스레 대화를 재개했다.

　"그렇게 하겠소."

　"진작에 그렇게 나올 것이지."

　임해정 가장자리로 나온 납치범이 고영우를 내려다보며 말했다.

　"그럼 수로 부인이 무사한지 확인이라도 할 수 있도록 해주시오."

　"한 놈만 여기로 올려보내라. 그럼 확인시켜 줄 테니까."

　"잠시 기다려주시오. 곧 한 사람을 올려보내겠소."

고영우는 최대한 정중하게 대답하며 김순정과 의논하기 위한 시간을 벌었다.

"수로 부인의 얼굴을 아는 사람을 보내야 하는데, 누굴 보내는 것이 좋겠습니까?"

"우리 집 노비를 보내도록 하지."

김순정이 손짓으로 부르자 그 노비가 다가왔다.

"노미야, 네가 다녀와야겠다."

"예, 나리. 제가 가서 마님이 무사하신지 잘 알아보겠습니다."

"부인의 안전을 확인한 뒤 무사하시면 고개를 세 번 끄덕여 주세요."

"그렇게 하겠습니다. 만에 하나 문제가 있으면 오른손을 들어 보이겠습니다."

다행히 노미는 영리한 노비였다. 고영우가 차마 말하지 못한 것을 알아채고 그것도 신호를 보내겠다고 말한 것이다.

"지금 사람을 보내겠소."

고영우가 임해정 위에 서 있는 납치범을 향해 소리쳤다.

"그럼 잘 부탁합니다."

고영우의 말이 떨어지자 노미가 임해정으로 향했다. 모전 꾸러미 뒤쪽에 앉아 묵묵히 그 모습을 지켜보는 연화와 마을 주민들도 덩달아 긴장했다. 제발 무사하셔야 할 텐데…, 연화는 수로 부인의 안전을 마음속으로 빌었다.

임해정 앞에 도착한 노미는 발걸음을 더욱 조심스럽게 내디뎠다. 긴장한 탓인지 임해정 계단을 오르는 노미의 어깨에 힘이 잔뜩 들어갔다. 한 계단, 두 계단, 세 계단…, 그렇게 임해정에 올라섰다.

"무기를 숨겨 왔을지 모르니 저자의 몸을 뒤져라."

납치범의 우두머리로 보이는 자가 그의 수하들에게 지시했다.

"무기 없이 맨몸으로 왔소."

그 한마디에 그들 중 한 명이 불같이 화를 내며 노미의 정강이를 걷어찼다.

"넌 닥치고 조용히 있어."

그 바람에 노미가 휘청거리며 무릎을 꿇었다. 한 놈이 노미의 어깨를 붙잡고 있는 사이 다른 한 놈이 몸을 뒤졌다. 하지만 노미는 일부러 놈들을 도발한 것처럼 전혀 당황하지 않았다. 오히려 그 틈에 잽싸게 주변을 살폈다

'풀숲에 열 그리고 바위 쪽에 열. 여기에 여섯.'

정자 뒤쪽 바위 옆에 열 명 그리고 정자 아래 풀숲에 열 명이 매복해 있고, 정자 위에 여섯 명이 있다. 노미가 눈으로 파악한 납치범 무리는 스물여섯 명. 그리고 정자 오른쪽 자루로 눈을 돌렸다. 그 짧은 순간에 자루가 꿈틀대는 걸 확인했다.

'수로 부인은 저 자루에 들어 있다.'

노미는 직감적으로 알아차렸다. 그때 놈들의 몸수색이 끝났다.

"아무것도 없습니다."

납치범 우두머리가 수하의 보고를 받은 뒤 문제의 자루를 가리키며 지시를 내렸다.

"저거 풀어서 확인시켜 줘."

"예, 형님."

놈들이 묶여 있던 자루 주둥이를 풀었다. 수로 부인의 손발은 묶여 있었고, 입에는 재갈이 물려 있었다. 자루에서 벗어나려고 버둥거리던 수로 부인이 신음 소리를 내며 뒹굴었다.

"부인을 자루에서 꺼내줘라."

"그건 안 됩니다, 형님."

"걱정 말고 내 시키는 대로 해. 손발이 묶여 있으니 도망은커녕 혼자 서 있기도 힘들 것이다. 너희들이 양옆에서 붙잡아 드려."

그제야 수하들이 수로 부인을 자루에서 꺼내 일으켜 세웠다.

"마님, 조금만 참고 기다려주세요."

노미가 수로 부인의 안색을 살피며 말했다. 놈들에게 양쪽 팔을 잡힌 채 겨우 몸을 지탱하고 선 수로 부인이 힘없이 고개를 끄덕였다. 얼굴이 창백하고 기력은 없어 보였지만 수로 부인은 무사했다. 노미는 고영우를 향해 고개를 세 번 끄덕였다. 수로 부인의 무사함을 알리는 약속된 신호였다.

"한 가지 부탁이 있습니다."

"부탁?"

납치범 우두머리가 노미를 어이없다는 표정으로 쳐다봤다. 네놈이 지금 부탁할 처지가 아니란 걸 왜 모르냐는 눈빛이다. 하지만 노미는 모른 척 시치미를 떼고 마저 할 말을 했다.

"우리 마님이 너무 힘들어 보입니다. 제발 재갈만이라도 풀어주면 안 될까요?"

머리를 숙이며 정중하게 부탁해 보았지만, 납치범 우두머리는 단번에 거절했다.

"그만 닥치고 가서 전해라. 우리가 요구한 것들을 여기 정자 앞까지 가져다 놓는다. 만약 짐꾼 속에 무기를 가진 자가 숨어 있으면 모두 죽일 것이다. 가서 그렇게 전해."

이제 노미가 할 수 있는 것은 더 이상 없었다. 납치범 우두머리의 돌아가라는 손짓에 노미는 정자에서 내려와 한달음에 뛰어서 일행이 있는 곳으로 갔다.

"부인을 자네 눈으로 보았는가?"

김순정이 달려온 노미에게 물었다. 가쁜 숨을 몰아쉬며 노미가 말했다.

"예, 나리. 무사하신 걸 확인했습니다."

고영우는 노미에게 잠시 숨 고르기 할 틈을 주고 기다렸다. 그런 다음 입안에 맴돌던 말을 조심스럽게 꺼냈다.

"그자들이 뭐라고 하던가요? 다른 말은 없었습니까?"

"모전과 금덩이를 정자 앞으로 옮겨 놓으라고 합니다. 반드시 짐꾼들만 와야 하고, 짐꾼이 아닌 자가 확인되면 그 즉시 모두 죽이겠다며 협박을 하면서."

"그럼 수로 부인은 언제 풀어주겠다고 하던가?"

"요구한 몸값을 확인한 다음 마님을 풀어줄 것이라고 하면서 조건 하나를 더 붙였습니다."

"다른 조건이라니, 또 그건 뭔가?"

김순정이 불안한 표정으로 물었다.

"그자들이 안전하게 빠져나가도록 해줘야 한다는 조건을 붙였습니다. 그래야 풀어준다고."

"허허 이건 또 무슨 말인가. 저자들이 우리 손발을 꼼짝 못 하도록 묶어놓겠다는 것인데, 고 군관 어쩌면 좋겠나?"

"나리, 걱정 마십시오. 반드시 부인을 안전하게 구출할 테니까요. 그러니 우선 저자들이 요구하는 대로 짐꾼들만 보내는 것이 어떻겠습니까?"

고영우는 불안해하는 김순정을 안심시킨 다음 자신의 계획을 털어놓았다. 그 계획의 중심에는 박연화가 있었다.

"제가 기회를 엿보다가 신호를 보낼 겁니다. 이 막대기로 땅을 치면 주민들이 저를 따라서 막대기를 두드리며 노래를 부를 거니까 그때 달려와서 수로 부인을 구출하세요."

"낭자가 짐꾼들을 지휘한다고?"

김순정이 연화의 설명에 토를 달았다. 새파란 젊은 여자에게 부인의 안전을 맡겨야 하는 것이 못내 마음이 놓이질 않는지 불안함을 드러냈다. 고영우가 그 심중을 읽고 김순정의 걱정을 덜어주려고 나섰다.

"마을 주민들 도움이 아주 중요한데, 다들 연화 아가씨 말이라면 물불 가리지 않고 할 분들입니다. 지켜보면 아시겠지만, 순발력이 아주 뛰어난 분이니까 현장에서 가장 잘 대처할 수 있는 분이라고 생각합니다."

"알았네. 고 군관이 이리 신뢰하는 분이니 그렇게 합시다."

연화는 반드시 수로 부인을 안전하게 모셔오도록 하겠다고 마음속으로 다짐했다. 여자라서 못하는 것이 아니라 여자도 해낼 수 있다는 걸 증명해 보이고 싶었다.

"그럼 다녀오겠습니다."

연화는 마을 주민들과 함께 출발했다. 모전을 실은 수레꾼이 앞서갔다. 그 뒤를 금덩이 상자와 모전 꾸러미를 짊어진 지게꾼들이 따라갔다.

"거기에 모두 내려놓고 너희들은 뒤로 물러서라."

납치범들이 정자에서 내려왔다. 연화와 마을 주민들은 납치범이 지시하는 대로 수레와 지게를 내려놓고 뒤로 물러났다.

"너희 둘은 짐꾼들 지키고 있어. 우리는 몸값 확인할 테니까."

연화와 마을 주민들은 숨죽인 채 그들의 행동을 지켜봤다. 납치범 두 명이 칼을 빼 들고 감시하고 있는 사이, 나머지 세 명이 모전과 금덩이를 확인했다.

"형님. 모전 오십, 금덩이 열. 모두 맞습니다."

정자 위에서 지켜보고 있던 납치범 우두머리가 휘파람을 불었다. 그것을 신호로 풀숲과 바위 옆에 매복하고 있던 무리들이 뛰어나왔다.

"너희들 움직이면 죽는다. 우리가 모두 가지고 떠날 때까지 다들 꼼짝하지 마."

납치범들의 협박은 모전과 금덩이를 모두 옮길 때까지 계속됐다. 마지막 수레가 오솔길로 사라지자 납치범 우두머리가 결박한 수로 부인을 데리고 정자에서 내려왔다. 그때였다.

"거북아! 거북아! 수로를 내놓아라."

짐꾼으로 변장하고 있던 연화가 벌떡 일어나 막대기를 내리치며 노래하기 시작했다. 마을 주민들이 연화의 선창을 따라 하며 막대기로 땅을 두드렸다.

"남의 부녀를 빼앗아 간 죄가 얼마나 큰가."

웅장한 노랫소리가 사방으로 퍼지고 땅을 두드리는 소리가 천지에 진동했다.

"네가 만약 거역하고 내놓지 않으면."

별안간 벌어진 일에 수로 부인을 끌고 가던 납치범이 놀라서 돌아봤다. 고영우의 병사들이 그를 쫓아오고 있었다.

"그물로 잡아 구워 먹으리라!"

추격대에 쫓기던 납치범이 당황한 나머지 수로 부인을 놓아주고 바다로 뛰어들었다.

"추격을 멈추고 수로 부인을 모셔라."

고영우는 더 이상 납치범을 쫓지 않았다. 연화가 달려와 수로 부인의 결박을 풀고 정자 위로 모셨다. 그 사이 김순정이 달려왔다. 잠시 기절했던 부인이 깨어나 남편을 알아봤다. 김순정이 수로 부인의 두 손을 잡고 눈물을 흘렸다.

휘이익—휘이익. 그 시각 납치범들의 은신처 주변에 매복해 있던 무월랑의 휘파람 신호가 떨어졌다. 휘이익—휘이익, 계곡 쪽 출입구에 매복한 홍길수 낭도가 휘파람으로 응답했다. 습격 신호였다. 계곡과 바닷가 쪽의 두 출입구를 지키던 보초들을 일시에 제압하고 토끼몰이하듯이 놈들의 은신처를 급습했다.

동굴 안으로 진입한 무월랑의 병사가 횃불을 들고 앞장섰다. 반대쪽에선 홍길수 낭도의 병력이 동굴 안으로 진입했다. 은신처를 지키고 있던 납치범 무리가 필사적으로 저항했다. 하지만 놈들은 다섯 명에 불과했다. 수적 열세인데다 양쪽에서 압박해 들어오는 공격에 속수무책이었다.

"모두 생포한다."

무월랑의 지시가 떨어지자 병사들이 놈들을 포박했다.

"우리는 지금부터 동굴 안을 샅샅이 수색한다."

홍길수 낭도의 지휘 아래 병사들이 동굴 수색을 시작했다. 일 렁거리는 횃불이 동굴 안을 비추었다.

"동굴 벽면도 빈틈없이 살펴야 한다."

흔들거리는 횃불에 동굴 전경이 드러났다. 여기저기 바닥에 흩 어져 있는 곡식과 그릇들이 먼저 눈에 들어왔다. 계곡 쪽 입구에 서 오십 보쯤 들어갔을 때 구조를 요청하는 소리가 들려왔다.

"살려주세요. 살려주세요."

소리를 따라 안으로 들어가자 동굴의 왼쪽 벽면과 연결된 또 다른 통로가 나왔다.

"여기입니다."

"여기 통로에 사람이 갇혀 있는 것 같습니다."

맨 앞에서 동굴을 수색하던 병사가 외쳤다.

"계속 수색한다. 놈들이 숨어 있을지 모르니 경계도 늦추지 말 도록."

홍길수 낭도가 지시를 내리자 잠시 멈추었던 수색이 계속됐다. 왼쪽 벽면에 연결된 통로도 꽤 넓었다. 병사 다섯 명이 나란히 서 있을 수 있는 공간이었다. 통로를 따라 스무 보쯤 더 깊숙이 들어 가자 더 넓은 공간이 나타났다. 통로 양쪽을 굵은 쇠창살로 가로 막은 동굴 감옥이었다.

"살려주세요."

횃불을 비추자 감옥에 갇혀 있던 사람들이 소리쳤다. 겁에 질 린 눈빛들이 횃불을 받고 흔들렸다. 동굴 감옥에는 아홉 명이 갇 혀 있었다. 모두 여자였다.

"조금만 기다려주세요. 곧 열어드리겠습니다."

병사 중 한 명이 바닥에 있던 쇠망치를 들고 와 감옥의 자물통을 부수었다. 삐꺼덕─. 창살문을 열자 갇혀 있던 여자들이 기어 나왔다. 동굴 감옥에 갇혀 공포와 배고픔을 견뎌온 여자들은 혼자 힘으론 걷지도 못했다.

"이런 극악무도한 놈들이⋯."

홍길수 낭도의 목소리에 놈들을 향한 분노가 묻어났다.

"이제 안심하십시오. 우리와 함께 이곳을 빠져나가면 됩니다."

"감사합니다."

홍길수 낭도의 귓가에 누군가의 지친 소리가 들렸다.

"모두 부축해서 데리고 나간다."

뼈만 남은 앙상한 여자들이 병사들의 부축을 받으며 동굴 밖으로 나왔다. 한 발짝 한 발짝 비척거리며 긴 악몽 속을 빠져나왔다.

"이 모든 것이 연화 낭자의 기막힌 작전 덕분입니다."

무월랑은 빈말이 아니었다. 수로 부인은 물론 동굴 감옥에 갇혀 있던 아홉 명의 여자들까지 모두 구한 이 성공적인 작전은 연화의 지혜에서 나온 것이었다. 연화는 그 모든 것이 감사했다. 무월랑이 여자의 의견이라고 배척하지 않고 존중해 준 것이 고마웠고, 또 그렇게 사람을 구하는 일에 힘을 보탤 수 있어 감사했으며, 신라 땅에서 여자의 쓸모를 증명한 것 같아 뿌듯했다.

4

전서구

둥 둥 둥. 새벽을 깨우는 법고 소리에 이끌려 밖으로 나왔다. 날이 밝기는 아직 이른 시각이었다. 대웅전 돌탑 앞에 연화 부인이 샛별을 바라보고 서 있었다.

"무슨 생각을 그렇게 골똘히 하고 계십니까?"

"우주 낭자, 또 밤을 새웠나 봅니다."

내가 다가서자 연화 부인이 걱정스런 눈빛으로 말했다.

"풀리지 않는 것이 있어 생각을 좀 하다 보니까 새벽이 되어버렸어요."

"무슨 생각을 그리 깊게 했을까요? 내가 알면 안 되는 것이면 말하지 않아도 됩니다."

"혹시 하슬라의 용에 대해 아십니까?"

"그자들이라면 어느 정도 알고 있습니다만….."

"제가 밤새 수로 부인을 납치한 하슬라의 용 조직원들의 행적을 되짚어보다가 이상한 점을 찾았거든요. 그자들이 김순정 공의 여정을 정확하게 알고 있었다는 겁니다. 그자들이 그걸 어떻게 알았을까요? 게다가 치밀한 계획 아래 움직였어요. 바다로 빠져나갈 퇴로까지 만들어 놓았고요. 이건 누군가 순정 공의 명주행 경로를 알려주지 않았다면 불가능한 일이 아닐까요."

가만히 듣고 있던 연화 부인이 고개를 끄덕였다.

"주원 공을 납치한 자들도 하슬라의 용과 연관이 있는 것 같긴 한데 금성의 귀족들과 그자들의 연결고리를 아직 못 찾았어요. 밤새 그걸 찾느라 머리에 쥐가 나는 줄 알았다니까요."

"허나 심증만으로는 아무것도 할 수 있는 게 없지 않겠습니까. 주원 공의 반대편에 선 귀족들 중 누군가가 연관되어 있는 물증을 반드시 찾아야 합니다."

연화 부인이 간절한 눈빛으로 나를 쳐다봤다. 반드시 그 증거를 찾아 달라고 말하는 눈빛이었다.

그러나 김주원 공 납치사건의 범인들은 깊숙한 곳으로 꼬리를 감추었고, 그들의 흔적을 추적하는 일은 진전을 보이는가 싶더니 또다시 제자리를 맴돌았다.

"큰스님! 큰스님!"

붉은 노을이 산속으로 사라지면서 산 그림자가 길게 내려앉을 무렵이었다. 동자 스님이 큰스님에게 달려오며 소리쳤다.

"이놈아, 그러다 넘어질라. 무슨 일로 그리 야단이냐."

"전서구가 날아왔어요. 전서구가요."

금성에 가 있는 작은 스님이 날려서 보낸 전서구였다.

"스님, 뭐라고 쓰여 있어요? 작은 스님은 언제 오신대요?"

큰스님이 전서구의 다리에 매달린 편지를 풀어서 읽는 사이 동자 스님이 궁금한 걸 못 참고 계속 물었다.

"이놈아, 숨넘어갈라. 그만 보채거라."

"큰스님도 참, 숨넘어가면 죽게요. 언제 오신다고 하는지 어서 알려주세요."

"그런데 이걸 어쩌누. 작은 스님이 아직 할 일을 다 하지 못해 금성에 계속 머물러야 한다는데."

"저 놀리려고 그러시는 거 아니지요?"

"내가 너를 왜 놀리냐."

"그럼 작은 스님 언제 돌아오실지 모르겠네요."

동자 스님은 금성에 가 있는 작은 스님이 돌아올 날을 손꼽아 기다린 모양이었다. 그것은 나도 마찬가지였다. 김주원 공 납치사건의 물증을 찾아서 하루빨리 돌아오기를 기다렸다. 하지만 아직 그들의 꼬리를 잡지 못해 계속 추적하겠다는 것이었다.

"큰스님, 전서구를 돌려보내실 거죠?"

"그래야지요. 무슨 전할 말이라도 있습니까, 우주 낭자?"

"예, 스님. 금성에 계시는 동안 김주원 공 반대파에 속하는 금성 귀족들과 해적들 사이에 무슨 거래는 없는지, 은밀하게 조사해 달라고 전해주세요."

"그렇게 하지요."

다음 날 큰스님은 동이 트자마자 전서구를 금성으로 날려 보냈다.

작은 스님이 금성에서 납치범들의 흔적을 추적하는 사이, 나는 연화 부인의 주변 인물들을 조사하기 시작했다.

'그런데 만약 하슬라의 용과 김주원 공 납치사건이 아무런 관계가 없다면…?'

확실한 물증이 없었기 때문에 조사를 하는 내내 불안하고 초조했다. 그러나 나의 추리는 빗나가지 않았다. 무월랑과 연화 부인의 만남에 수수께끼를 풀어 줄 열쇠가 들어 있었다.

약속

하늘에서 빗방울이 후드득 떨어지는가 싶더니 무성했던 구름이 순식간에 사라졌다. 모든 잎이 꽃이 되는 시간, 완연한 가을이다. 비 갠 뒤라 형형색색의 나뭇잎이 더 선명한 색으로 온 산을 물들이며 발갛게 타올랐다. 높은 산 아름다운 단풍의 고운 색이 용연사 대웅전 앞마당에도 들어찼다.

"저 사람들은 무슨 소원을 빌고 있을까요?"

"글쎄요, 스님. 그건 알 수 없지만, 저분들의 소원이 꼭 이루어졌으면 좋겠어요."

공양간 툇마루에 동자 스님과 나란히 앉아 연화는 탑돌이를 하는 순례객들을 지켜봤다. 꽃 피는 봄 못지않게 단풍 드는 가을은 돌탑을 도는 순례객의 발길이 가장 많은 계절이었다.

"연화 아가씨!"

언제 들어도 반가움이 묻어나는 목소리였다. 탑돌이를 마치고 돌아서던 홍겨울이 연화를 발견하고는 반색하며 다가왔다.

"언제 왔어요?"

"조금 전에 왔어요, 언니."

오래 기다렸다고 하면 홍겨울이 미안해할까 봐 그냥 둘러댄 말이었다.

"아니에요, 보살님. 연화 아가씨 아까, 아까 왔어요. 저랑 여기서 한참을 탑돌이 하는 거 지켜보고 있었는걸요."

거짓말을 못 하는 동자 스님의 해맑은 모습에 연화가 웃음을 터뜨렸다.

"고마워요, 스님. 저 심심할까 봐 여태 함께 있어 줘서."

"그럼 저는 이만 가볼게요."

동자 스님이 제 역할을 다했다는 듯 합장을 하고는 다실로 달려갔다.

"아가씨, 저분들 알아보겠습니까?"

홍겨울이 탑돌이를 하는 두 여자를 가리켰다. 탑돌이 하는 사람들 사이에 낡은 법복을 입은 두 사람이 한눈에 들어왔다.

"글쎄요, 저도 아는 분들인가요?"

"그럼요. 그때 납치범들의 동굴 감옥에서 구출된 분들인데 모르겠어요?"

그러고 보니 연화의 눈에도 낯익은 얼굴이었다.

"아, 그분들이군요."

구출된 다른 여자들은 가족들에게 돌아갔지만 두 사람은 의탁할 곳이 없어 용연사에서 홍겨울과 함께 지내고 있었다.

점점 짙어지는 저녁 어스름. 연화는 이른 저녁을 먹고 홍겨울의 방으로 건너갔다. 두 여자도 홍겨울의 방에서 다시 만났다.

"저는 금이라고 합니다."

"제 이름은 정주예요."

곱상하게 생긴 정주는 연화와 같은 또래였고, 키가 큰 금이는 한 살 위의 언니였다.

"정주는 나랑 나이가 같으니까 앞으로 친구로 지내면 되겠다. 그리고 금이 언니는 앞으로 언니라고 불러도 되겠죠?"

연화의 화통한 제안에 금이는 웃었고, 정주는 손사래를 치며 좋아했다.

"좋아요, 아가씨랑 지금부터 친구 하는 거예요."

"그래. 당장 그놈의 아가씨라고 부르지 말고 그냥 연화라고 해."

"그래도 그건 좀… 차차 그럴게요."

그러는 사이 두 사람의 그늘진 얼굴에 잠시나마 화색이 돌았다.

"나도 가족들 찾는 거 도울게. 우리 아버지께 말씀드리면 더 빨리 찾을 수 있을 거야."

"아직 어머니를 못 찾았어요. 어머니랑 단둘이 살았는데 제가 납치되고 나서 어머니도 마을에서 사라졌다고 하더라고요. 저를 찾아다니는 거라면 다시 만날 수 있을 텐데, 혹시 무슨 일을 당한 건 아닌지 걱정이에요."

정주가 먼저 가슴에 묻어 두고 있던 얘기를 꺼내놓았다.

"괜찮으실 거야. 근데 아버지는?"

"어릴 때 돌아가셨어요. 고기잡이를 나가셨다가 풍랑을 만나 돌아가시고 그때부터 어머니랑 저랑 단둘이 살았는데…."

정주의 울먹이는 소리에 연화는 마음이 아팠다.

"꼭 어머니 찾을 수 있을 거야."

"예, 아가씨. 용연사 돌탑에서 소원을 빌며 탑돌이를 하면 꼭 이뤄진다고들 하잖아요. 그래서 매일 매일 탑돌이를 하면서 빌고 있어요. 금이 언니도 같이…."

금이의 사정도 딱하긴 마찬가지였다.

"부모님 두 분 다 일찍 돌아가시는 바람에 내가 동생 둘 데리고 살았는데, 내가 납치되면서 동생들도 뿔뿔이 흩어졌다고 들었어. 먹고 살기 힘드니까. 어디서 구걸이라도 하면서 살아 있는지, 살아만 있다면 만날 수 있을 텐데….."

납치의 공포에서 벗어나긴 했지만, 그것이 끝이 아니었다. 납치되면서 뿔뿔이 흩어진 가족을 찾지 못해 또 다른 고통을 겪고 있었다. 연화는 진심으로 두 사람의 고통을 덜어주고 싶었다.

"언니도 걱정 마세요. 꼭 찾을 수 있을 거예요. 용연사 탑돌이의 힘이 보통이 아니잖아요. 저도 힘껏 도울게요."

"연화 아가씨가 도와주면 금방 찾을 수 있을 거야."

홍겨울도 두 사람을 다독였다.

"나 오늘 밤 여기서 자고 갈래요."

"그렇게 하세요. 방이 좀 좁기는 하지만 대환영입니다."

홍겨울이 웃으며 이부자리를 깔았다.

소쩍새 울음 그친 늦은 밤까지 네 여자는 나란히 누워 도란도란 얘기꽃을 피우다가 잠이 들었다.

새벽 범종 소리에 머리가 맑아졌다. 연화가 밖으로 나왔을 때 누군가 새벽부터 탑돌이를 하고 있었다. 금이와 정주였다.

'저렇게 매일 가족을 찾게 해달라고 탑돌이를 하나 보네.'

두 사람의 탑돌이에 방해가 될까 봐 연화는 조용히 안개 낀 산을 올랐다. 바람이 불자 안개가 슬그머니 연화를 뒤따라온다. 돌아가는 굽이마다 툭 튀어나와 눈을 맞추는 다람쥐가 반갑다. 어느덧 용연사 뒷산, 연화봉 능선이다. 시야가 탁 트이자 연화의 시선이 쏜살같이 달려 나가 안개 사이로 탑돌이를 하고 있는 금이와 정주에게로 가닿았다.

'왜 그자들은 여자들을 납치한 걸까?'

'금이 언니와 정주도 여자라서 납치된 걸까?'

두 사람의 탑돌이는 아무런 말이 필요 없었다. 말보다 더 간절한 그 무엇이 되어 연화의 가슴에 질문으로 남았다.

"아가씨! 연화 아가씨!"

연화봉 능선에서 절집으로 이어지는 반질반질 닳은 돌계단을 내려오고 있을 때 동자 스님이 헐레벌떡 뛰어 올라오며 소리쳤다.

"그러다 넘어지면 어쩌려고요. 무슨 급한 일이라도 생겼습니까?"

연화가 멈추라고 손사래를 쳤지만, 소용이 없었다.

"누가 아가씨를 찾아왔어요."

"누가 절 찾아와요? 혹시 고영우 군관인가요?"

"아니요. 잘생긴 남자예요."

기어이 돌계단을 뛰어 올라온 동자 스님이 그렇게 말하고는 헉헉 가쁜 숨을 내쉬었다. 그 말에 연화는 피식, 웃음이 나왔다. 누군지는 모르지만, 동자 스님 눈에 잘생긴 남자였던 모양이다.

"빨리 가봐야겠는걸요. 잘생긴 남자가 찾아왔다니."

"예. 큰스님께서 다실로 모셨어요."

올라온 돌계단을 동자 스님이 다시 뛰어 내려갔다. 덩달아 연화도 뛰어갔다.

"어머, 웬일이세요? 절 보러 오셨다고요?"

다실에는 생각지도 못한 뜻밖의 인물이 연화를 기다리고 있었다.

"그렇다는구나 연화야. 너를 보러 오셨다는구나."

무월랑이었다. 설운 스님이 무월랑의 찻잔에 차를 따라주며 말 동무를 해주고 있었다.

"제가 불쑥 찾아와 낭자를 놀라게 했나 봅니다. 송구해서 어쩝 니까, 낭자."

"송구할 것까진 없습니다만 제가 여기 있는 건 어떻게 아시고…."

"낭자께 전할 말이 있어 댁에 갔다가 용연사에서 며칠 머물 거 라고 들었습니다."

"그럼 저는 이만 나가보겠습니다, 무월랑."

"고맙습니다."

설운 스님이 자리에서 일어섰다. 두 사람이 편히 얘기 나눌 수 있도록 자리를 피해준 것이다. 스님이 다실을 나가신 뒤 연화는 궁금한 것을 무월랑에게 물었다.

"저에게 전할 말이란 게 뭔지, 몹시 궁금한데요."

"제가 낭자의 큰 지혜를 빌려 쓰고는 아직 감사 인사를 못 드렸 잖습니까. 그래서…."

연화는 무월랑의 말뜻을 도통 알 수가 없었다.

"큰 지혜를 빌렸다는 게 무슨 말인지…?"

"수로 부인 구출 작전을 펼칠 때 낭자가 얼마나 큰 도움을 주셨 습니까. 제대로 감사 인사를 드려야 하는데 이렇게 늦었습니다."

"별말씀을요. 근데 저는 이미 무월랑의 감사 인사를 받았는걸 요. 그때 얼마나 기뻤는데요."

연화의 말에 무월랑의 얼굴이 빨갛게 달아올랐다.

"그게, 그게, 감사 인사는 많이 할수록 좋은 거니까. 진심을 담아서 하면 더 좋잖아요."

당황한 나머지 얼떨결에 핑계를 둘러대며 너스레를 떨었다. 사실 무월랑은 무슨 마음으로 용연사까지 굳이 찾아와 연화를 만나려고 했는지 자기 자신도 정확히 알지 못했다. 그냥 만나서 고마움을 전하고 싶었다고 할까. 아니, 아니다. 어쩌면 그보다 만나고 싶은 마음이 더 컸는지도 모른다. 무월랑은 복잡한 심내를 감추려고 말을 하면 할수록 귀밑까지 홧홧 달아오르는 것 같았다.

"그렇긴 하죠. 진심을 꾹 담아서…."

연화는 보일 듯 말 듯 입가에 미소를 지었다. 그동안 연화에게 무월랑은 반듯하고 정의감 넘치는 화랑이었다. 그것도 금성에서 온 왕족이라서 가까이할 수도 없고, 또 가까이하기엔 너무 멀고 어려운 사이였다. 한데 그런 그가 빈틈을 보이며 허둥대자 연화는 무월랑이 달리 보이기 시작했다. 그와의 거리가 조금은 가까워진 것처럼 느껴졌다고나 할까.

"안 그래도 궁금한 것이 있었습니다."

연화는 화제를 바꾸어 무월랑을 어색한 분위기에서 벗어나게 했다.

"무엇이든 물어보세요. 낭자가 궁금한 건 뭐든 상관없습니다."

그런데도 또 아차, 싶었다. 무월랑은 뭔가를 감추고 싶은 것이 있을 때 말수가 많아진다고 하던 어머니의 말이 퍼뜩 떠올랐다. 정말 자신이 그러고 있는 것이 아닌가. 무월랑은 머리를 긁적이며 겸연쩍게 웃었다.

"수로 부인 납치범들 본거지 찾는 건 어떻게 되고 있나요?"

연화의 납치범 이야기에 비로소 무월랑이 본모습으로 돌아갔다.

"아, 그건 지금 계속 추적하고 있습니다. 아직은 별다른 진척이 없어서 골머리를 앓고 있긴 합니다만."

"그동안 수로 부인 납치될 때의 상황을 곰곰이 되짚어봤는데, 의문스러운 점이 한두 가지가 아니라서요."

"저도 그게 이상해서 조사를 하고 있습니다."

"그렇죠?"

"예. 근데 낭자는 어떤 점이 의문스러운데요?"

"수로 부인이 납치된 곳이 임해정인데, 그자들이 주변에 매복해 있다가 납치한 게 아닌가, 하는 생각이 들거든요."

"저도 낭자와 같은 생각입니다. 미리 기다리고 있다가 틈을 노려 납치한 것으로 보고 있습니다."

"그럼 그자들이 순정 공의 여정을 알고 있었다고 봐야 하지 않을까요?"

"그렇게 추측은 하고 있습니다만 그럴 경우 누군가 순정 공의 여정을 그자들에게 흘렸을 것이라고 봐야 합니다. 그럼 또 그자가 누군지를 알아내야 하는 아주 복잡한 상황입니다. 그러다 보니 수사에 큰 진전이 없어 걱정입니다."

무월랑의 얼굴에는 그 문제로 인해 곤혹스러워하는 기색이 역력했다. 그래서 연화는 조심스러웠다.

"저, 그게…."

"낭자, 왜 말을 하다 말고 그러세요. 제가 말하기 어렵게 만들었나 봅니다. 이제 안 그럴 테니 뭐든 다 얘기해주세요. 이상하게 여기는 게 있으면 뭐든 다."

무월랑은 연화가 말끝을 흐린 게 자신의 어두운 표정 때문이란 걸 알고 얼른 바로잡았다.

"사실 의문스러운 점이 또 있습니다."

"얘기해보세요."

무월랑은 연화의 말에 귀 기울였다.

"납치된 다른 여자들과 달리 수로 부인의 경우 몸값을 요구했거든요. 하슬라의 용이라는 조직 이름으로. 왜 그랬을까요?"

"그건 아마도 수로 부인을 납치한 그자들의 목적이 다른 데 있다는 뜻이겠지요."

두 사람은 수로 부인 납치사건에 숨겨진 내막이 있다는 것에 뜻을 같이했고, 그 내막을 추리하면서 죽이 척척 맞았다.

"그렇다면 그자들의 목적은…? 어쩌면 수로 부인을 납치해서 뭔가 곤란한 상황을 만들려고 한 것일지도 모른다는 생각이 들었거든요."

연화가 말하면 무월랑이 답했다. 그렇게 두 사람은 추리에 추리를 이어갔다.

"그런 목적이라면 그자들에게 수로 부인의 납치를 사주한 세력이 있다는 얘기가 됩니다."

"그럴 만한 자들이 있을까요?"

"금성에는 순정 공의 반대파들이 상당히 있는 걸로 알고 있습니다."

"무월랑은 그자들이 누군지 알고 계실 것 같았습니다."

"금성의 정치가엔 많은 말들이 떠돕니다. 물론 새빨간 거짓말이 더 많이 흘러 다니지만, 그 중엔 아주 중요한 정보도 섞여 있어요."

무월랑이 들려준 금성의 정치권에 대한 얘기에 연화는 귀가 솔깃했다. 지금까지 명주에선 한 번도 들어보지 못한 흥미로운 얘기였다.

"그래서요?"

"최근에 금성 정치권에서 가장 화제가 된 인물이 순정 공이거든요."

"왜요?"

"왕께서 순정 공의 따님을 왕세자비로 점찍었다는 얘기가 돌았어요. 그렇게 되면 왕은 자연스럽게 순정 공 가문의 든든한 지원까지 받게 되고, 왕의 권력이 그만큼 더 강해지게 되어 있습니다."

"왕권이 강해지면 좋은 것 아닌가요? 우리 신라를 위해서."

연화는 그것이 의아했다.

"물론 그렇지요. 우리 신라의 안정을 위해선 왕권이 더 강해져야 하는 게 맞습니다."

"그런데…."

무월랑이 말끝을 흐리며 뜸을 들였다. 연화는 궁금한 것을 참지 못하고 무월랑을 재촉했다.

"그런데요?"

"왕권이 강해지면 그만큼 귀족들의 힘이 약해진다는 얘기거든요."

연화는 무월랑의 설명을 듣고 왕과 귀족들 사이의 힘겨루기와 권력의 역학관계에 대해 어렴풋이 감을 잡았다.

"금성의 귀족들이 가장 두려워하는 게 바로 그것이군요. 왕권이 강해져 자신들의 힘이 약해지는 거."

"낭자의 말이 맞습니다."

"그럼 수로 부인을 납치해 순정 공 가문에 흠집을 내는 것이 납치를 사주한 자들의 목적일 수 있겠네요."

"그런데 아직 확실한 증거를 찾지 못해 다방면으로 알아보는 중입니다. 안 그래도 그 일로 잠시도 쉬지 못하고 골머리를 앓다가 낭자의 도움을 받을 수 있을까 해서, 겸사겸사 찾아온 것입니다."

연화에겐 무척 감동적인 말이었다. '낭자에게 도움을 받을 수 있을까 해서 찾아왔다'는 무월랑의 그 말을 연화는 마음속으로 몇 번이나 곱씹었다. 지금까지 대부분의 사람들은 여자라는 이유로 연화에게 의견을 말할 기회조차 주지 않았다. 하지만 무월랑은 달랐다. 연화의 의견을 귀하게 여기고 귀 기울여 주는 고마운 사람이었다. 눈치 따위 볼 필요가 없는 사람은 무월랑이 처음이었다. 어쩌면 그래서 무월랑에겐 자신의 의견을 터놓고 말할 수 있었는지도 모른다.

'어, 이러면 안 되는데. 왜 이러지?' 무월랑과 얘기를 나누는 사이 연화는 자신도 모르게 가슴이 뛰었다. 들이쉬고 내쉬며 숨을 고른 뒤 겨우 쿵쾅대는 가슴을 진정시키고 대화를 이어갈 수 있었다.

"동굴 은신처에서 잡은 일당들 문초는 하셨을 텐데, 알아낸 건 없었나요?"

"예. 문초는 했지만 잡힌 놈들은 조직의 말단 수하들이라 수로부인 납치를 사주한 자들에 대해선 전혀 아는 것이 없었습니다. 다만 몇 가지 알아낸 건 있습니다. 그동안 명주에서 일어난 납치 사건은 다 놈들 소행인데 그걸 간첩들이 한 짓이라고 소문까지 냈다고 합니다. 그놈들이. 그리고 또 하나는 납치한 여자들을 감금하고 지키는 게 그 수하들의 일이라고 해서 더 캐물었더니 일본으로 배를 띄우면 그때 실어 보낸다고 하더라고요."

"그러니까 그 말은 해적들이 여자들을 납치해 일본으로 팔아넘

긴다는 거네요?"

"그렇습니다."

"아, 이제야 의문 하나는 풀리네요. 해적들이 왜 바다가 아닌 육지로 올라와 설치고 다니는지 이상하다고 생각했거든요. 아주 몹쓸 놈들입니다."

"그래서 한시라도 빨리 본거지를 찾아내려고 하는 겁니다. 그 자들의 뿌리를 뽑아야 하니까요."

무월랑은 그 말을 하고는 연화를 물끄러미 바라봤다. 연화는 금성에서 만나 본 여자들과는 완전히 달랐다. 연약해 보이려고 하지 않았고, 예쁘게 보이려고 애쓰지도 않았다. 처음엔 막힘없이 말을 잘해서 놀라웠고, 이제는 말이 너무 잘 통해서 사랑스러웠다.

"연화 아가씨!"

두 사람이 시간 가는 줄 모르고 얘기를 하고 있을 때 동자 스님이 불렀다.

"저녁 공양 시간입니다."

그제야 두 사람은 자리에서 일어났다.

"와!"

바닥이 훤히 들여다보이는 남대천 강물에 팔뚝만 한 연어가 물살을 거슬러 올라오는 장관 앞에 사람들의 입에서 탄성이 터져 나온다. 남대천 갈대숲이 은빛으로 출렁이면 연어 떼가 어김없이 제 고향으로 돌아온다. 저 연어들은 남대천에서 태어난 녀석들이다. 이곳에서 태어난 연어들은 어린 시절 잠시 남대천에 머물다 동해를 통해 바다로 나아간다. 그렇게 먼 바다로 나아가 살다가 산란

할 때가 되면 다시 남대천으로 돌아오는 것이다. 연어 떼가 돌아온 가을날 남대천 강바닥을 보면 군데군데 색이 다르다. 연어는 강바닥에 알을 낳고 자갈로 묻는데 그 흔적들이다. 산란을 마친 연어는 얼마 살지 못하고 그 자리에서 죽는다. 온 힘을 다해 고향으로 돌아와 산란하고 생을 마친다. 그렇게 생을 마친 연어는 또다른 수중 생명의 먹이가 된다.

"모든 것을 다 주고 가네, 연어는."

남대천 연어를 보고 있으면 연화는 입에서 절로 그 말이 튀어나왔다. 모처럼 여유롭게 걷는 남대천 둑방 길. 수로 부인 납치사건이 일어난 뒤 정신없이 바빠 가을을 제대로 즐기지 못했다. 길섶에 우뚝 선 나뭇잎 마디마디 가을이 탱글탱글하다. 선선한 산들바람이 볼을 간지럽힌다. 비로소 연화의 가슴에 가을이 물밀듯이 밀려왔다.

"여보게 날세. 진우 있는가!"

무슨 기분 좋은 일이 있는 걸까. 명주 태수 신유곤이 한껏 들뜬 목소리로 박진우를 찾았다.

"자네 그동안 고생 많았네."

박진우가 버선발로 달려 나와 친구를 맞았다. 매일같이 서로 오가며 흉금을 터놓고 지내던 두 친구가 거의 두 달 만에 함께 한 자리였다.

"내 기쁜 소식이 있어 자네에게 가장 먼저 알려주려고 이렇게 한달음에 달려왔네."

신유곤이 싱글벙글 웃으며 말했다.

"기쁜 일이라니, 뭔가? 어서 말해보게."

궁금하다며 박진우가 재촉했다.

"순정 공이 다시 금성으로 복귀했다네."

신유곤은 '금성 복귀'에 힘을 주어 강조했다.

"부임한 지 얼마나 됐다고 벌써?"

박진우가 다시 물었다.

"수로 부인이 납치되고 난리가 나지 않았는가. 그 일로 곤욕을 치른 뒤 금성으로 돌아가기로 마음먹은 것 같아. 때마침 왕께서 복귀하라는 지시를 내리셨고."

"그럼 자네는?"

"명주 태수로 복귀하기로 결정됐네."

"이보게 유곤이. 정말 잘된 일이네. 다시 명주 태수로 돌아온 걸 축하하네."

친구의 손을 덥석 잡으며 박진우는 진심으로 기뻐했다.

"그런데 살짝 걱정되는 것이 하나 있네."

기쁜 소식을 주고받다가 신유곤이 슬며시 눈살을 찌푸리며 말했다.

"뭔가? 이렇게 기쁜 일에 뭔 걱정이 또 있다는 건가?"

"순정 공이 나를 어떻게 볼지 걱정이라네. 수로 부인을 구출하는 과정에서 날 못 미더워하는 것 같았네."

"그건 걱정하지 말게. 수로 부인을 무사히 구출하지 않았는가. 명주 지역에 대해 훤히 꿰뚫고 있는 자네가 있었기 때문에 고영우 군관 같은 능력 있는 수사진을 꾸려서 성공한 걸세. 그건 금성에서 온 사람들은 할 수 없는 일이거든. 순정 공이라면 그 정도는 알고 있을 거니까 걱정할 필요 없네."

"정말 그럴까?"

"그렇다니까."

박진우의 확신에 신유곤은 금방 얼굴에 화색이 돌았다.

"어디 그뿐이겠나."

그 말에 신유곤이 귀가 솔깃한 모양이었다.

"그 말은 좋은 일이 더 있다는 소린가?"

"그럼 또 있지. 생각해 보게. 어쨌든 순정 공이 이번에 자네 힘을 빌린 셈이니 자네의 든든한 배경이 되어줄 수도 있는 것 아닌가."

"옳거니. 나도 이제 금성에 든든한 힘이 되어줄 언덕이 생긴 거네. 왜 나는 그 생각을 못 했을까. 역시 자네가 나보다 낫네."

신유곤은 단순 명쾌했고, 박진우는 생각이 깊었다. 두 사람은 그렇게 각자의 장점을 알아주고 높이 사는 친구였다. 주거니 받거니 기분 좋은 술잔이 오갔다.

"연화야! 연화야!"

신유곤이 거나하게 술에 취해 목청껏 부르는 소리에 온 집안이 저렁저렁 울렸다.

"예, 지금 갑니다."

연화는 할 수만 있다면 피하고 싶은 자리였다. 하지만 그냥 있다간 더 큰 소리를 지를 것 같아 마지못해 사랑채로 건너갔다.

"우리 연화가 왔네."

신유곤이 혀 꼬부라진 소리로 손을 흔들었다.

"기분 좋은 일 있으셨나 봐요."

"그럼, 있고말고. 그나저나 연화야."

"예, 아저씨."

"연화야, 네가 이번에 단단히 한몫했다고 들었다. 헌데 앞으로는 그런 데 나서지 말아라. 명주 바닥에 얼마나 많은 말들이 떠도는지 모른다. 여자가 나선다고. 그러니 시집 잘 가려면 조신하게 지내야 한다."

연화는 속이 부글부글 끓었지만, 꾹 참았다. 신유곤이 술에 취해 횡설수설할 때 자칫 대꾸하다가는 밤새도록 예의 그 여자 타령을 들어야 하는 곤욕을 치를 수도 있기 때문이다.

'왜 이 명주 땅엔 무월랑 같은 사람은 없는 거지. 한두 명만 있어도 이렇게 숨이 막히지 않을 텐데…'

그 순간 연화는 자신도 모르게 불현듯 무월랑을 떠올렸다. 그 바람에 화들짝 놀란 연화는 손사래를 치며 머릿속에서 무월랑을 쫓아냈다.

명주 관아의 임시 군막에도 가을이 무르익었다. 고추잠자리가 군막 위로 날아다니며 짝짓기가 한창이다. 무월랑과 낭도들은 아직 명주에 남아 있었다. 납치를 벌인 하슬라의 용 본거지와 그 배후를 추적하며, 매일 오전 오후 두 차례씩 수사 회의를 진행했다. 오후의 원탁회의가 끝났을 때 무월랑이 뜬금없는 말을 꺼냈다.

"연화 낭자에게 명주 유람을 시켜달라고 부탁해야겠어."

"명주 유람은 제가 안내해드리겠습니다."

고영우가 손을 번쩍 들고 나섰다.

"아닐세. 고영우 군관은 해야 할 일이 많지 않나?"

무월랑이 눈치를 줬지만, 고영우는 모르는 척했다.

"아닙니다. 오늘 할 일은 다 끝냈고 내일은 쉬는 날입니다."

"홍길수 낭도, 내일 할 일이 있다고 말하지 않았나? 그런데 고영우 군관은 쉬어도 되는 건가?"

무월랑은 이번엔 홍길수 낭도에게 넌지시 도움을 청했다.

"예. 내일 할 일이 없었지만, 지금부터 생길 겁니다. 고영우 군관, 내일도 할 일이 많을 예정이니까 꼭 출근해야 합니다."

홍길수 낭도는 눈치가 빨라 무월랑과 손발을 척척 맞췄다.

"고영우 군관은 할 일이 생겼으니 어쩔 수 없이 연화 낭자에게 부탁해야겠네."

결국 무월랑의 뜻대로 돌아갔다. 고영우는 무월랑이 연화를 만나는 것이 못마땅했지만 더는 막을 방법이 없었다.

햇살이 눈 부신 날이었다. 구름 한 점 없는 하늘엔 새들이 군무를 펼쳤다. 흑두루미와 두루미, 청둥오리와 기러기 떼들이 무리 지어 가을 하늘을 수놓았다.

"너무 크게 싸지 말고 한입에 먹을 수 있게 싸라."

"예, 어머니. 이렇게 하면 되는 거죠?"

연화는 새벽부터 일어나 주먹밥을 뭉쳤다. 뭉친 주먹밥을 연잎으로 감싸 연잎 보쌈으로 만들었다. 너무 크게 뭉친다고 야단치는 어머니의 잔소리도 이날만큼은 그저 신나는 노래처럼 들렸다.

"명주 유람을 하고 싶은데, 낭자께 부탁을 드려도 될까요?"

어제저녁 무월랑이 찾아와서 한 말이 귓가에 맴돌았다. 그게 뭐라고 가슴이 마구 뛰고 설레었다. 간밤엔 무월랑에게 안내할 유람 일정을 짜느라 뜬눈으로 새웠다. 그런데도 연화는 피곤한 줄 모른 채 무월랑과 함께 먹을 도시락을 싼 것이다.

아침 해가 뜨자마자 연화는 관아로 달려가 무월랑을 만났다.

"명주의 자랑거리 볼거리는 엄청 많지만, 오늘은 제가 가장 좋아하는 세 곳을 선택했어요. 기대하셔도 될 겁니다."

"벌써 가슴이 뛰는데요. 낭자가 가장 좋아하는 곳이라고 하니까 더 궁금합니다. 살짝 알려주시면 안 될까요?"

"신라의 화랑이라면 꼭 가보고 싶어 하는 곳이에요."

"아, 그곳. 안 그래도 꼭 여행하고 싶었던 곳입니다. 어쩌면 낭자는 제 마음속을 들어갔다 나온 사람 같습니다. 그럼 오늘 하루 잘 부탁합니다, 연화 낭자."

연화는 무월랑과 나란히 말을 타고 길을 나섰다. 관아에서 나와 동쪽으로 말머리를 잡았다. 썩 멀지 않은 거리에 연화가 선택한 첫 여행지가 있다. 둘이서 나란히 말을 타고 관아 거리를 달려가자 사람들이 수군거리며 쳐다봤다.

"저게 누구야? 연화 아가씨네. 함께 가는 사람은 금성에서 온 화랑인데."

"저 두 사람 분위기가 묘하지 않아?"

"선남선녀 사이에 좀 묘하면 어때. 괜히 트집이야."

"내 말은 그게 아니지. 저 화랑은 왕족이잖아. 그러니 걱정을 안 할 수가 있겠어. 저렇게 알콩달콩 지내다가 홀쩍 가버리면 우리 연화 아가씨만 불쌍하게 되니까 그러는 거지."

사람들의 쑥덕거림은 연화와 무월랑이 명주 중심가를 빠져나갈 때까지 계속됐다.

중심가를 벗어나자 연화는 속도를 내며 능숙하게 말을 달렸다. 무월랑도 연화의 속도에 맞춰 달렸다. 추수를 하는 들판을 끼고 두 사람은 속도를 더 올려 힘껏 달렸다. 길섶의 나무들이 휙휙 지나갔다.

바다가 보이는 곳에 울창한 소나무 숲이 나타났다. 연화가 소나무 숲 입구에서 말고삐를 잡아채며 천천히 멈추었다. 무월랑도 뒤따라 말에서 내렸다.

"여기예요. 오늘의 첫 여행지 한송정입니다."

"솔향이 참 좋습니다, 낭자."

둘은 말을 세워놓고 천천히 걸었다. 은은한 소나무 향기가 계절이 주는 선물처럼 기분을 상쾌하게 해주었다.

"정말 멋진 곳이네요. 저 앞에는 푸른 바다가 하늘과 나란히 달리고, 여기 소나무 숲 너머에서 들려오는 종소리가 운치를 한층 더해주는 것 같습니다."

"저는 자주 오는 곳인데도 올 때마다 풍경이 다르고 새로운 것 같아요. 어떤 날은 파도가 으르렁대며 산처럼 밀려오기도 하고, 또 어떤 날은 흰 모래가 보석처럼 반짝이거든요, 눈을 밟는 것처럼. 오늘은 또…."

연화가 말끝을 흐리며 잠시 망설였다. 무월랑이 자기도 모르게 재촉했다.

"오늘은 또, 어떤데요? 얘기 안 할 거예요?"

"그게,… 무월랑이랑 함께 와서 그런지 다른 풍경으로 보입니다."

그 말을 하고선 연화는 볼이 빨개졌다.

"저도 그렇습니다. 저에게 오늘은 다시없을 특별한 날입니다.

낭자와 함께라서 오늘 이곳은 다시 보지 못할 귀한 선물 같은 풍경이고요."

사실 무월랑은 연화에겐 말하지 않았지만 지난여름 화랑단의 금강산 순례길에 명주 한송정을 이미 다녀갔었다. 그런데도 연화와 함께 보니 모든 것이 그때와는 완전히 달라 보였다. 스쳐 가는 솔바람도 감미로웠고, 몰려왔다 밀려가는 파도 소리마저 봄날의 솜털처럼 마음을 간지럽혔다.

"이게 화랑의 첫 국선이셨던 설원랑의 기념비예요. 한송정을 다녀간 기념으로 세운 비석입니다. 참, 설원랑에 대해선 무월랑이 더 잘 아시겠네요. 화랑이시니까."

"그럼요. 국선이 어떤 직책입니까, 신라 화랑단을 이끄는 우두머리 수장이거든요. 더구나 설원랑은 우리 화랑단의 첫 국선을 맡아 수천 명의 화랑을 이끈 분이라 신라 화랑 역사의 첫머리에 있는 국선입니다."

"그때부터라고 해요. 설원랑이 이곳을 다녀간 뒤로 수천 명의 화랑들이 여기에 와서 유람도 하고 수련하는 오랜 전통이 만들어졌다고 들었어요."

"이런 뜻깊은 곳에 데려와 줘서 정말 고마워요. 낭자께 꼭 그 답례를 하겠습니다."

무월랑이 싱글벙글 웃으며 고개를 숙였다. 연화도 따라서 고개를 숙이며 미소를 지었다.

"여기 있는 샘물로 우린 차가 신라 제일의 차 맛이라고들 하는데, 우리도 여기서 차나 한잔할까요?"

연화가 준비해 온 다기와 차 봉지를 꺼냈다.

"언제 이런 걸 다 준비해오셨어요. 무조건 좋습니다. 여긴 화랑들 사이에 다도의 성지라고 알려진 곳인데, 당연히 차 맛을 보고 가야겠지요."

무월랑이 다기를 들고 가서 돌샘에서 물을 길어왔다. 한송정 옆에는 맑은 물이 솟는 돌샘이 있고, 돌절구와 돌아궁이를 갖춘 차 부엌이 마련되어 있었다. 신라의 화랑들이 명산대천을 순례하면서 심신을 수양할 때 차를 달여 마시던 곳으로 유명했다. 한송정 주위에는 신라의 사선이라 불리던 술랑, 남랑, 영랑, 안상 등 많은 화랑들이 다녀간 자취가 숱하게 남아 있었다.

"제가 하겠습니다."

몸이 재바른 무월랑이 찻주전자를 집어 들었다.

"그러시겠어요?"

연화는 찻잔을 무월랑 앞에 가져다 놓았다.

"한 번 찻물을 돌린 뒤 다시 한번 그리고 마지막으로 한 번 더. 이렇게 세 번에 나누어 찻물을 따라야 하는 거 맞죠?"

무월랑이 찻물을 찻잔에 따르며 말했다.

"예. 그래야 차 맛이 변하지 않는다고 해요. 찻물을 따를수록 찻주전자 안의 찻물 농도가 달라지기 때문에 똑같은 차 맛을 볼 수 있도록 세 번에 나누어 따라서 차의 풍미를 잃지 않도록 하는 거라고 해요."

"연화 낭자는 차에 조예가 깊으신 것 같네요. 저는 잘 모르는데."

"저도 용연사 설운 스님께 주위 들어 아는 정도예요."

"혹시 이거 죽로차입니까? 떫은맛이 없이 뒷맛이 정말 개운하네요."

무월랑이 차를 한 모금 마신 뒤 아는 척을 했다.

"예. 죽로차예요."

"신라에서 제일로 치는 차라 그런가. 차 맛이 다르긴 다르네요. 그윽한 차향이 깔끔한 단맛과 어울려 입 안 가득 풍미를 끌어올려 주는데요."

무월랑은 다른 건 몰라도 음식이든 차든 한 번 맛보면 그 맛에 대해선 정확하게 기억했다.

"저는 이름이 참 좋아요, 죽로차란 이름이. 사각대는 댓잎 소리가 죽로차에서 느껴지거든요. 그리고 멋지잖아요. 대나무밭 사이에서 이슬을 먹고 자란 차라니… 이보다 더 멋지고 낭만적인 이름이 또 있을까요."

멋진 표현이었다. 연화는 죽로차 한 잔으로 무월랑이 한 번도 느껴보지 못한 상상의 세계로 안내했다.

"낭자 말을 듣고 나니까 대나무 숲에서 나는 바람 소리가 들리는 것 같아요. 댓잎들이 사각 사각거리는 소리가. 제가 지금까지 맛본 차 가운데 오늘 마신 죽로차가 최고입니다."

"정말입니까, 무월랑?"

"그럼요. 정말이고말고요. 오늘 낭자와 함께 즐긴 이 차 맛은 잊을 수 없을 것 같습니다."

"그렇게 말해주니 저도 기쁩니다."

바람이 불 때마다 연화의 긴 머리채가 빨간 댕기와 함께 찰랑거렸다. 흔들리는 나뭇잎 사이로 새어 들어오는 햇살이 별처럼 반짝이고 새하얀 눈처럼 눈부셨다. 두 사람은 다기를 정리하고 다음 여행지로 떠날 준비를 했다.

"이제 어디로 갈 건가요?"

"경포호로 갈 건데, 여기서 그리 멀지 않습니다. 경포호에 가서 늦은 점심을 먹으려고 하는데, 괜찮을까요?"

"그럼요. 귀한 차를 마셔 아직 배 속이 든든합니다."

두 사람은 다시 말을 타고 달렸다. 바닷가 해안 길을 따라 앞서 거니 뒤서거니 달려갔다. 동해가 펼쳐지는 아름다운 해안 길이 경포호로 이어진다. 금성에서 안변까지 이어지는 신라의 대표적인 바닷가 길이다. 무월랑은 이 길을 거쳐 금강산 순례를 다녀왔고, 지금은 연화와 함께 말을 타고 달리고 있다.

"긴 모래사장이 보이는데요."

"예. 경포호에 거의 다 왔다는 신호예요. 모래사장이 보이면."

둘레가 이십 리쯤 되는 경포호는 깊지도 얕지도 않아 사람의 어깨가 잠길 만한 깊이의 호수다. 물이 거울처럼 깨끗하고 맑아서 경포호라는 이름을 얻었는데 원래는 바다였다. 하천과 만나는 만의 입구에 파랑과 해안류에 의해 해안을 따라 이동하는 모래가 쌓여서 만들어진 호수를 석호라고 하는데, 경포호는 신라 땅에서 몇 안 되는 석호 중의 하나였다.

"저기 언덕 위에 있는 누정에 올라가서 점심을 먹죠."

연화가 경포호 북동쪽 언덕으로 말머리를 돌렸다. 경포호 누정에 오르자 노송에 둘러싸인 호수가 한눈에 들어온다. 거칠 것 없이 확 트인 동해의 드넓은 바다와 끝이 보이지 않는 하늘이 맞닿아 수평선을 이룬다.

"와! 정말 멋진 곳입니다. 저기 바닷가 모래밭에 빨간 열매 달린 나무들이 있는데 해당화인가요?"

"맞아요. 해당화예요. 봄·여름에 오면 지금과는 또 달라요. 짙은 붉은색 해당화 꽃이 파란 바다, 하얀 모래사장과 어울려 얼마나 환상적인지 몰라요."

"낭자가 그렇게 말하니까 그 풍경이 눈에 선합니다."

무월랑의 시선이 호수 너머 바다로 향했다. 바람이 불어 무월랑의 머리카락이 휘날렸다. 대바구니에 담아온 연잎 보쌈을 꺼내던 연화는 무월랑의 옆모습에 저절로 눈이 갔다. 참 멋진 남자라고 생각했다. 게다가 잘 생기기까지 한 남자였다. 그런 남자가 연화의 눈앞에서 아련한 눈빛으로 바다를 물끄러미 보고 서 있다. 연화는 자신도 모르게 무월랑을 보며 이런저런 생각을 하고 있었다. 그러다 무월랑이 고개를 돌리려 하자 화들짝 놀라 얼른 눈길을 거두었다.

"연잎 보쌈에 송이도 넣었나 봅니다. 혀끝에 송이 향이 장난 아니게 올라오는데요."

무월랑이 연잎 보쌈을 한 입 베어 물고 말했다. 연화는 무월랑이 먹는 것만 봐도 배가 부른 것 같았다.

"송이 향이 너무 강한 건 아닌지 걱정했는데, 괜찮아요?"

"예. 너무 좋습니다. 이런 연잎 보쌈은 처음입니다."

"그렇다니 다행입니다. 많이 드세요."

"안 그래도 많이 먹고 있습니다. 송이 향이 혀끝에서 마구 피리를 불고 춤을 추면서 한바탕 잔치를 벌이는 것 같습니다."

무월랑은 그냥 해본 말이 아니었다. 연잎 보쌈 한입을 베어 물자 혀끝에 가을이 확, 내려앉는 것 같았다. 앞으로는 경포호가 연화 낭자와 송이 향으로 기억될 것 같았다.

연잎 보쌈을 나눠 먹고 둘은 호수를 한 바퀴 돌았다. 어느덧 해가 뉘엿뉘엿 지고 있었다.

"벌써 해가 지려고 합니다."

"그러네요. 이렇게 빨리 해가 질 줄 몰랐습니다. 오늘 여행은 여기서 마쳐야 할 것 같습니다. 아주 특별한 곳이 있는데 거긴 다음 기회에 안내해 줄게요."

"약속했습니다, 낭자. 다음에 꼭 날 잡아서 유람시켜 주셔야 합니다."

"예, 그렇게 하겠습니다. 무월랑."

집으로 돌아가는 길에 청둥오리 떼가 무리를 지어 하늘을 날아올랐다. 가을걷이가 한창인 들판에는 겨울 철새들이 내려와 진풍경을 이루었다. 명주 시내가 가까워지자 두 사람은 말에서 내려 나란히 걸었다.

"연화 낭자!"

무월랑이 불렀다.

"예, 무월랑."

연화가 답했다.

"낭자는 가장 여행하고 싶은 곳이 어딘가요?"

"제 꿈은 언젠가 금강산 유람을 가는 거랍니다."

"언제든 가면 되지 않습니까?'

"여자가 무슨 금강산 유람이냐고 핀잔만 듣는 걸요."

"그럼 제가 꼭 모시고 가겠습니다."

무월랑은 연화의 소망을 꼭 들어주겠다고 다짐했다. 연화와 함

께 금강산 유람을 갈 생각을 하는 것만으로도 가슴이 벅찼다. 연
화의 가슴에도 무월랑이 들어왔다. 금강산에 꼭 모시고 가겠다는
무월랑의 그 말이 가슴 깊숙이 들어와 박혔다.

남대천 둑방 길에 일찍 찾아온 어둠이 내려앉았다. 추수가 끝
날 때쯤 되면 해가 짧아져 숨 가쁘게 저물었다.
어쩐 일인지 며칠 발걸음이 뜸했던 명주 태수 신유곤이 허둥지
둥 박진우를 찾아왔다.
"자네 그 소문 들었는가?"
"또 무슨 소문?"
박진우는 늘 있는 소란이라 대수롭지 않게 여겼다.
"그게 말일세. 자네 이렇게 한가하게 있을 때가 아니야. 연화가
말일세."
신유곤의 입에서 딸 이름이 나오자 박진우의 낯빛이 바뀌었다.
"우리 연화가 왜?"
"글쎄 연화가 무월랑이랑 그렇고 그런 사이라고 소문이 파다하
게 났네."
"그게 무슨 말인가? 우리 연화가 어쨌다고? 무월랑이라면 금성
에서 온 화랑이 아닌가."
"지난번에 둘이서 말 타고 나들이 가는 걸 명주 사람들이 다 봤
다고 하네. 어찌나 다정하게 가던지⋯ 이러다간 연화 큰일 나게
생겼네."
"알았네. 그만하시게. 내가 알아서 할 테니. 오늘은 이만 가보
시게."

박진우의 목소리에 단호함이 묻어났다. 딸 연화에 관한 거라면 박진우는 아무리 절친이라도 지나친 간섭을 하면 차단했다. 그것을 잘 아는 신유곤인지라 친구의 눈치를 보며 자리에서 일어났다.

박진우는 친구를 보낸 뒤 곧장 연화가 머무는 별당으로 건너갔다.

"연화야!"

"예, 아버지. 저를 부르시지 않고 여기까지 오셨어요. 무슨 급한 일이라도 있나요?"

연화는 아버지의 심각한 표정을 살피며 말했다. 잠시 딸을 물끄러미 바라보던 박진우가 무겁게 운을 떼었다.

"무월랑 알지."

"갑자기 무월랑은 왜요?"

"무월랑에 대해 어떻게 생각하느냐?"

뜬금없는 아버지의 말에 연화는 잠시 할 말을 찾지 못했다.

"아저씨 다녀갔다고 들었는데 혹시 뭐라고 하셨어요? 이번엔 또 뭐라고 하셨는데요?"

"아무튼 누가 뭐라고 하던 나에겐 연화 네 생각이 가장 중요하다는 거 알지?"

"그럼요, 아버지. 무월랑은 곧 금성으로 돌아갈 사람이라는 거 잘 알고 있으니까 걱정하지 마세요."

연화는 아버지의 걱정을 덜어드리기 위해 그렇게 말은 했지만, 마음이 무거웠다.

"그럼 됐다. 괜한 소란 일어나지 않게 연화 네가 좀 더 조심하거라."

"예, 아버지 말씀 잘 알아들었습니다."

별당을 나온 박진우는 딸의 눈빛이 자꾸 눈에 밟혔다. 무월랑 얘기를 할 때 연화의 눈에 잠시 스쳐 갔던 아련함이 계속 마음에 걸린 것이다. 하지만 연화가 아니라고 하니 딸의 말을 믿고 싶었다. 아내 귀에 소문이 들어가 한바탕 소동이 일어나기 전에 그 소문을 잠재워야 한다고 생각했다. 연화가 무월랑을 다시 만나지 않는다면 그런 일은 일어나지 않을 것이다. 그러나 박진우의 뜻대로 흘러가지 않았다.

"안녕하셨어요, 어르신!"

어느 날 무월랑이 찾아왔다.

"무월랑이 무슨 일로 우리 집을 다 찾아오셨는가?"

"연화 낭자께 부탁드릴 것이 있어 왔습니다."

"지금 연화가 집에 없으니 나에게 얘기하시오. 내가 전할 테니."

"혹시 용연사에 갔습니까?"

"아니, 아닐세. 외갓집에 며칠 지내다 올 걸세."

박진우는 거짓말까지 둘러대며 집요하게 캐묻는 무월랑을 겨우 돌려보냈다. 신라에서 넘을 수 없는 것이 신분의 벽이란 걸 너무나 잘 아는 박진우였다. 그것도 왕족이라니, 무월랑이 금성으로 가버리고 나면 딸 연화만 상처받을 게 불을 보듯 뻔하다.

억수같이 쏟아지던 비가 그쳤다. 먹구름이 순식간에 사라졌다. 비가 그치고 물안개가 자욱하다. 바람에 몸을 실은 물안개가 춤을 추듯 남대천 둑방 길로 거침없이 나아간다. 해가 고개를 내밀고

안개를 조금씩 밀어 올리자 남대천 맑은 물이 모습을 드러낸다. 간밤에 선잠을 자다 깨어난 연화는 이른 아침 남대천으로 나왔다. 생각에 잠겨 둑방 길을 걷다 보니 어느새 해가 중천에 떴다.

남대천에서 먹이 사냥을 하는 고니가 팔뚝만 한 연어를 잡아채 푸드득 거린다. 그 소리에 불현듯 집으로 찾아왔던 무월랑이 떠올랐다. '지금 나가면 안 돼!', 연화는 어제 무월랑이 찾아온 걸 알고도 방문을 부여잡았다. 당분간 관아 근처엔 얼씬도 하지 말라던 아버지의 말이 무슨 뜻인지 너무나 잘 알았기 때문이다. 자꾸만 문밖으로 뛰쳐나가려는 마음을 그래서 꼭 부여잡았던 것이다.

"용연사에 좀 다녀오너라."

점심상을 물린 뒤 박진우가 연화에게 말했다.

"스님께 전할 말씀이라도 있으신가요?"

"죽로차 좋은 것이 들어왔으니 설운 스님께 가져다드려라. 요즘 식객이 많아서 식량도 금방 축날 것이다. 추수한 곡식도 전해드릴 겸 해서 돌쇠와 함께 가도록 해라."

"예. 그렇게 하겠습니다."

"그리고 오랜만에 간 김에 며칠 머물다 오너라. 겨울이도 너 기다리고 있을 것이다."

"며칠 있다 오라고요?"

"그래. 한 열흘 푹 쉬다가 오너라."

"열흘씩이나요?"

전에 없던 일이라 연화가 물었다.

"그래, 열흘."

박진우는 딸 연화가 우울해하는 모습을 지켜보는 것이 힘든 아버지였다. 그래서 연화에게 콧바람이라도 쐬게 해주려고 일부러 핑계를 만들어 심부름을 시킨 것이다. 용연사에 가면 홍겨울도 있고, 또래 친구인 정주와 금이도 있으니 연화의 좋은 말동무가 되어줄 것이고, 연화도 다시 활기를 찾을 것이라고 생각했다.

연화는 연화대로 아버지가 용연사로 심부름 보내는 이유를 짐작하고도 남았다. 마당에 나와 보니 이미 돌쇠가 떠날 채비를 해두고 있었다. 연화는 그 길로 짐을 꾸려 집을 나섰다.

연화봉 부처 바위

지난 며칠 무월랑은 전과 같지 않았다. 연화를 보러 갔다가 쫓겨나다시피 한 뒤로 만사가 귀찮았다. 밥을 먹다가도, 회의를 하다가도, 문득문득 그리고 불시에 연화의 얼굴이 떠올랐다.

"무월랑!"

홍길수 낭도가 큰 소리로 불렀지만 무월랑은 대답이 없었다. 그러다 홍길수 낭도와 눈이 딱 마주치자 딴생각을 하다가 들킨 사람처럼 얼굴이 빨개졌다.

"도대체 요즘 왜 그러십니까, 무월랑."

홍길수 낭도는 진심으로 무월랑을 걱정했다.

"미안하네. 내가 잠시 딴생각을 했네. 납치범들 본거지 추적도 제자리걸음을 계속하고, 그 배후도 찾지 못해 하도 답답해서. 그럼 오늘 회의는 마치도록 하겠습니다. 각자 맡은 일들 철저히 해주세요."

정신을 차린 무월랑은 얼렁뚱땅 딴말을 둘러대고 회의를 끝냈다.

"고영우 군관!"

그리고는 고영우를 넌지시 불렀다.

"예, 무월랑."

"내 자네에게 긴히 부탁할 것이 있네."

별안간 부탁이라니, 무월랑의 느닷없는 소리에 고영우는 그를 빤히 쳐다봤다.

"자네는 연화 낭자와 허물없이 지낸다고 들었네."

"그렇습니다만…."

"내가 연화 낭자를 만날 방법이 없을까? 자네가 방법을 좀 찾아주면 안 되겠나?"

"예, 안 됩니다."

고영우는 생각할 필요가 없다는 듯 단호하게 말했다.

"아니, 생각이라도 좀 해보고 대답해야 하는 거 아닌가. 무조건 안 된다고 하는 건 또 뭔가. 고영우 군관은 내가 연화 낭자를 만나는 게 그렇게 싫어요?"

"예, 그렇습니다."

고영우는 둘러대지 않고 칼같이 대답했다. 대놓고 말하진 않았지만 무월랑이 연화를 만나려고 하는 것이 못마땅했다. 그리고 무월랑으로 인해 연화가 상처 입는 것은 더 싫었다.

"무월랑! 무월랑!"

그때 홍길수 낭도가 호들갑을 떨며 군막 안으로 들어왔다.

"제가 연화 낭자가 어디에 있는지, 그 어려운 걸 알아냈습니다."

"그래? 어디에 있대?"

무월랑이 홍길수 낭도에게 몸을 바짝 갖다 대며 물었다.

"어제 용연사로 아버지 심부름 가는 걸 봤다고 합니다. 며칠 용연사에 머물 거라고 하던데요."

"알았네. 내 거하게 한잔 사겠네."

"그렇게 좋습니까? 싱글벙글 아주 난리가 났습니다. 무월랑 생각해주는 사람은 저밖에 없지요. 그건 알아주셔야 합니다."

"그럼, 그럼. 내 잘 알지."

무월랑은 자신의 마음을 알아주는 홍길수 낭도가 고마웠다.

무월랑은 그 길로 말을 타고 용연사로 향했다. 말고삐를 짧게 잡고 전속력으로 질주했다. 그래도 마음이 더 앞서 달려갔다.

"낭자! 연화 낭자!"

용연사 입구에 도착한 무월랑은 말에서 내리다가 연화를 발견했다. 말을 그대로 둔 채로 절집 마당에 서 있는 연화에게 달려갔다.

"무월랑께서 웬일이세요, 여기까지."

"약속한 건 지켜야지요. 낭자가 약속한 걸 까먹었는지 감감무소식이라서 제가 여기까지 달려온 것 아닙니까."

무월랑이 가쁜 숨을 몰아쉬며 말했다. 연화는 무월랑의 마음이 고스란히 느껴져 자기도 모르게 눈물이 핑 돌았다.

"예. 약속은 지켜야지요. 안 그래도 약속을 못 지키게 될까 봐 걱정이었습니다. 무월랑께서 오셨으니 지금 당장 구경시켜드리겠습니다."

둘은 한참을 그렇게 마주 서 있었다. 돌탑 앞에서 둘을 지켜보고 있던 홍겨울이 정주와 금이를 데리고 자리를 피해주었다.

용연계곡 입구에 들어서자 울창한 숲 사이로 계곡물 흐르는 소리가 청량하다. 깊이 들어갈수록 계곡 좌우에 늘어선 단풍이 어우러져 신비한 풍경이다. 단단한 화강암이 수직 절벽을 이루는가 싶더니 어느새 계곡이 꼬부라져 돌아가면 편평한 너럭바위로 이어진다. 오랜 세월 비바람에 깎이고 씻겨 풍화한 흔적이 신기한 모양의 기암괴석과 너럭바위로 남아 있다.

연화는 무월랑에게 용연계곡의 이 신기한 풍경을 꼭 보여주고 싶었다. 계곡 아래 용연마을이 외가라 어릴 때부터 자주 찾아온 연화에겐 추억이 많은 계곡이었다. 그래서 무월랑에게 구경시켜 주고 싶었는데 지난 첫 여행 땐 일찍 날이 저물어 오지 못했었다.

"와! 여기 오기 정말 잘한 것 같습니다. 낭자, 저 바위를 보세요. 나이를 얼마나 먹었을까요? 저 바위들은."

무월랑이 흘러가는 물 아래로 손에 닿을 듯 보이는 너럭바위를 보며 감탄했다.

"아마도 가늠하기 힘들걸요. 할아버지의 할아버지의 할아버지도…."

연화는 너럭바위 위로 흐르는 물을 손으로 찰랑거리며 환하게 웃었다.

"그래서 그런가, 무언가 신령한 기운에 휩싸이는 것 같은 건 제 기분 탓일까요. 바람을 타고 금방이라도 용트림을 하면서 솟구쳐 오를 것 같습니다, 저 바위는."

"맞아요. 여기가 용소예요. 용이 하늘로 승천했다는 전설이 내려오는 용소예요. 무월랑의 말처럼, 길게 용이 드러누운 것처럼 보이는 저 바위는 어쩌면 그 용이 하늘로 휘젓고 승천하면서 남겨둔 흔적일지도 몰라요."

"멋진 해석인데요, 연화 낭자."

무월랑이 오른손 엄지를 추켜세우며 한눈을 찡긋했다.

"어렸을 때 외할아버지랑 여기 자주 왔던 곳이거든요. 가뭄이 들면 여기서 기우제를 지냈어요. 그러면 고마운 비가 내린다고, 할아버지가 그렇게 말씀하시곤 하셨어요."

연화는 무월랑과 나란히 너럭바위에 앉아서 계곡을 보고 있으니 외할아버지와 함께한 추억이 떠올랐다.

"어느 여름날이었어요. 저 너럭바위에 앉아서 계곡을 바라보고 있는데 할아버지가 그러시는 거예요. 흘러가는 물은 바위에 오래 머물지 않잖아요. '붙잡아 두지 않고 묵묵히 아래로, 아래로 물을 흘려보내는 걸 보면 기품이 느껴진다. 너도 그렇게 살아야 한다…' 왠지는 모르겠는데 그때 할아버지가 하셨던 말이 잊히지 않아요."

"외할아버지께서 멋진 분이셨나 봅니다. 그런 말씀을 하신 것을 보니. 저도 다른 건 잘 모르겠지만 기품 있게 세상을 살고 싶습니다."

무월랑이 연화를 바라보며 입안에 맴돌던 말을 마저 했다.

"이젠 외할아버지와 함께한 너럭바위에 이 무월랑도 앉혀주세요."

"그건 생각을 좀 해봐야겠는걸요."

연화가 새초롬하게 말했다.

"낭자가 원하는 건 뭐든 다 해줄게요."

무월랑이 그 말을 받았다.

"정말이십니까?"

"그럼요. 그러니까 낭자의 너럭바위 추억에 저도 끼워주셔야 합니다."

"지금 약속한 걸 지키면 저도 그렇게 하겠습니다."

둘은 기분 좋게 웃으며 행복한 농담을 주고받았다.

미끄러지듯 떨어지는 작은 폭포에 단단한 암반이 길을 내주어 구불구불 곡선으로 흘러가는 계곡을 따라가다 보니 어린 소나무가 바위틈에 꿋꿋하게 뿌리를 내리고 자라고 있었다. 어디다 뿌리를 내리고 있는지 알 수 없지만 기특하고 대견했다.

"저것 좀 보세요."

계곡을 빠져나와 용연사 뒷산 연화봉에 올랐을 때 무월랑이 무언가를 발견하고 소리쳤다.

"대단합니다. 저 큰 바위에…."

연화가 무월랑에게 꼭 보여주고 싶었던 특별한 공간, 연화봉 부처 바위였다.

"서글서글하게 잘 생기고 성격 좋은 부처님 같은데요."

몇 그루의 키 큰 소나무 사이에 자리한 커다란 바위에 부처가 조각되어 있었다. 부처 바위 앞에 앉으면 그 아래 펼쳐진 용연사가 한눈에 들어오고, 그 너머 망망한 동해로 바다 여행을 할 수 있어 연화에겐 특별한 곳이었다.

"부처 바위가 용연사와 동해를 굽어살피고 있는 모습 같습니다, 낭자."

"그렇죠. 저는 여기 앉아 있으면 부처 바위와 함께 먼바다로 여행을 하는 것 같아 참 좋습니다. 게다가 여기에서 소원을 빌면 부처 바위가 하나는 꼭 들어준다고 해서 사람들이 많이 찾아오는 곳이에요."

"멋진데요. 그래서 부처 바위 앞이 반질반질한 것이군요. 그런데 낭자, 저기 저렇게 쌓아 올리기 힘들었을 텐데 누가 돌탑을 저렇게 쌓았을까요?"

무월랑이 가리킨 것은 부처 바위 좌우를 호위하고 있는 수십 기의 크고 작은 돌탑들이었다.

"부처 바위를 찾은 사람들이 각자의 간절한 소망을 쌓아 올린 탑입니다."

"장마나 태풍이 불면 불어난 돌탑이 죄다 무너질 텐데…."

무월랑은 그것이 안타까운 모양이었다.

"그런데 무너진 자리에 금세 수십 기의 돌탑이 다시 쌓인답니다."

"지금 우리가 보는 돌탑들은 올여름 장마 지난 뒤에 쌓은 것이겠군요."

"아마 그럴 겁니다."

"또 하나 물어보고 싶은 것이 있는데…."

무월랑이 연화를 쳐다보며 말했다. 연화가 웃으며 고개를 끄덕였다.

"그렇잖아요, 부처 바위에 소원을 빌면 될 텐데 왜 굳이 이런 곳에 돌탑을 쌓는 거죠?"

"그럴 만한 이유가 있습니다."

무월랑이 궁금한 얼굴로 쳐다봤다.

"아주 오래전부터 부처 바위 좌우에 돌탑을 쌓고 소망을 빌어야 꼭 이뤄진다는 전설이 있어요. 그런데 큰 장마나 태풍에 돌탑이 허물어지고 나면 꼭 다시 쌓아야 소망이 이뤄진대요."

"그랬겠네요. 큰 장마 한번 지나간다고 간절한 소망이 없어지는 것도 아니고, 큰바람 한번 지나간다고 사라지는 건 아니니까요."

무월랑이 이제는 알겠다는 듯 고개를 끄덕였다.

"네. 그래서 돌탑을 쌓고, 허물어지면 다시 쌓고… 그러는 거예요. 저도 어릴 때 할아버지랑 여기에 와서 쌓은 돌탑이 수십 기는 될걸요."

연화에게 연화봉 부처 바위와 돌탑은 외할아버지와 함께한 추억이기도 했다.

"연화 낭자, 그럼 우리도 돌탑을 쌓아봅시다. 소원을 빌면서."

"그럴까요? 소원을 빌면서. 근데 그냥 빌면 안 되고요. 간절하게 빌어야 합니다."

둘은 널려있는 잔돌을 주워서 돌탑을 쌓기 시작했다. 쌓다가 무너지고, 다시 쌓기를 반복하며 작은 돌탑 하나를 쌓았다. 그리고는 눈을 감고 소원을 빌었다.

"낭자는 무슨 소원 빌었어요?"

먼저 눈을 뜬 무월랑이 연화를 지켜보고 있다가 물었다.

"그건 비밀인데…."

연화는 말해줄 수 없다는 듯 굳게 입을 다물었다.

"알았어요. 알았어. 근데 연화 낭자는 제가 무슨 소원을 빌었는지 안 궁금하세요?"

무월랑은 궁금하다고 말해 달라는 표정으로 연화를 쳐다보았다.

"당연히 궁금하죠."

"그럼 물어봐 주세요."

"알았어요. 물어볼게요. 무월랑은 돌탑을 쌓고 무슨 소원을 빌었어요?"

연화가 웃으며 물었다.

"잠시만 기다려주세요. 곧 얘기해줄 테니까."

무월랑은 얘기를 하다 말고 별안간 풀을 꺾어 반지를 만들었다. 그리고는 오른쪽 무릎을 꿇고 앉아 연화에게 풀 반지를 내밀었다.

"연화 낭자, 내 마음입니다. 지금은 이 풀 반지밖에 못 드리지만, 다음에 정식으로 근사한 반지를 끼워드리겠습니다. 내 마음을 이 풀 반지에 담았으니 저와 혼인해 주겠습니까?"

상상도 하지 못한 느닷없는 청혼에 연화는 어리둥절했다. 너무 놀란 나머지 입을 열지 못했다.

"사실은 아까 돌탑을 쌓으면서 빌었어요. 연화 낭자가 내 청혼을 꼭 받아주게 해달라고."

무월랑은 돌탑을 쌓을 때 연화에게 청혼하기로 결심한 것이었다. 하지만 연화는 어찌할 바를 몰라 그대로 서 있었다.

"별안간 청혼이라니 당황스럽습니다, 무월랑."

연화는 벌렁대는 가슴을 간신히 가라앉히고 나지막이 말했다.

"허나 저는 쭉 생각해오던 걸 지금 말한 것일 뿐입니다, 낭자."

무월랑은 진심을 담아 말했다.

"우리가 만난 지 얼마나 되었다고요."

연화도 마음이 무월랑에게로 향했지만 설령 그렇다고 하더라도 무월랑의 청혼은 너무 앞서가는 것이라고 생각했다.

"낭자와 내가 만난 건 얼마 되지 않았습니다만 그게 그렇게 중요합니까? 내겐 그런 것 따위는 아무런 상관없습니다. 난 마음이 중요합니다. 낭자만 보면 마음이 벌렁대고, 낭자를 못 보면 죽을 것처럼 힘들고, 그런 내 마음이 더 중요합니다. 그래서 낭자에게 청혼해야겠다고 생각했습니다."

무월랑은 충동적으로 청혼한 게 아니었다. 하지만 연화의 마음은 혼란스러움으로 요동쳤다. 한편으로는 무월랑의 청혼이 반갑고 기뻤지만, 다른 한편으로는 그것이 무월랑의 진심인지 아닌지 헷갈렸다.

"무월랑, 진심으로 하는 말입니까? 아니면 그냥 한번 던져보는 겁니까? 저는 지금 헷갈립니다, 무월랑 마음이 어떤 건지."

연화는 그런 솔직한 마음을 털어놓았다.

"진심입니다. 경포호를 구경할 때였습니다. 낭자가 내 마음에 쏙 들어온 게. 그날부터 낭자 얼굴이 어른거려서 일을 제대로 할 수 없었습니다. 홍길수 낭도에게 얼마나 핀잔을 들었는지 모릅니다. 고영우 군관에게 낭자를 만나게 해달라고 부탁도 했구요. 그래서 청혼하기로 마음을 먹은 겁니다. 낭자는 내가 싫습니까?"

무월랑이 애틋한 눈빛으로 연화를 쳐다보았다.

"무월랑이 그런 마음인 줄 몰랐습니다. 그래도 청혼은 좀…."

말은 그렇게 했지만, 연화의 얼굴빛이 한결 누그러졌다.

"연화 낭자 무릎이 너무 아픕니다. 낭자가 반지를 안 받아주니까."

오른쪽 무릎을 꿇은 채로 풀 반지를 내밀고 있던 무월랑이 이번에는 엄살을 떨었다. 그러자 망설이던 연화가 손을 내밀었다.

"고맙소, 연화 낭자. 내 청혼을 받아줘서 정말 고맙소."

무월랑은 연화가 마음을 바꾸기라도 할까 봐 얼른 풀 반지를 끼워주었다.

"이제 우리가 쌓은 이 돌탑은 우리가 혼인하기로 한 귀한 약속의 돌탑입니다."

무월랑이 싱긋 웃었다. 연화도 따라 웃었다. 둘은 쌓아 올린 돌탑 앞에 나란히 서서 연모하는 서로의 마음을 확인하고, 어떤 난관이 닥쳐도 함께 헤쳐나가자고 약속했다.

그리움이 된 함박눈

간밤에 눈이 내렸나, 싶었다. 이른 아침 마당의 작은 텃밭이 온통 하얗다. 가을에서 겨울로 가는 길목에서 눈 오듯이 서리가 내린 것이다. 비나 눈이 내릴 때는 기척이 있지만 서리는 아무 기척 없이 어느 날 문득 찾아왔다. 겨울 날 준비를 단단히 하라고 불시에 찾아와 알리는 계절의 전령사처럼.

일을 마치고 퇴청할 시간이었다. 무월랑의 낭도들은 한 줌 햇살도 아쉬운 듯 양지바른 곳에 모여 앉아 볕을 쪼이며 자기들끼리 쑥덕댔다.

"여긴 금성보다 일찍 추워지는 것 같아."

"나도 추위는 딱 질색인데 빨리 금성으로 돌아갔으면 좋겠어."

"곧 복귀하라는 지시가 내려올 것 같으니까 조금만 참아."

금성에서 쭉 살았던 무월랑의 낭도들에게 명주의 초겨울 추위는 낯설었다. 아직 겨울의 문턱인데도 벌써 춥다고 난리였다. 다들 하루라도 빨리 금성으로 돌아가고 싶은 마음뿐이었다.

"그럼 무월랑은 어찌할 것 같나?"

누군가의 입에서 나온 그 말에 기다렸다는 듯 너도나도 앞다퉈 말꼬리를 붙였다.

"글쎄, 무월랑이 연화 낭자에게 청혼하긴 했지만, 혼인을 할 수 있을까?"

"어디 그게 가당키나 한 소리인가. 이 신라 땅에서 아무도 넘어설 수 없는 것이 골품의 벽이네."

"자네들은 무월랑을 몰라도 너무 모르네. 겉으로 보기엔 무월랑이 부드럽고 온순한 성격이지만 한 번 마음 먹었다 하면 끝을 보는 사람이니까 그건 아무도 모를 일일세."

"그래도 어쩔 수 없지 않겠어, 아무리 무월랑이라 해도. 금성으로 돌아가면 다 끝나는 거지."

퇴청하려던 고영우는 낭도들이 연화를 입방아에 올리는 걸 그냥 두고 지나칠 수 없었다.

"그만들 하시지요. 두 사람 일은 두 사람이 알아서 할 테니까요."

"고영우 군관! 지금 우리에게 화내는 건가?"

한 낭도가 발끈했다.

"무뢰했다면 죄송하지만 내친김에 한마디 더 하겠습니다. 연화 아가씨 생각도 좀 해주세요. 무월랑과 낭도님들은 금성으로 돌아가면 그만이지만 명주에서 살아야 하는 아가씨는 어쩌라고 그런 말들을 합니까."

평소 과묵하고 말수가 적은 고영우가 불같이 화를 내며 쏘아붙이자 낭도들은 슬며시 일어나 꽁무니를 내뺐다.

고영우는 퇴청하려던 발길을 다시 돌렸다. 군막에서 명수 태수를 만나러 간 무월랑이 돌아오기를 기다렸다.

"아직 일이 남았소?"

무월랑이 군막 안으로 들어오다 고영우를 발견하고 의외라는 듯 물었다.

"아닙니다. 무월랑께 할 말이 있어 기다리고 있었습니다."

"고 군관이 할 말이 있다니까 괜히 긴장됩니다. 혹시 연화 낭자 얘깁니까?"

무월랑은 고영우의 표정을 보고 넘겨짚었다.

"예. 그렇습니다."

고영우는 무월랑이 자리에 앉자 그동안 마음에 담아두었던 말을 쏟아냈다.

"무월랑께서는 곧 금성으로 돌아가실 거 아닙니까."

"그래야지요."

"그럼 연화 아가씨는 어찌하실 겁니까?"

"어찌하다니요?"

무월랑은 고영우의 선을 넘어서는 참견이 못마땅했다. 그래도 고영우는 꿈쩍하지 않았고 할 말을 다 했다.

"낭도들 사이에 무슨 얘기들이 오가는 줄 모르시죠. 무월랑이 연화 아가씨를 버리네, 마네, 혼인은 가당치도 않은 거네, 아니 네… 별별 말들을 다 합니다. 본래 말은 퍼져나가는 건데 머지않아 관아 밖을 넘어가겠지요. 그럼 박진우 어르신 귀에 들어가는 것도 금방입니다. 연화 아가씨 생각도 좀 해주세요. 무월랑께선 금성으로 가버리면 그만일지 모르지만, 연화 아가씨는 아니지 않습니까. 더 늦기 전에 무월랑께서…."

"알았네. 알아들었으니 그만하시게."

무월랑은 고영우의 말끝을 낚아채며 불쾌감을 드러냈다. 선을 넘어서는 말까지 서슴지 않는 고영우의 참견을 더는 듣고 있기 힘들었다.

"그 일은 내가 알아서 할 테니까 그만 나가 보세요."

무월랑은 연화 낭자와의 사이에 고영우가 불쑥불쑥 끼어드는 것이 전부터 몹시 거슬렸던지라 단호하게 대처했다.

"그럼 저는 이만 나가보겠습니다."

고영우 역시 할 말은 많았지만 더는 할 수 없었다. 사태가 악화되는 건 원하지 않았다. 턱밑까지 올라오는 말을 꾹 누르고 군막에서 나왔다.

비가 왔다. 빗방울에 몸을 적신 복자기나무의 마지막 남은 단풍이 봄꽃보다 더 붉었다. 잠시 비가 긋기를 기다렸다가 무월랑은 연화봉 기슭으로 갔다. 길가에 줄지어 늘어선 전나무의 은은한 향기가 비 온 뒤라 주위에 진동했다. 가슴은 뛰고 발걸음은 무거웠다.

"연화 낭자!"

무월랑은 집 앞 연못에서 잉어 밥을 주고 있는 연화와 만났다.

"아까부터 여기서 기다리고 있었어요. 어서 안으로 들어가시지요."

연화는 무월랑을 만나 들뜬 모습이었다.

"낭자, 지금 너무 떨리는데 어떡하지요?"

"농담 그만하시고 어서 들어가요. 부모님 기다리고 계십니다."

무월랑은 엄살이 아니었다. 연화의 집으로 들어서자 가슴이 쿵쾅대며 떨리기 시작했다. 연화의 부모님께 정식으로 인사를 드리고 혼인 허락을 받아야 하는 자리였다.

"무월랑이 무슨 일로 우리 부부를 함께 보자고 하셨나?"

박진우는 짐작 가는 것이 있었지만 내색하지 않았다.

"아버님, 어머님!"

무월랑은 앞뒤 재지 않고 다짜고짜 무릎부터 꿇었다. 연화도 나란히 무릎을 꿇고 앉았다.

"이게 무슨 짓인가. 또 아버님, 어머님이라니."

당황한 박진우가 불편해하며 무월랑에게 일어나라고 손짓했다.

"아버님, 어머님. 연화 낭자와 혼인하고 싶습니다. 허락해주십시오."

"자네 지금 혼인이라고 했나?"

무월랑의 너무나 단도직입적인 말에 박진우는 얼떨떨한 듯 얼굴이 상기되어 되물었다.

"예. 연화 낭자와 혼인하고 싶습니다."

"여보 영감, 지금 무월랑이 우리 연화와 혼인을 하겠다고 한 거 맞아요? 내가 잘못 들은 건 아니지요?"

연화의 어머니가 믿기지 않는다는 듯 남편을 쳐다봤다.

"예, 어머니. 제가 연화 낭자를 연모합니다."

목소리는 떨렸지만 무월랑은 진심을 담아 말했다.

"자네 우리 연화와 만난 지 얼마나 됐다고 그리도 태연하게 연모한다, 혼인하겠다는 말을 입에 담는 건가?"

딸 연화의 일생이 걸린 중대사를 무월랑의 말 한마디에 호락호락하게 넘어갈 박진우가 아니었다.

"만난 지는 얼마 안 됐지만 연모하는 마음은 깊고도 큽니다. 혼인을 허락해주시면 연화 낭자를 귀히 여기며 살겠습니다."

무월랑은 꿋꿋하게 버티며 밀고 나갔다.

"나는 다른 건 몰라도 우리 연화가 마음고생 하는 건 그냥 두고 볼 수 없네. 자네가 누군가. 신라의 왕족 아닌가. 하지만 우리 가문은? 한낱 명주 지역의 호족에 불과하네. 그런 자네가 우리 연화와 혼인을 하겠다고? 그게 어디 가당키나 한 소린가. 골품 제도가 엄연히 나라 법으로 정해져 있는데 왕족이 지역 호족과 혼인을 한다고. 자네는 그게 가능한 일이라고 생각하나?"

박진우가 우려하는 건 높디높은 골품제의 벽이었다.

신라에선 한번 골품이 결정되면 그 신분은 대를 이어가고 웬만해서는 바뀌지 않았다. 부모 가운데 하나만 귀족이 아니어도 그 자식은 귀족이 되기 어려웠고, 혼인도 같은 신분끼리 하는 것이 관례였다. 무월랑 김유정은 태종무열왕의 5대손이다. 그런데 연화는 명주 지역 호족의 딸이긴 하지만 골품제 밖에서 금성 사람들과는 근본적으로 다른 취급을 받는 지방 사람에 불과했다.

"신라의 왕족이 어찌 지방호족의 딸과 혼인할 수 있겠나? 자네는 그것이 가능하다고 생각하나? 안 될 일일세. 안 되고말고. 우리 연화 더 힘들게 하지 말고 그만 물러가게."

박진우는 물러서지 않고 무월랑을 몰아세웠다.

"아버님. 제가 넘어서겠습니다. 넘을 수 없다고들 하는 골품의 벽, 제가 넘겠습니다. 아버님께서 무엇을 걱정하시는지 잘 압니다. 그래서 드리는 말씀입니다. 제가 그 정도 각오 없이 혼인하겠다고 나섰겠습니까. 그러니 허락해주십시오."

무월랑은 이미 예상했던 반대라 각오를 단단히 했다.

"아버지, 허락해주세요. 저는 무월랑을 연모합니다. 왕족이라서

가 아니라, 무월랑과 혼인하고 싶습니다. 왕족이든 아니든 상관없습니다. 저는 무월랑과 함께라면 골품이 아니라 더한 것도 넘어갈 것입니다."

묵묵히 앉아 있던 연화의 호소에 박진우가 흔들렸다. 한번 마음을 정하면 절대 꺾지 않는 딸의 성정을 누구보다 잘 아는 박진우였다.

"그 전에 무월랑이 해야 할 게 있어."

박진우는 생각을 바꿔 무월랑에게 특별한 단서 하나를 붙였다.

"금성에 가서 먼저 자네 부모님의 혼인 승낙을 받아오게. 그러면 내 그때 가서 다시 생각할 테니까. 그러니 당장 일어나게. 자네 부모님 허락이 먼저야. 알겠나?"

"아버지, 무월랑이 허락을 받아오면 혼인하게 해주시는 거죠?"

"연화 너는 가만히 있거라. 무월랑, 허락을 받아올 수 있겠나? 나는 자네 생각이 중요하네."

"그렇게 하겠습니다, 아버님. 금성에 가서 저희 부모님께 혼인 허락을 받아서 다시 명주로 내려오겠습니다."

무월랑은 꼭 부모님의 허락을 받아오겠다고 큰소리로 장담했다. 그냥 해본 소리가 아니라 그럴 자신이 있었다.

"연화는 집 밖으로 나갈 생각 말아라."

박진우는 무월랑을 배웅하러 대문을 나서려는 연화를 막아섰다.

"낭자, 나 믿지요? 조금만 기다려주세요."

"예, 무월랑. 힘내요, 우리."

둘은 대문을 사이에 두고 서로를 애틋하게 바라보았다. 한참을 그러고 있다가 무월랑이 떨어지지 않는 발길을 돌렸고, 연화는 오랫동안 그 자리에 서서 손을 흔들었다. 무월랑의 뒷모습이 보이지 않을 때까지.

그날 첫눈이 내렸다. 아스라이 날리는 봄날의 꽃비처럼 첫눈이 왔다. 마른나무 가지의 새들도 조용히 눈을 맞았다. 남대천 강물 위에 날리던 눈은 강물이 되었고, 산자락에 날리던 눈은 나무에 쌓여 하얀 숲이 되었다. 모든 것은 처음이라 더 설레었고, 처음이라 더 애틋했다. 첫눈처럼. 첫사랑처럼.

금성으로 복귀하라는 지시가 내려온 지 보름. 무월랑은 그렇게 첫눈이 내리던 날 금성으로 출발했다. 연화는 산 중턱에 올라 떠나는 무월랑을 멀리서 지켜보았다. 눈송이가 내려앉는 무월랑의 어깨 위로 긴 털목도리가 날렸다.

"이 털목도리를 직접 만들었다고요?"

하루 전날이었다. 연화는 무월랑을 만나 직접 만든 털목도리를 선물했다. 양쪽 끝자락엔 잉어를 곱게 수놓은 자주색 비단으로 감싸서 정성스럽게 만든 긴 털목도리였다.

"예. 제가 비단에 수놓아 만들었습니다. 날이 추우니 이 목도리를 하고 가시라고요."

"정말 따뜻합니다. 낭자. 여기에 잉어를 수놓은 건 무슨 뜻이 있는 겁니까?"

무월랑이 목도리 끝자락의 잉어를 가리켰다.

"아마 무월랑도 봤을 겁니다. 우리 집 앞 연못에 사는 잉어를 수놓은 거예요. 사람들은 잉어가 부귀와 입신출세를 상징한다고 말하는데 나는 달라요."

"그러니까 더 궁금해지는데요. 연화 낭자에게 잉어는 뭔가요?"

"이 잉어는 우리 집 앞 작은 연못이 세계의 전부예요. 간혹 장마나 태풍으로 연못의 물이 넘칠 때 강으로 따라 흘러가기도 하지만 그건 아주 드문 경우고요. 결국 잉어는 작은 연못에서 일생을 살아야 하잖아요. 그래서 언젠가부터 잉어를 보고 있으면 나 자신같이 느껴져요. 여자라는 이유로 명주 밖을 못 벗어나는 나의 세계나 잉어의 세계나 별반 다른 것 같지 않아서요."

연화는 오래전부터 작은 연못의 잉어가 자신처럼 여겨졌다. 그래서 무월랑에게 줄 목도리에 잉어를 수놓은 것이었다.

"그러니까 이 잉어가 연화 낭자의 분신이네요. 이 목도리만 두르고 있으면 아무리 멀리 떨어져 있어도 연화 낭자와 함께 있는 것이겠군요."

무월랑은 뭉클했다. 연화의 마음이 무월랑의 가슴 속으로 오롯이 밀고 들어왔다.

"예. 제가 보고 싶을 때 이 목도리를 하세요. 그럼 우리는 함께 있는 것이니까요."

연화는 애틋한 마음을 그렇게 전했다.

"낭자. 언제 이런 뜻깊은 선물을 준비했습니까. 정말 고맙소."

무월랑이 연화의 손을 잡았다.

"내 부모님 허락을 받아서 금방 다시 오겠습니다. 봄이 오기 전에 오겠습니다."

"저도 그때까지 무월랑을 기다리고 있을게요."

두 사람은 서로 손을 맞잡고 긴 작별 인사를 나누었다.

'잘 다녀오세요.'

연화는 바람에 날리는 눈 사이로 점점 멀어져가는 무월랑의 뒷모습을 눈에 가득 담았다.

고영우는 고영우대로 무월랑을 배웅했다. 하지만 그의 눈길은 산중턱에 서 있는 연화에게 가 있었다. 걱정이었다. 연화는 언제까지라도 그대로 서 있을 것처럼 보였다. 무월랑이 떠나간 길을 바라보며 눈을 고스란히 맞은 채로 서 있을 것 같았다. 그래서 더 화가 났다. 연화의 마음에 남아 있을 무월랑이 야속해 화가 났다.

"고영우 군관. 내 긴히 부탁할 게 있어 보자고 했습니다."

금성으로 떠나기 며칠 전 무월랑은 고영우를 찾아와 둘이 따로 만났었다.

"곧 금성으로 복귀한다는 얘기는 들었습니다."

"그래서 보자고 한 거요. 고 군관이 하슬라의 용 조직을 추적하고 수사하는 일의 책임을 맡아줬으면 합니다. 명주 태수에게 이미 얘기 해두었습니다."

무월랑은 자신이 맡았던 납치범 조직 소탕의 수사 책임자로 고영우가 가장 적합한 인물이라고 생각했다. 그래서 명주 태수 신유곤에게 고영우를 추천해 승낙을 받아낸 것이다.

"잘 알겠습니다. 사람을 납치하는 흉악한 자들이라 본거지를 찾아내서 뿌리 뽑아야 한다고 생각하고 있었습니다. 최선을 다해서 끝까지 추적하겠습니다."

고영우는 편견 없이 자신의 능력만 보고 수사 책임자로 추천해 준 무월랑이 고마웠다. 일에 있어서만큼은 무월랑과 죽이 잘 맞았다.

"나도 금성에서 하슬라의 용 조직과 연관이 있는 귀족이 누군
지 은밀하게 알아보겠소."

"예. 그럼 수사 진척 상황이나 새로운 정보가 생기면 전서구를
이용해 서로 알려주면 좋겠습니다. 한시라도 빨리 소탕하려면 무
월랑의 도움이 절실합니다."

"나도 최선을 다해 알아보겠소."

"고맙습니다. 무월랑."

고영우는 고개를 숙여 감사한 마음을 전했다.

"나도 고맙기는 마찬가지입니다. 그리고 또 하나 부탁드릴 것
이 있습니다. 이건 고 군관이 아니면 아무도 할 수 없는 것입니다."

그 말을 하는 무월랑의 눈빛이 촉촉해졌다. 고영우는 무월랑의
표정만 봐도 그가 무슨 말을 하려고 하는지 짐작이 갔다.

"그렇게 분위기 잡지 말고 그냥 얘기하세요. 연화 아가씨 일이
라면 걱정하지 마시고요."

"고 군관은 내 표정만 보고도 어찌 그리 잘 아시오?"

무월랑이 신기하다는 듯 물었다.

"딱하면 척이죠. 제가 그 표정을 하루 이틀 봤을까요."

어느새 고영우는 불편하기만 했던 무월랑의 표정까지 파악하
고 있었다.

"귀신이오, 귀신. 어쨌든 잘 부탁합니다, 고 군관."

"그 일은 제가 알아서 하겠습니다."

"알았어요. 알았어. 딱 한 마디만 더 하리다. 연화 낭자가 힘든
일 생기지 않도록 잘 살펴주세요."

"예. 그렇게 하겠습니다."

고영우가 눈치를 줬지만, 소용이 없었다.

"혹시 낭자에게 무슨 일 생기면 나에게 꼭 알려줘야 하오."

"벌써 몇 번째 같은 말을 하고 있는지 아십니까?"

"그런가요. 고 군관이 나를 좀 이해해주세요. 내가 부탁할 사람이 고 군관밖에 없어서… 종종 연화 낭자의 말벗도 되어주고요."

"알았습니다. 이러다가 밤새우겠습니다. 무월랑."

무월랑의 당부는 끝없이 이어졌다. 이미 한 말을 하고 또 하고. 고영우가 대놓고 핀잔을 주자 그제야 말끝을 맺었다.

"이제 정말 그만하리다. 고 군관. 나는 고 군관이 정말 듬직합니다. 그러니 고 군관은 내가 싫더라도 우리 연화 낭자를 잘 살펴줄 것이라고 믿어요."

날리는 눈발 사이로 무월랑이 했던 그 마지막 말이 떠올랐다.

"믿음직하고 든든한 내 동지 같아서."

고영우는 오솔길 너머로 사라져 가는 무월랑의 뒷모습을 지켜보다가, 산중턱에서 그런 무월랑을 보고 있는 연화를 봤다가… 그 사이 계속 눈이 내렸다.

'제기랄. 그 말만 하지 않았더라면… 그냥 가버렸다면 좋았을걸.'

고영우는 속으로 중얼거렸다. 나무도, 그 나무 아래 서 있는 고영우도 하얀 눈사람이 되어 갔다.

햇살 한 줌이 아쉬운 한겨울 남대천이 오들오들 떨고 있다. 어지간한 추위에는 끄떡없던 남대천 강물이 가장자리부터 얼었다. 덕분에 물고기는 얼음을 이불처럼 덮었다. 물이 얼지 않는 곳에선 겨울 철새들의 먹이 사냥이 한창이다. 가늘고 긴 붉은색 다리를 가진 장다리물떼새는 긴 부리로 강물을 헤집고 다니며 먹이를 찾는다. 하늘에선 기회를 노리며 비행하던 물수리가 어느 순간 벼락같이 강물로 수직 낙하한다. 물수리의 사냥에는 실패가 없다. 단번에 물수리가 낚아챈 먹잇감은 남대천의 겨울 숭어였다. 강물이 흐르는 한 가운데엔 물오리 어미가 올망졸망 새끼들을 거느리고 떼지어 강을 누비고 다니고 있다.

명주의 겨울은 하루가 다르게 깊어 갔다. 자고 났더니 앞마당 마른 나뭇가지에 서릿발이 솜털처럼 내려앉아 하얀 눈처럼 반짝인다. 잎을 모두 떨군 나무는 하얀 서리를 뒤집어쓰고 굳은 의지로 겨울을 견디고 있는 것처럼 보였다.

"꼭 돌아올 거야."

엄동설한의 맹추위에 온 세상이 얼어붙었다. 추위도 너무 추워서 입에서 나온 말들이 그대로 얼어붙어 버린다고 할 정도였다. 무월랑이 떠난 뒤 연화의 마음이 꼭 그러했다.

"그래도 봄은 반드시 올 거니까…."

연화는 툇마루에 걸터앉아 마음을 달래며 주문처럼 혼잣말하곤 했다.

"봄이 오면 온다고 했으니까."

연화는 기다렸다. 봄이 오기만을 손꼽아 기다렸다. 하지만 쏜살같이 지나간다는 사람들의 시간과는 달리 연화의 시간은 더디게, 더디게 흘렀다.

눈이 몹시 오던 날 연화는 그날처럼 또 뒷산에 올랐다. 나무 아래 서서 허공에 휘날리는 눈을 그냥 맞았다. 첫눈과 함께 무월랑이 떠난 뒤, 눈만 오면 연화는 뒷산에 올라 무월랑이 금성으로 떠나던 그날처럼 하염없이 눈을 맞았다.

"지금 여기 내리는 눈은 금성에도 내리고 있을까? 무월랑도 내리는 눈을 보면 내 생각을 할까?"

이런저런 생각을 하다가 문득 돌아보니 함박눈을 맞고 있는 소나무가 연화의 눈에 들어왔다. 아무리 눈보라가 휘몰아치든, 아무리 찬 서리가 내리든 끄떡없다는 듯 푸르른 소나무의 늠름한 모습. 연화는 그 소나무가 무월랑을 데려다줄 자신의 호위무사처럼 느껴졌다.

"겨울이 깊어지면 그만큼 봄이 가까이 오고 있다는 거니까… 그래 봄이 오고 있어."

연화는 그리움을 달래며 스스로에게 주문을 걸었다. 하지만 아무리 주문을 외워도 마음은 마음대로 되지 않았다. 무월랑이 보고 싶은 마음, 그리운 마음은 시도 때도 없이 불쑥불쑥 고개를 쳐들었다.

"연화야! 오늘 저녁은 연잎 보쌈이다."

한여름에 쪄둔 연잎으로 어머니가 연잎 보쌈을 만들어 줄 때마다 경포호에서 무월랑과 함께 먹은 연잎 보쌈의 송이 향이 떠올랐다. 그럴 때마다 연화는 혀끝에 송이 향이 고였고, 송이 향은 그리움이 되어 고였다.

소나무 향이 바람을 타고 콧구멍으로 훅하고 파고들기만 해도 한송정에서 무월랑과 함께 한 시간이 사무치게 그리웠다. 어딜 가든 무엇을 하든 고개를 들면 무월랑과 함께 한 기억과 풍경이 연화의 가슴에 밀물처럼 몰려왔다.

그러던 어느 날, 문득 고개를 들자 구름에 가렸던 보름달이 연화를 내려다보고 있었다.

"무월랑도 저 달을 보고 있을까?"

자신도 모르게 또 무월랑 생각을 하고 있다. 그러다 인기척을 느껴 고개를 돌려보니 어둠 속에 희미하게 웃고 있는 저 사람, 분명 무월랑이었다.

"너무 오래 기다리게 해서 미안합니다, 낭자."

그런데 연화는 입에서 말이 나오지 않았다. 하고 싶은 말은 많았고, 그래서 말을 하려고 하면 입안에서 울먹임이 되어 요동칠 뿐이었다.

'정말 꿈이었나?'

연화는 그것이 꿈인지, 꿈이 아니고 진짜 무월랑을 본 것인지 내내 헷갈렸다.

"혼담이 들어왔다."

어느 날 어머니의 느닷없는 말에 연화는 어리둥절했다. 도와 달라는 눈짓을 하며 아버지를 쳐다봤다. 하지만 아버지는 못 본 척 아무런 말도 하지 않았다.

"어머니. 저는 다른 사람이랑 혼인할 마음 추호도 없어요. 곧 봄이 올 거고, 봄이 오면 무월랑이 온다고 하지 않았습니까. 저는 기다릴 거예요."

"연화야. 지금 네 몰골이 말이 아니야. 봄이 와도 그놈이 안 오면 어쩔 건데?"

어머니의 그 말이 연화의 마음을 후벼 팠다.

"어머니. 그럴 일 없을 테니까 걱정하지 마세요. 그때까지 만이

라도 혼담 얘기는 꺼내지 말아 주세요. 제발. 저는 무월랑을 기다
릴 거니까요."

　그날 이후 연화는 줄곧 어머니의 성화에 시달렸다. 긴 겨울이
물러날 때까지 두 모녀는 매일 같이 같은 말을 되풀이하며 실랑이
를 벌이곤 하였다.

　바람이 달라졌다. 봄은 온기를 품은 바람을 타고 왔다. 날카로운
발톱을 드러냈던 찬 기운이 물러나자 볕이 따뜻하게 넘실댄다. 꽁꽁
얼었던 남대천 강물이 풀리고, 물소리도 풀렸다. 멀리 아지랑이가
피어올랐다. 긴 겨울을 이겨낸 풀들이 기지개를 켜고 쑥이며, 냉이
며, 참나물이며 새파랗게 봄의 뿌리를 밀어 올렸다. 죽은 것처럼 보
이던 딱딱한 나뭇가지마다 새순이 돋아나더니 어느덧 봄이 왔다.

　"연화 아가씨! 보름쯤 되었습니다."

　연화는 고영우를 찾아갔다. 봄은 왔지만 무월랑은 소식이 없었
다. 그동안 인편으로 주고받던 편지마저 뚝 끊겨, 연화의 애간장을
태웠다.

　"혹시 고 사부에겐 다른 소식이 왔나 해서…."

　"그렇다고 너무 걱정하진 마세요. 무월랑은 약속한 건 꼭 지키
는 분이니까요."

　"그렇지? 나도 고 사부와 같은 생각이거든."

　연화는 고영우의 말이 큰 위로가 되었다.

　"무월랑께선 금성으로 돌아간 뒤에도 계속 하슬라의 용 납치범
들을 계속 추적하고 있었어요."

　"정말, 고 사부?"

　너무나 반가운 소식이었다. 무월랑이 아직까지 수로 부인 납치

범들을 추적하고 있다는 건 명주에서의 일을 잊지 않고 있다는 뜻이라고 연화는 생각했다.

"예. 그러다가 목덜미에 용 문신을 한 자가 한 귀족의 집사와 은밀하게 만나는 것을 확인하고 사람을 붙여 계속 추적하고 있다는 소식을 보름쯤 전에 보내왔어요. 그리고는 아직 별다른 소식은 없었고요. 그러니까 곧 소식을 줄 겁니다."

"그렇겠지? 곧 소식이 오겠지? 올 거야."

핏기가 없던 연화의 얼굴에 오랜만에 화색이 돌았다.

그러나 노란 꽃, 빨강 꽃, 갖가지 꽃들이 떠들썩하게 피어나는 완연한 봄을 지나, 날마다 새로운 옷을 갈아입으며 연두에서 초록이 번지는 초여름이 될 때까지 무월랑은 오지 않았다. 편지도 없었고, 전해오는 소식도 없었다.

"연화야, 이제 여름이다. 여름. 무월랑 그놈은 안 온다. 올 생각이 있었으면 왔어도 벌써 왔어야 한다."

하루가 다르게 수척해지는 연화를 지켜보고 있자니 어머니는 속이 터졌다. 더는 가만있을 수 없어서 딸을 불러 앉혔다.

"…"

연화는 아무 할 말이 없어 그저 고개만 떨구었다.

"우리는 그딴 놈 필요 없다. 왕족이라고? 옆집 개나 줘버리고 이젠 잊어. 그놈 그만 잊고 들어온 혼담이나 잘 생각해 보거라."

어머니는 금지옥엽 같은 딸을 애태우는 무월랑이 괘씸했다. 연화가 그런 놈 생각으로 아까운 시간을 흘려보낸다고 생각하니 분통이 터져 더는 두고 볼 수 없었다.

"어머니. 저도 마음을 정리할 시간이 필요합니다."

묵묵히 듣고 있던 연화가 입을 열었다.

"그래? 하지만 오래 걸리면 안 된다."

"예. 며칠만 말미를 주세요."

"알았다. 그다음엔 이 어미가 하자는 대로 해야 한다."

대화를 하면서도 어머니와 연화는 서로 다른 생각을 했다. 어머니는 딸이 무월랑을 정리할 시간이 필요하다고 여겼고, 연화는 궁리할 시간이 필요했다.

연화는 무월랑이 못 견디게 그리울 때면 그곳으로 달려갔다. 한겨울을 지나 봄에서 여름으로 접어든 그곳은 초록이 무성했다. 퍽이나 다행스럽게 연화봉 부처 바위 좌우의 수십 기의 돌탑 사이에 무월랑과 함께 쌓았던 돌탑이 그대로 남아 있었다.

"무월랑!"

연화는 돌탑 앞에 서서 두 손을 모았다.

"부디 무월랑이 다시 돌아올 수 있도록…."

연화는 그때처럼 돌탑 앞에서 빌었다.

"부디 무월랑이 약속을 지킬 수 있도록 해주세요."

그때였다. 바람이 돌탑 사이로 지나가나 싶더니, 무언가 가슴속을 획, 지나갔다.

"연화 낭자, 내 마음입니다."

바람을 타고 아직도 생생하게 떠오르는 그날의 풍경들. 무월랑의 속삭임이 툭툭 튀어나왔다.

"지금은 이 풀 반지밖에 못 드리지만, 다음에 정식으로 근사한 반지를 끼워드리겠습니다. 내 마음을 이 풀 반지에 담았으니 저와 혼인해 주겠습니까?"

그날의 무월랑이 사무치게 그리웠다.

"이제 우리가 쌓은 이 돌탑은 우리가 혼인하기로 한 귀한 약속의 돌탑입니다."

돌탑 앞에서 풀 반지를 끼워주던 무월랑의 말이 귓가에 맴돌았다.

툭! 솔방울 하나가 나무에서 떨어졌다. 그 소리에 연화는 문득 번개 같은 궁리 하나가 떠올랐다.

5

후드득후드득, 멀쩡하던 하늘에서 비가 내렸다. 긴 가뭄 끝에 반가운 비가 내렸지만, 아직도 해갈은 멀었다. 그나마 내리던 비는 금방 그치고, 해가 쨍쨍하다.

"연화야. 또 무슨 말을 하려고 그러느냐?"

어머니는 이번에도 걱정이 앞서는 모양이었다.

"어머니의 모전 공방을 제가 운영해보고 싶습니다."

연화는 연화봉 부처 바위를 다녀온 뒤 오랜 궁리 끝에 큰 결심을 했다. 이제 더는 언제 올지도 모르는 무월랑만 무기력하게 기다리고 있을 수만은 없었다. 자신이 할 수 있는 무언가를 해야겠다고 생각했다. 그것이 모전 공방이었다.

"이 무슨 느닷없는 소리냐? 네가 가장 하기 싫어하던 일을 하겠다고? 그렇게 하라고 할 때는 도망치기 바쁘더니. 이게 무슨 일이냐?"

어머니는 도무지 믿기지 않는다는 듯한 얼굴로 몇 번을 되물었다.

"하지만 지금은 관심이 생겼어요."

물끄러미 바라만 보고 있던 아버지는 그런 연화의 변화에 관심을 보였다.

"연화야. 네가 그리 마음을 먹은 데는 분명 이유가 있을 것 같은데…?"

"예, 아버지. 지난해 설운 스님과 금성에 갔을 때 제가 인상 깊게 본 것이 있어요."

"그게 무엇이냐? 어서 말해 보거라."

"신라에서 제일가는 모전을 생산해 왜와 거래하는 분이 계신데, 그분이 여자입니다. 자초랑 부인이라고. 자신의 이름을 단 모전을 만들어서 큰 무역을 하시는 분이에요."

"자초랑 부인이라면… 그럼 여자가 모전 공방을 운영하면서 왜와 큰 무역까지 한다고?"

어머니가 연화의 말에 흥미를 보이며 물었다.

"예. 그렇습니다. 금성에서 거래되는 모전은 거의 다 그분의 손을 거친다는 얘기를 들었습니다. 그때 생각했어요. 나도 저분처럼 되고 싶다고. 이 신라 땅에서 여성이 자신의 이름을 걸고 뭔가를 할 수 있는 게 있다는 걸 그때 처음 알았거든요."

연화는 어머니가 관심을 보이자 사뭇 상기되었다. 들뜬 목소리로 부모님께 자초랑 부인에 대한 이야기를 했다.

"그래, 무슨 말인지 알겠다. 그렇지만 나는 네가 모전 공방을 하면서 고생하는 건 보기 싫다. 그러니 혼담이 들어왔을 때 혼인부터 하자. 연화야."

그러나 연화의 얘기를 귀 기울여 듣는가 했더니 어머니의 결론

은 한결같았다. 다른 때 같았으면 연화는 그런 어머니에게 화부터
냈을 것이다. 하지만 이날은 끝까지 어깃장을 부리지 않고 차분하
게 설득했다.

"어머니. 지금은 그 누구와도 혼인하고 싶지 않습니다. 이런 마
음으로 연모하지도 않는 사람이랑 혼인해서 잘 살 자신 없습니다.
어머니께선 누구보다 제가 잘 살기를 바라잖아요. 그 누구보다 제
가 행복하게 살기를 바라시잖아요."

"그건 모든 부모가 다 그렇지. 자식 잘못되기를 바라는 부모가
이 세상 어디에 있겠니."

"그러니까요. 어머니, 아버지. 제가 어머니의 모전 공방을 잘
키워보겠습니다. 저를 믿고 지켜봐 주세요."

"얘가 또 고집을 부리네요. 영감, 제발 뭐라고 좀 해보세요."

어머니가 연화를 말려달라며 아버지의 옆구리를 찔렀다.

"어~흠, 알겠소. 알았으니 그만 찌르시오. 우리 연화 얘기부터
더 들어봅시다."

곤란해진 아버지는 헛기침하며 은근히 말을 돌렸다. 아내의 눈
치를 보느라 대놓고 연화 편을 들지는 못하고 딸에게 더 말할 기
회를 주었다.

"아버지."

"그래. 내친김에 네 생각을 다 들어보자."

"그동안 아버지께선 저를 믿어주시고 응원해주신 거 잘 알고
있습니다. 이번에도 그렇게 해주세요. 저, 정말 잘 해낼 자신 있습
니다."

연화는 그저 해본 소리가 아니었다. 아버지는 그런 연화의 말

에 고개를 끄덕였다.

"여보, 우리 연화가 이번에 기운을 차리고 단단히 마음을 먹은 것 같소. 자신 있다고 하니 믿고 밀어줍시다."

아버지는 연화에게 큰 힘이 되어주었다.

"아이고, 이놈의 영감은 말리라고 했더니 오히려 편을 들어주고 있소. 그래요. 당신만 좋은 아버지 노릇 하시오. 나만 나쁜 사람이지, 나만."

어머니도 아버지가 연화의 계획에 찬성하자 투덜거리긴 했지만 더는 반대하지 않았다. 속으로는 연화가 무월랑을 잊고 마음을 잡을 수 있다면 썩 괜찮은 계획이라고 생각한 어머니였다. 다만 한 가지 마음에 걸리는 건 있었다. 딸이 혼인을 안 하겠다고 한 말이었다. 하지만 그건 시간이 지나면 마음이 바뀔 수 있는 것이라고 생각했다.

"고맙습니다. 어머니, 아버지."

연화는 가슴이 마구 뛰었다. 금성에서 자초랑 부인에 대한 이야기를 처음 들었을 때처럼 쿵쾅쿵쾅, 가슴이 뛰었다.

'그래, 나도 자초랑 부인처럼 멋진 여성이 될 수 있어.'

연화가 한동안 잊고 있던 자초랑 부인을 다시 떠올린 건 연화봉 부처 바위의 돌탑 앞이었다. 무월랑이 그리워 찾아간 돌탑이었다. 무월랑과 둘이서 함께 쌓은 그 돌탑 앞에 섰을 때 획, 하고 불어온 바람이 연화의 얼굴을 스치고 지나갔다. 그때였다.

"보고 싶다고 징징거리면서 그렇게 무작정 기다리기만 할 거야?"

누군가의 말소리가 들렸다. 주위를 둘러봤지만 아무도 없었다.

"계속 그렇게 무기력하게 지낼 거야?"

분명히 돌탑에서 들리는 소리였다.

"아니, 누가 그런다고 그랬어."

연화는 자신도 모르게 대답하고 있었다.

"그럼 어떻게 할 건데?"

"그러게. 어떻게 해야 할까? 그걸 나도 모르겠어."

"너, 금성에 갔을 때를 떠올려 봐."

"금성?"

"그래, 금성. 네가 와! 하고 감탄하며 멋진 사람이라고 생각한 사람이 있지?"

"맞아. 이제 생각났어. 자초랑 부인!"

돌탑이 연화에게 말을 걸어왔다. 연화는 돌탑의 말을 따라가다가 불현듯 자초랑 부인을 떠올렸다.

신라에선 지체 높은 여성의 이름을 말할 때 랑(娘·아가씨 랑) 자를 붙였다. '자초랑 부인'이란 호칭은 많은 것을 상징했다. 여성이 당당히 자신의 이름을 걸고 경제활동을 하기도 하고, 또 그 여성이 집안 자체를 대표하는 경우도 있다는 뜻이었다.

그것은 신세계였다. 연화는 자초랑 부인을 알기 전까진 신라에서 여성이 할 수 있는 것이라곤 집안일밖에 없다고 생각했다. 모든 것이 남성 중심으로 돌아가는 사회라고 생각했고, 그것이 연화의 목을 조르며 숨쉬기 힘들게 만들었다. 그런데 자초랑 부인은 물론 금성의 몇몇 여성들이 자신의 이름을 내걸고 사회활동을 하며 당당하게 살아간다는 걸 알게 되었다. 새로운 세계를 만난 연화는 눈이 번쩍 뜨였다.

"고마워요! 다시 생각나게 해 줘서."

마음속 깊은 곳에 있던 마음이 돌탑에 가 닿은 것일까. 연화는 그래서 돌탑이 말을 걸어 온 것이라고 생각했다.

"나도 자초랑 부인처럼 박연화의 이름으로 살아야겠어."

연화는 돌탑 앞에서 고개를 숙였다. 그리고는 자신의 굳은 결심을 이루게 해달라고 빌었다. 그날 이후 자초랑 부인은 연화에게 새로운 삶을 꿈꾸게 해주는 그 무엇이 되었다.

"정말 멋진데요."

마침내 어머니의 공방이 연화의 모전 공방으로 바뀌었다. 공방 입구에 공방 이름을 새긴 문패를 달던 날, 용연사에 머물던 홍겨울과 금이, 정주도 연화의 모전 공방으로 왔다.

"겨울 언니가 전에 모전 공방에서 일했다고 하니까 언니가 모전 짜는 일을 맡으면 될 거야. 나는 염색에 대해선 자신이 있어."

연화가 모전 공방에서 함께 일하자고 제안했을 때 금이가 가장 적극적이었다.

"정주는 손끝이 야물어서 금방 모전 기술자가 될 거야."

홍겨울도 한마디를 거들었다.

"좋아요. 좋아요. 나는 언니들이 한다면 무조건해요. 무엇이든."

정주는 탄성을 지르며 좋아했다. 대환영이었다.

"그럼 우리는 오늘 이 자리에서 울금정화 공방의 운명 공동체가 된 것입니다."

연화가 세 사람을 번갈아 보며 말했다.

"근데 연화야. 울금정화 공방이라니…. 그게 무슨 뜻이야?"

정주가 연화를 쳐다보며 물었다.

"응. 그건 우리 네 사람의 이름에서 한 글자씩 딴 거야. 홍겨울의 '울', 금이의 '금', 정주의 '정' 그리고 나 박연화의 '화'를 따서 '울금정화 공방' 어때?"

"와~정말? 내 이름까지?"

"어떻게 그런 생각을 다 했어?"

"역시 박연화다운 생각이야."

"그렇죠. 내가 아니면 누가 이런 멋진 이름을 짓겠어요."

연화의 말에 모두 활짝 웃었다. 네 여자의 울금정화 공방은 그렇게 첫발을 내디뎠다.

신라는 일찍부터 뽕나무 기르기, 삼베와 모직 짜기 등 옷감 생산에 많은 관심을 기울여 다양한 종류의 옷감과 갖가지 고운 색의 옷을 만들었다. 왜는 물론 당나라에서도 신라의 옷감은 최고 인기 상품이었다. 특히 신라산 모직 제품은 최고의 명품으로 대접받았는데 그 대표적인 것이 모전이었다.

모전은 양털로 만드는 깔개로 두 종류가 있었다. 무늬 없이 한 가지 색으로 만든 모전을 색전, 여러 가지 색으로 꽃이나 새 등의 무늬를 넣어서 만든 모전을 화전이라고 했다. 당나라에선 신라의 화전을 '교묘하고 아름답기가 일세의 최고이며 벌, 나비가 춤추는 모습이 마치 실제와 같다'고 극찬할 정도였다.

연화가 모전 공방을 운영하겠다고 생각한 데는 또 다른 현실적인 이유가 있었다. 신라에서도 모전은 부르는 게 값이라고 할 만큼 비싸고 귀한 것이었다. 금성의 귀족들은 값비싼 모전을 방안에 깔기도 하고, 수레 바닥에도 깔았다. 그래서 연화는 금성의 귀족들을 공략하면 성공할 수 있다고 확신했다.

"우리의 고객은 금성의 귀족들이야."

모전 공방에서 첫 작업을 시작하던 날, 연화는 함께 일하는 모두에게 선언했다.

"그럼 최상급으로 만들어야겠네?"

정주가 맞장구를 치며 연화를 거들었다.

"맞아. 하지만 그것만으론 부족해. 신라에서 으뜸가는 모전을 만드는 것이 우리 목표가 되어야 해."

"예. 잘 알겠습니다. 연화 낭자!"

홍겨울과 금이가 거의 동시에 큰 소리로 말하고는 활짝 웃었다.

"다 좋은데 한 가지 궁금한 게 있어. 금성 귀족들에겐 어떻게 팔 건데?"

정주가 고개를 갸웃거리며 나지막이 물었다.

"그건 걱정 마. 내가 다 생각해놨으니까."

"좋아, 좋아."

"연화가 방법을 다 생각해놨다고 하니까 우린 잘 만들기만 하면 돼."

"그 얘기 들으니까 벌써부터 가슴이 두근두근하는걸. 우리가 만든 걸 그 지체 높다는 금성 귀족들에게 팔 생각을 하니까."

홍겨울이 눈을 지그시 감고 말했다.

"자, 자! 이제 꿈에서 깨어날 시간입니다. 양털 염색에 필요한 재료부터 채취하러 가야 하니까 모두 따라 나오세요."

금이는 울금정화 공방의 염색 전문가답게 염색과 관계된 일을 진두지휘했다.

가을이 시작된 숲과 들에는 염색에 사용할 재료들이 지천으로 널려 있었다. 금이가 망태기를 들고 앞장섰다. 연화와 홍겨울, 정주가 큰 바구니를 들고 뒤따랐다. 숲으로 들어가자 청량한 새소리가 따라왔다.

"저기 양지바른 곳에 주로 닭의장풀 같은 꽃이 있으니까 잘 살펴봐."

"나비처럼 생긴 저 꽃도 염색재료로 쓸 수 있는 거예요, 금이 언니?"

연화가 연한 파란색 꽃을 발견하고 물었다.

"그럼. 그게 닭의장풀 꽃이야. 닭의장풀은 달개비라고도 해. 하나도 버릴 게 없는 약초야. 꽃부터 잎, 줄기, 뿌리까지 모두 쓸 수 있는 몸에 좋은 산나물이자 약초라고 할 수 있어."

금이는 식물의 잎이나 꽃의 색과 생김새만 봐도 그 용도를 술술 말했다.

"닭의장풀은 어떤 부분을 염색재료로 쓰나요? 꽃? 아니면 뿌리?"

"꽃에서 푸른색 염료를 뽑아서 쓰는 거야. 주로 푸른색은 쪽을 사용하는데 닭의장풀 꽃은 연한 푸른색을 낼 수 있어 좋아."

연화와 정주는 새로운 꽃이나 풀을 발견할 때마다 금이에게 물어가며 바구니를 채웠다. 꼭두서니와 자초는 뿌리를 캤다. 꼭두서니는 홍화와 마찬가지로 붉은색을 낼 때 사용하고, 자초는 귀한 자주색을 얻을 수 있는 재료라는 걸 금이를 통해 알게 되었다.

"자초 뿌리는 가을에 채취한 걸 상품으로 치니까. 지금이 딱 좋아."

"오늘 자초 많이 캐서 가야겠는걸요."

"그럼 좋지. 자주색은 얻기 힘들어 귀한 색이거든."

"금이 언니. 계절마다 피고 지는 풀과 꽃에 정말 다양한 색이 들어 있네요."

연화는 자초 뿌리를 캐거나 홍화씨를 따거나 할 때마다 마냥 신기해 소리쳤다. 화려한 색의 꽃이나 열매뿐만 아니라 잎, 줄기, 심지어는 뿌리에도 색이 있다니 정말 놀라웠다.

"궁금한 게 있는데요, 금이 언니. 황색은 어떤 풀에서 얻는 건가요?

"황색은 주로 황백나무나 치자, 울금, 두리염(팥배나무) 같은 식물에서 얻을 수 있어."

금이를 따라서 염색재료를 구하러 다니면서 연화는 자연의 아름다운 색이 보였다. 쪽을 보면 푸른 물이 뚝뚝 묻어날 것 같았고, 자초에선 고급스러운 자주색이 저절로 보이는 것 같았다. 염색재료로 쓸 풀과 꽃은 아름다운 색을 낼 수 있어야 하고, 물들인 색이 쉽게 빠지지 않아야 한다는 것도 금이에게 배웠다.

울금정화 공방의 네 여자는 산과 들을 누비고 다니며 풀과 꽃을 따다가 햇볕에 말리고 고운 색을 만들었다. 홍화와 꼭두서니 뿌리에서 얻은 색으로 물들인 붉은 색 양털, 쪽으로 물들인 푸른 색 양털, 닭의장풀 꽃으로 물들인 연한 파란색 양털, 자초 뿌리의 속껍질에서 얻은 색으로 염색한 자주색 양털 등 울금정화 공방의 선반에는 바구니마다 갖가지 고운 색을 입은 양털이 가득했다.

"먼저 깨끗하게 정제한 양털을 뜯어서 이 판 위에 서로 교차되도록 가지런히 펼쳐 놓아야 해."

본격적인 모전 만들기에 들어갔다. 홍겨울이 시범을 보이면 연화와 정주는 그대로 따라 했다.

"이렇게요?"

"그렇지. 둘 다 잘하고 있어."

"문양을 넣은 화전을 만들 때는 여기에 다양한 색으로 염색한 양털로 무늬를 만들어 주면 되는데, 우리는 색전부터 만들 거야."

"예, 언니."

"다음 공정이 아주 중요해. 양털이 움직이면 제대로 된 모전을 만들 수가 없어. 그러니까 양털이 움직이지 않도록 무거운 물건을 올려서 고정시킨 후 양잿물을 적셔주는 거야. 그리고 방망이로 두드려 열을 발생시키는 과정을 반복하는데, 이런 과정을 거치는 동안 양털은 서로 엉켜 떨어지지 않게 돼."

"언니, 그런데 뜨거운 물과 찬물을 번갈아 쓰는 건 왜 그래요?"

"그건 뜨거운 물과 찬물을 번갈아 적셔가면서 방망이로 두드려 열을 발생시키면 급격한 온도 차이에 의해 양털이 잘 엉켜서 떨어지지 않기 때문이야."

처음엔 단순해 보이는 작업 같았지만, 결코 쉬운 일이 아니었다. 양털을 뜯어서 교차시키며 고르게 펼쳐 놓는 것도 만만치 않았다. 두께가 일정해야 하는 데다 양털의 결도 잘 맞춰야 하는 까다로운 공정이었다. 집중력을 잃고 사소한 실수 하나만 해도 제품을 망치기 일쑤였다. 아무나 할 수 있는 일이 아니었다. 숙련된 기술을 가진 홍겨울이 없었다면 제대로 된 제품을 만들어 내기 힘들었을 것이다.

"어깨가 너무 쑤시고 아파요."

정주가 매일같이 하는 말은 엄살이 아니었다. 하루 작업이 끝나면 모두 어깨가 욱신거리고 온몸이 쑤시고 아팠다.

"그래도 엄청 뿌듯해요. 이런 기분 처음이에요."

연화는 자신의 손으로 무언가를 만드는 기쁨을 처음으로 맛보았다.

"맞아. 내 손으로 이런 모전을 만들었다고 생각하니까 정말 뿌듯해요."

정주도 한 손으론 어깨를 주무르면서도 맞장구를 치며 좋아했다.

"겨울이 언니, 내가 어깨 주물러 줄게요."

연화는 홍겨울이 더 힘들게 일하는 것이 걱정이었다. 연화와 정주는 색전을 만들 수는 있지만, 무늬를 넣어서 만드는 화전은 숙련된 기술과 감각이 필요했다. 그러다 보니 화전 만드는 건 오롯이 홍겨울의 몫이었다.

"괜찮아. 너도 힘들 텐데."

홍겨울은 힘든 내색도 하지 않고 척척 따라 주는 연화가 고맙고 대견했다.

"염색은 어느 정도 마무리해 놨으니까 내일부턴 나도 화전 만드는 일 거들게."

금이는 염색만 잘하는 게 아니었다. 홍겨울이 화전 만드는 걸 곁눈질로 보고 배워 금방 따라 했다. 타고 난 눈썰미와 손재주로 한 가닥 한 가닥 문양을 만들었다.

"언니, 우리도 화전 만드는 것 가르쳐 주세요."

"정주는 손끝이 야물고 재주가 좋아서 금방 배울 거야."

"정말 그렇게 생각해요? 아이 기분 좋아라."

싹싹하고 엽렵한 정주는 울금정화 공방에 활력을 불어넣었다. 정주가 한마디 하면 모두 까르르 까르르, 웃음꽃을 피웠다.

거래

고개를 들고 하늘을 본 것이 언제였나, 싶었다. 단풍이 붉게 타오르는 가을인가 했더니, 허리 한번 펴고 나면 다시 함박눈이 내리고, 또 어느새 봄이 왔다. 울금정화 공방에서 모전을 만들기 시작한 후 연화의 시간은 쏜살같이 흘렀다.

"제아무리 눈이 높다고 하더라도 이 정도면 금성 사람들 눈을 확, 홀릴 수 있을 거예요."

연화는 완성한 모전을 공방에 펼쳐 놓고 보는 것만으로도 벅찼다.

"정말 그럴까? 우리 연화가 정말 자신 있나 본데."

말은 그렇게 했지만 흥겨울도 같은 마음이었다.

견본품으로 모두 열 장을 완성했다. 색전 다섯 장, 화전 다섯 장. 울금정화 공방의 여자들은 빙 둘러서서 그들의 손으로 만든 모전을 만지고 또 만져 보며 함께 기쁨을 나누었다.

"우리 정주, 우는 거야?"

금이가 너무나 감격한 나머지 훌쩍이기까지 하는 정주를 놀렸다.

"아니에요. 너무 기뻐서 웃는 거예요."

정주는 그렇게 말하고는 또 훌쩍이다, 다시 웃기를 반복했다.

"나도 살짝 눈물이 나긴 했어. 근데 울이 언니, 색전과 화전의 치수는 같은 거죠?"

연화가 두 팔 벌려 모전의 치수를 재보며 물었다.

"맞아. 방바닥에 깔 용도로 사용할 모전은 길이 칠 척, 너비 삼 척으로 해서 만든 거야."

"자, 그럼 이제 금성에 가서 거래처를 뚫는 일만 남았네요."

이제 연화가 앞장설 차례였다.

"우리 힘껏 잘해 봅시다."

연화는 주먹을 불끈 쥐고 큰 소리로 말했다. 마치 자신에게 주문을 거는 것처럼.

살랑살랑 불어온 바람이 얼굴을 기분 좋게 스치고 지나간다. 산과 들에 피어난 꽃은 웃고, 새는 지저귀며, 아지랑이 너머로 나물 캐는 사람들의 손길이 바쁜 완연한 봄날이었다. 연화는 하늘이며, 꽃이며, 풀이며, 자연의 모든 것이 양털을 물들일 색으로 보였다.

그동안 공방에 틀어박혀 일하느라고 연화는 그 좋아하던 봄날의 남대천을 걷지도 못하고, 금성에 갈 준비를 서둘렀다.

"너 혼자 가려고?"

박진우는 딸 연화의 계획을 듣고 나서 걱정부터 앞섰다.

"아니에요. 겨울이 언니랑 같이 갈 거예요. 울이 언니가 모전 전문가이니까 큰 도움이 될 거예요."

연화는 아버지의 걱정을 덜어주기 위해 힘주어 말했다.

"그럼 이렇게 하자, 연화야."

"어떻게요?"

"내가 고영우 군관에게 시간을 내라고 할 테니까 함께 다녀오도록 하는 게 좋겠다."

"예, 아버지. 그렇게만 할 수 있다면 정말 좋죠. 저는 대환영입니다."

"그럼 그렇게 하는 걸로 하자."

"고맙습니다. 아버지."

연화는 아버지의 아낌없는 지원 덕분에 힘이 났다.

동쪽 하늘에 아직 샛별이 떠 있는 이른 새벽. 고영우가 마차에 모전을 모두 실었다. 연화와 홍겨울도 모전을 실은 마차에 올랐다.

"이제 출발합니다."

고영우가 뒤돌아보며 말했다. 마차에 탄 연화가 고개를 끄덕이자 고영우가 말고삐를 부여잡았다.

"이랏!"

그리고는 힘차게 마차를 몰았다.

연화는 두 번째 금성 행이었다. 그럼에도 금성이 가까워지자 가슴이 두근거렸다. 다음 날 해 질 무렵 도착한 금성은 붉은빛에서 노란빛으로 바뀌었다. 노을이 물드는 금성은 황금의 도시처럼 아름다웠다.

황룡사 구층목탑을 이정표 삼아서 숙소를 찾아갔다. 설운 스님이 써준 편지 덕분에 이번에도 황룡사 객사에서 묵을 수 있게 되었다.

"해낼 수 있어. 꼭 해낼 거야."

새벽 도량석 시간을 알리는 목탁 소리에 잠이 깬 연화는 객사 마당에 나와 기지개를 켜며 혼잣말을 중얼거렸다. 중요한 일을 앞두고 있을 때마다 습관처럼 자신에게 거는 주문이었다. 아직 하늘에는 별이 총총하다.

"고 사부, 오늘 우리는 수로 부인을 찾아뵙고 모전 거래처를 알아볼 거예요."

연화는 아침을 먹고 나서 고영우에게 화전 한 장을 실어 달라고 부탁했다.

"열 장 다 가지고 가는 게 아니고요?"

"응. 나머지는 거래할 데가 정해지면 가져가면 돼. 오늘은 내가 겨울이 언니랑 수로 부인을 찾아뵐 테니까 고 사부는 모전 한 장만 실어주고 금성 구경이나 하쇼."

연화는 고영우에게 활쏘기를 배울 때부터 사부라고 불러주었다. 고영우는 연화가 사부라고 부를 때면 날아갈 듯 기분이 좋았다.

"금성의 아침은 또 다르네."

물어물어 수로 부인 저택을 찾아가는 길이었다. 길가에는 조금만 건드려도 터질 것처럼 부풀어 오른 꽃송이들이 분홍빛을 머금고 가지마다 매달려 있다. 봄바람이 살랑거릴 때마다 복사꽃이 우수수 흩날리며 꽃비가 내리는 금성의 아침 풍경은 저녁과는 또 달랐다.

금성은 집과 집 사이로 크고 작은 길이 반듯하게 나 있었고, 또 골목마다 출입문이 달려 있었다. 더 놀라운 건 집마다 몇 번째 골목의 몇 번째 집, 하는 식으로 주소가 있어 집 찾기도 생각보다 쉬웠다.

"아이고, 어서 오세요. 연화 낭자!"

저택 안으로 들어서자 수로 부인이 버선발로 달려 나와 반겼다.

"그간 평안하게 잘 계셨습니까?"

"이러고 있을 게 아니라 어서 안으로 들어갑시다."

수로 부인은 격식을 따지지 않는 다정한 분이었다. 연화의 손을 잡아끌고 방으로 들어갔다.

"안 그래도 언제 오시나 하고, 낭자를 눈 빠지게 기다렸다오. 명주에서 큰 신세를 졌으니 그 은혜를 갚아야지요."

"그리 말씀해주시니 정말 감사합니다. 이번에 저와 함께 온 홍겨울 언니입니다."

연화가 나란히 앉아 있는 홍겨울을 소개했다.

"명주에서 몇 차례 뵈었습니다. 홍겨울이라고 합니다."

"아, 낭자가 그분이군요. 홍겨울 낭자 덕분에 그자들의 은신처를 처음 알게 되었다고."

수로 부인은 단번에 홍겨울을 알아봤다.

"두 분 다 잘 왔어요. 그나저나 금성에는 며칠이나 있을 건가요? 우리 집에 와서 묵으면 좋은데."

"저희는 지금 황룡사 객사에서 묵고 있으니 염려 마십시오. 부인께 청을 드릴 게 있어 이리 찾아뵈었습니다."

연화는 조심스럽게 말을 꺼냈다.

"낭자가 청이라고 하니 굉장히 궁금한 데요. 무엇이든 편히 말해보세요."

수로 부인이 웃으며 말했다.

"이 화전을 한번 봐주세요."

연화는 고영우가 실어다 주고 간 화전을 방안에 펼쳤다.

"색이 참 곱네요. 문양도 정교하고. 얼핏 봐도 특등급 화전인데요. 그나저나 이건 어느 공방에서 만든 건가요?"

수로 부인은 화전을 요모조모 뜯어보며 감탄했다.

"저희 공방에서 만든 화전입니다."

"연화 낭자, 대단하군요. 이렇게 정교하고 아름다운 화전을 만들다니."

"금성에 온 것도 사실 이것 때문입니다. 저희 공방에서 만든 모전을 팔 수 있는 거래처를 찾아보려고요."

"그래요? 모전 거래처라면 자초랑 부인을 만나면 한 번에 해결할 수 있을 거예요. 신라에서 제일가는 모전 공방을 운영하는 데다 큰 상단도 가지고 있으니까."

"그런데 그런 대단한 분이 저를 만나줄지… 걱정입니다."

"그건 걱정 마세요. 내일 당장 함께 가서 만나봅시다."

"예? 부인께서 함께 가주신다고요?"

연화는 믿기지 않는 듯 눈이 휘둥그레지며 되물었다.

"그래요. 자초랑 부인은 나와 잘 아는 사이니까 같이 갑시다."

"정말 고맙습니다. 부인께서 함께 가주신다니 더할 나위 없이 든든합니다."

명주에서 큰일을 겪으며 특별한 인연을 맺은 사이라고 하더라도 수로 부인이 이렇게까지 직접 나서서 도와주겠다고 할 줄 몰랐다. 연화는 수로 부인에게 감동했다.

그 시각, 수로 부인의 저택에서 먼저 나온 고영우는 금성의 황성 숲으로 향했다. 신라 왕실의 사냥터로 사용되는 황성 숲에는 화랑들이 무예를 수련하는 훈련장이 있었다. 황룡사 구층목탑을 이정표 삼아서 남북대로를 따라 걸어가고 있을 때였다.

"고영우 군관!"

누군가 부르는 소리에 뒤돌아보니 반가운 인물이 뛰어오고 있었다.

"홍길수 낭도 아니십니까."

"긴가민가했는데 내 눈이 고 군관을 정확하게 알아보긴 했네."

홍길수 낭도가 숨을 헐떡이며 달려와 고영우를 와락 껴안았다.

너무 뜻밖의 만남이라 퍽 반가워하는 눈치였다.

"그나저나 금성에는 어쩐 일인가? 고 군관이."

"볼 일이 있어 금성에 온 김에 무월랑을 뵙고 가려고 지금 화랑 훈련장에 가던 길이었습니다."

"자네 하마터면 헛걸음만 할 뻔했네."

"그게 무슨 말입니까?"

"지금 무월랑은 금성에 안 계시네."

"그럼 어디에 계십니까?"

"금관군으로 수련을 가셨다네. 열흘 후에나 금성에 돌아온다고 했는데, 그때까지 금성에 있을 건가? 그러면 만날 수 있을 텐데."

"그렇게 오래 머물지는 못할 것 같습니다."

고영우는 무월랑을 만날 수 없게 되자 실망감을 감추지 못했다. 이를 눈치챈 홍길수 낭도가 고영우의 팔을 끌어당기며 말했다.

"내 정신 좀 보게. 여기서 이러고 있을 게 아니라 우리 본부로 가세. 할 얘기가 많으니까."

그 길로 고영우는 홍길수 낭도에게 이끌려 알천 남쪽에 있는 본부로 갔다. 홍길수 낭도가 말한 '우리 본부'는 하슬라의 용과 금성 귀족의 유착관계를 수사하는 비밀 수사본부였다.

"여긴 무월랑이 은밀하게 마련한 수사본부라네."

"홍길수 낭도께서도 수로 부인 납치사건을 계속 추적하고 계셨군요."

"고 군관이 그렇게 말하니까 섭섭한데. 무월랑이 가장 총애하는 낭도가 누구겠나? 바로 날세. 나 홍길수야. 그러니까 당연히 내가 수사를 계속하고 있었지."

홍길수 낭도가 어깨를 으쓱거리며 말했다.

"이거 죄송하게 되었습니다."

고영우는 아차, 싶었는지 머리를 긁적이며 겸연쩍게 웃었다.

"이번에도 나는 그래서 여기에 남았다네. 금관군으로 수련을
안 가고."

홍길수 낭도의 목소리가 사뭇 진지해졌다.

"진척이 좀 있었습니까? 지난번 전서구로 보낸 편지에는 목덜
미에 용 문신을 한 자가 귀족의 집사와 만나는 걸 보고 추적 중이
라고 하셨는데요."

안 그래도 고영우는 수사 진척 사항이 궁금해 무월랑을 만나려
고 한 것이었다.

"조금은 진전이 있었네. 그 귀족이 김경상이라는 인물로 확인
되었네. 이 자 역시 왕족일세. 금성에서 아주 힘센 진골 귀족이라
서 함부로 건들 수 없는 자일세."

"그러니까 하슬라의 용 조직원이 김경상의 집사와 은밀하게 만
나고 있다는 거군요."

"그렇다네. 그래서 그 둘의 뒤를 몰래 밟고 있네. 미행을 붙여
서. 명주 상황은 좀 어떤가?"

"이놈들이 계속 은신처를 옮겨 다니고 있어 쉽지가 않습니다.
그래서 지금은 하슬라의 용 본거지를 찾는 데 집중하고 있는데,
이 자들이 활동을 멈추고 아예 숨어버렸어요. 아예 꼬리를 감춰버
리는 바람에 제대로 추적할 수가 없어 보통 골치가 아픈 게 아닙
니다."

고영우의 말을 진지하게 듣고 있던 홍길수 낭도가 새로운 가능

성을 제기했다.

"그자들이 명주에선 지하로 숨어버렸다고 하지 않았나. 그런데 금성에서 그 꼬리를 드러내고 있단 말이야. 이건 아직은 내 추론에 불과하지만 어쩌면 하슬라의 용 조직원들이 일시적으로 활동 무대를 옮긴 것일 수도 있다는 거네."

홍길수 낭도의 추론에 고영우도 수긍했다.

"충분히 일리 있는 얘기입니다. 홍길수 낭도의 추론대로 놈들이 명주에선 지하로 숨어버린 대신 그 일부가 금성에서 활동하고 있을 가능성이 아주 커 보입니다."

"우리도 수사 진척 사항이 생기면 명주로 전서구를 띄울 테니까 고영우 군관도 이걸 염두에 두고 수사를 하면 도움이 될 걸세."

"예. 그렇게 하겠습니다."

"또 궁금한 거 있으면 뭐든 물어보시게. 내가 아는 건 모두 알려줄 테니까."

"실은 한 가지 더 물어보고 싶은 게 있긴 합니다. 혹시 연화 아가씨에 대한 무월랑의 마음이 어떤지 알고 있는 것이 있는지요?"

고영우는 막상 그렇게 묻긴 했지만, 무척 조심스러웠다.

"사실 무월랑이 다른 건 모두 얘기를 하는데, 이상하게도 연화 낭자 얘기는 도통 하질 않네. 그래도 한 가지 분명한 거는 연화 낭자와 혼인하겠다고 무척 애쓰고 있다는 거. 그건 내가 확실하게 말 할 수 있네."

"짐작은 했습니다만…. 그런데 혹시 무월랑께서 연화 아가씨에게 그런 소식을 왜 전하지 않는지 그 이유는 모르시는지요? 혹시 집안의 반대가 심해서 그런 걸까요?"

"고 군관 짐작이 맞네. 무월랑의 집안이 그저 그런 귀족 집안이 아니질 않나. 그것도 태종무열왕의 5대손이야. 그러다 보니 집안의 반대가 이만저만 극심한 게 아닌 모양이네. 그런데도 무월랑은 연화 낭자와 혼인하겠다고 버티고… 그래서 무월랑을 계속 지방으로 뺑뺑이 돌리는 것 같다고나 할까. 금성에 온 뒤로 이 지역 저 지역으로 수련을 가라는 지시가 터무니없을 정도로 계속 내려오는 걸 보면."

"음…."

고영우는 더는 할 말이 없었다. 묵묵히 홍길수 낭도의 말을 듣기만 하다가 해 질 무렵이 되어서 황룡사로 돌아갔다.

연화가 수로 부인 저택을 나선 건 미시(오후 1시~3시) 반쯤이었다.

"울이 언니!"

"왜?"

"혼자서 황룡사 숙소 찾아갈 수 있겠어요?"

"그럼. 근데 누구 만날 사람이라도 있어?"

아뿔싸, 홍겨울은 그 말을 하고 나서야 무월랑이 떠올랐다.

"어디 좀 들를 데가 있어서…."

"알았어. 내 걱정은 하지 말고 잘 다녀와. 그럼 나 먼저 간다."

홍겨울은 연화가 어떤 마음일지 짐작 가는 바가 있어 얼른 그 자리를 떴다.

막상 혼자가 되었지만, 연화는 딱히 어딜 가야겠다고 정한 데는 없었다. 무작정 걷다 보니 무월랑을 처음 보았던 시장 방향이었다. 그러다 장터 어귀에 이르렀을 때, 따가닥 따가닥! 말발굽 소리가 나는가 싶더니 한 무리의 화랑이 말을 타고 지나가는 것이 보였다. 연화는 가슴이 철렁했다.

'혹시 무월랑이…?'

연화는 자신도 모르게 얼른 골목으로 피했다. 그리고는 숨을 고른 뒤 골목의 담장 끝으로 나와 살짝 고개를 내밀었다.

"후~우!"

혹시나 싶었지만, 그 무리에 무월랑은 없었다. 자신도 모르게 무월랑을 만날 수도 있다고 기대한 걸까. 연화는 온몸에 힘이 쭉 빠져나가는 것 같았다.

"이제 오세요. 걱정했습니다. 아가씨."

고영우였다. 어둑어둑한데도 먼발치에서 희미하게 보이는 연화를 알아보고 뛰어왔다. 날이 저물자 황룡사 어귀까지 나와 연화를 기다리고 있었던 것이다.

"고 사부. 미안해요. 내가 걱정을 끼쳤네."

"무사히 오셨으니 이제 괜찮습니다."

고영우는 연화의 표정이 어두워 보여 걱정스러웠다.

"고 사부만 괜찮다면 금성 거리를 좀 걷고 싶은데…?"

"산보라면 대환영입니다. 아가씨."

고영우는 연화와 나란히 황룡사 앞으로 쭉 뻗어있는 남북대로를 걸었다. 짙은 어둠이 내려앉은 도시를 밤하늘의 별들이 비추었다. 알천에 이르자 졸졸졸 강물 흐르는 소리가 경쾌하다. 강물 위로 별들이 따라 흘러갔다.

"낮에 홍길수 낭도를 우연히 만났습니다."

"그랬어요. 잘 계시던가요?"

연화는 무심한 척 별다른 반응을 보이지 않았다.

"예. 무월랑께선 금관군에 수련을 떠났다고 합니다. 열흘 후에 나 돌아온다고."

고영우는 처음엔 이 말만 전하려고 했다. 그런데 연화의 얼굴을 보니 그럴 수가 없었다. 무월랑에 대한 그리움을 애써 참고 있는 연화가 너무나 애처로웠다. 그래서 이 말을 안 할 수가 없었다.

"무월랑께선 아가씨와 혼인하려고 무진장 애쓰고 있답니다. 부모님 허락받으려고. 화랑들 사이에서 소문이 자자하답니다."

조금이라도 연화에게 위로가 된다면 자신의 영혼이라도 내어줄 수 있을 것 같았다. 그것이 연화를 향한 고영우의 마음이었다.

"…별이 참 좋아요, 고 사부."

연화는 무월랑에 대한 그리움을 삼키느라 입안에서 말이 맴돌았다. 고영우에게 고맙다고 말하고 싶었지만, 딴말이 되어 나왔다. 무월랑의 소식을 알아보기 위해 낯선 금성 땅에서 발품을 팔았을 고영우의 마음이 느껴져 애잔했다. 둘은 알천의 둑길에 나란히 걸터앉아 밤하늘의 별을 바라보았다.

와! 하는 소리가 절로 나올 정도로 저택은 으리으리했다. 암키와와 수키와의 끝을 마감한 막새기와에는 아름다운 연꽃이 새겨져 있었고, 기와지붕은 겹처마를 빼서 지붕선이 더 아름다웠다. 처마 끝에는 물고기 모양 장식을 달았으며, 서까래 장식도 고급스러웠다. 바람이 불 때마다 처마 끝에 달린 풍경이 달그랑달그랑, 은은하게 울려 저택의 기품을 더했다. 마당에는 값비싼 전돌이 깔려 있었다. 금성에는 이러한 금입택(金入宅·매우 부유한 집)이 삼 십여 채 정도 있었는데, 자초랑 부인의 저택이 그중의 하나였다.

"수로 부인께서 어쩐 일이십니까? 친히 저희 집을 다 찾아주시고."

저택에 들어서자 자초랑 부인이 기품이 있는 모습으로 일행을 반겼다.

"잘 계셨습니까. 부인께 꼭 소개해드리고 싶은 분들이 있어서 이리 발걸음을 했습니다."

"이분들인가 봅니다."

"예. 명주에서 오신 분들입니다."

수로 부인이 다정한 목소리로 연화와 홍겨울을 소개했다.

"이렇게 뵙게 되어 영광입니다. 박연화라고 합니다."

연화는 고개를 숙여 정중하게 인사했다. 홍겨울도 연화를 따라 고개를 숙였다.

"홍겨울이라고 합니다."

"그럼 우리 안으로 들어가서 얘기 나누시지요."

"부인께 보여드리고 싶은 것이 있어 마차에 싣고 왔는데 먼저 봐주시겠습니까?"

수로 부인이 대문 밖에 세워 둔 마차를 가리키며 말했다.

"그렇게 하시지요."

자초랑 부인은 시원시원했다. 말을 하자마자 먼저 마차 쪽으로 갔다.

"이분들 공방에서 만들어 온 모전입니다. 보시기에 어떤가요?"

수로 부인이 자초랑 부인의 표정을 살피며 물었다. 색전과 화전을 하나씩 꺼내 꼼꼼하게 살펴보던 자초랑 부인의 입꼬리가 살짝 위로 올라갔다.

"색이 아주 곱게 잘 빠졌습니다. 염색공 솜씨가 보통이 아닌데요. 붉은색을 이리 곱게 내기가 쉽지 않은데. 자색도 그렇고요."

"그렇습니까? 자초랑 부인께서 그렇게 말씀하시는 거 보니까 연화낭자 공방의 모전 품질이 썩 괜찮은가 봅니다."

수로 부인도 덩달아 기분이 좋은 모양이었다.

"칭찬해주셔서 정말 감사합니다. 저희 공방에 뛰어난 염색 전문가 한 분이 있어서. 다 그분 솜씨입니다."

연화도 자초랑 부인의 칭찬에 가슴이 뿌듯했다.

"문양이 아주 정교한 게 이 화전도 상품에 들겠는데요. 마치 꽃무늬가 직조된 아름다운 비단을 보는 것 같습니다. 이건 또 아침에 햇살이 퍼져나가는 모습을 담은 조하금 같고요."

가장자리에 크고 작은 꽃무늬를 짜 넣은 화전을 살펴보던 자초랑 부인이 감탄했다.

"문양이 다양해서 참 좋습니다. 이건 잘 안 쓰는 문양인데 과감하게 만들어 넣었군요."

자초랑 부인이 연화가 도안한 화전의 잉어 문양을 가리켰다.

"저희 집 앞 연못에 사는 잉어입니다. 보통은 화전에 꽃이나 새를 주로 넣는 것으로 알고 있습니다만 새로운 문양도 한 번 만들어 보는 것이 어떨까 해서…."

연화는 잉어 문양이 좋다는 건지, 아니라는 건지 자초랑 부인의 말뜻을 헤아릴 수가 없어 바짝 긴장했다.

"낭자가 잉어 문양을 도안한 것이군요."

"예. 혹시 잉어 문양은 모전에 써서는 안 되는 것인가요?"

"아닙니다, 아니에요. 새로운 문양을 과감하게 사용해서 좋다는 뜻입니다. 내 말은. 자세히 보니까 붉게 빛나는 해도 눈부시고 그 해를 향해 튀어 오르는 잉어도 생명력이 비늘처럼 반짝이는 게 보는 것만으로도 힘찬 기운이 느껴져 아주 좋아요."

자초랑 부인의 극찬이었다.

"정말 그렇게 보십니까?"

수로 부인이 연화의 마음을 꿰뚫어 본 것처럼 대신 물었다.

"예. 제 눈에는 그렇게 보입니다."

"신라 땅에서 제일가는 모전 공방을 운영하시는 자초랑 부인이 그렇게 말씀하시는 걸 보니까 우리 연화 낭자의 공방이 꽤나 잘하는 곳인가 봅니다."

수로 부인까지 나서서 칭찬을 하자 연화는 어깨가 으쓱해졌다.

"우리 공방의 화전은 여기 있는 홍겨울 언니가 모두 짠 것이랍니다. 울이 언니 솜씨가 아니었다면 부인께 보여드릴 엄두도 못 냈을 거예요."

"아주 훌륭한 솜씨를 가졌군요. 탐나는 솜씨예요."

자초랑 부인이 연화의 말에 홍겨울을 쳐다보며 말했다.

"그렇게 칭찬을 해주시니까 어찌해야 할지…."

홍겨울은 몸 둘 바를 몰라 했다.

"어찌하긴요. 그냥 좋아하면 되는 겁니다. 우리 공방에 홍겨울 낭자를 데려오고 싶은데… 그러면 연화 낭자에게 혼나겠지요."

자초랑 부인은 농담처럼 말했지만 홍겨울의 화전 솜씨를 진심으로 탐내 했다.

"예. 겨울이 언니가 없으면 우리 공방이 안 돌아가서…."

연화는 웃으며 말끝을 흐렸다.

"잘 알지요. 홍겨울 낭자 솜씨가 탐나서 그냥 한번 해본 농입니다. 하하하."

"우리 자초랑 부인께서 낭자들이 만든 화전이 몹시 마음에 드는 모양입니다."

가만히 지켜보고 있던 수로 부인이 한마디를 거들었다.

"낭자, 이렇게 하면 어떨까요?"

자초랑 부인이 연화에게 놀라운 제안을 했다.

"예?"

"앞으로 울금정화 공방에서 만드는 모전은 모두 나에게 가져오세요. 이제부터 우리 상단하고 거래하는 겁니다."

"정말 고맙습니다."

연화는 눈물이 핑 돌았다. 눈을 깜빡이며 참으려고 해도 눈물이 눈에 고였다. 그것은 홍겨울도 마찬가지였다.

"고생했어요, 언니."

"너도."

고생한 보람은 컸다. 홍겨울과 연화는 손을 맞잡고 살며시 서로를 토닥였다.

"앞으로 화전을 좀 더 많이 만들어 오세요. 잉어 문양 화전을 따로 열 장 더 추가하고. 이번에는 실내용 모전만 가지고 온 것 같은데, 다음엔 수레에 깔 화전도 만들어 오고요."

자초랑 부인은 그 자리에서 필요한 모전을 주문했다.

"용 집사! 여기 와서 주문서 좀 작성해주게."

그리고는 집사를 불러 요청할 모전의 문양과 수량 등을 죽간에 써서 연화에게 전하라고 지시했다.

"곧 왜국에 사절단이 갈 예정입니다. 그때 많은 물량이 필요해요. 왜국의 고위층들이 우리 신라의 화전이라면 사족을 못 쓴답니다. 이번에도 여기저기서 요청서를 보내왔다고 하니까, 화전을 만드는 대로 바로 가지고 오세요."

"예, 그렇게 하겠습니다."

연화는 극구 사양했지만, 자초랑 부인이 견본품으로 가져온 모전 값을 전부 지불했다. 화전은 한 장당 면 열세 근, 색전은 한 장당 면 여덟 근. 수로 부인에게 선물로 드린 화전 한 장과 색전 한 장을 빼고, 모두 합해서 면 팔십네 근을 받은 것이다. 울금정화 공방의 첫 모전 거래는 대성공이었다. 연화가 나서지 않았다면 꿈도 꾸지 못했을 거래였다.

"수로 부인 정말 감사합니다. 이 은혜를 어떻게 갚아야 할지…."

금성을 떠나기 전 연화는 수로 부인을 찾아가서 감사의 인사를 했다.

"별말씀을요. 상품의 모전을 소개할 수 있어서 나 또한 뿌듯합니다. 두 분 다시 금성 올 때 우리 집에 꼭 들르도록 하세요. 기다리고 있을 테니."

"예. 꼭 찾아뵙겠습니다."

연화의 일행이 저만치 멀어질 때까지 수로 부인이 손을 흔들며 배웅했다.

"황룡사 구층탑이 점점 작아지네."

홍겨울이 중얼거리는 소리가 연화의 귓가에 들렸다.

"그러네요. 점점 멀어지네요."

고영우가 모는 마차는 힘차게 달렸고, 그만큼 금성에서 점점 멀어져갔다. 뒤돌아 금성 쪽을 바라보던 연화는 불현듯 가슴 저미는 풍경이 떠올랐다.

"혼인 허락을 받아서 꼭 다시 명주로 내려갈 테니 조금만 더 기다려주세요. 낭자!"

무월랑이 속삭이던 그 말이 스치는 바람에 실려 따라왔다.

사라진 편지

별안간 어두워지더니 천둥이 쳤다. 조금 지나니 번개도 치며 하늘이 찢어질 듯 천둥이 더 잦아졌다. 바람이 불었고, 이내 장대비가 쏟아졌다. 그냥 지나가는 소나기가 아니었다. 억수 같이 내린 장대비로 계곡물이 불어나 남대천 강물이 넘칠 듯 출렁댔다.

비가 그치자 더위가 기승을 부렸다. 한 조각 작은 그늘조차 간절한 무더운 여름이었다. 금성을 다녀온 뒤 울금정화 공방의 여자들은 일손이 바빠 계절이 바뀌는 줄도 몰랐다.

"푹푹 쪄서 죽겠어요. 우리 피서라도 좀 다녀와요."

정주가 말하지 않았다면 울금정화 공방 여자들은 공방 밖으로 나올 생각조차 하지 못했을 것이다.

"그래, 우리 정주 쪄 죽기 전에 계곡물에 발이라도 좀 담그고 오자."

우거진 나무 그늘에 살랑대는 바람까지, 계곡에 들어서자 딴 세상 속으로 피서를 온 것 같았다. 먼저 온 사람들이 이곳저곳의 너럭바위마다 걸터앉아 계곡물에 발을 담그고 있었다. 용연계곡은 명주 사람들에게 널리 알려진 피서지라 이른 아침 서둘러 왔는데도 좋은 자리를 찾기가 쉽지 않았다.

"연화야, 우리는 연화봉 부처 바위에 잠깐 다녀오자."

눈치 빠른 홍겨울이 연화의 눈길이 자꾸 그쪽으로 향하는 걸 알고 먼저 말했다.

"그럴까요, 언니."

연화가 반색하며 얼른 계곡에서 일어났다.

"정주야! 우리는 부처 바위에 갔다 올게."

"예, 언니."

정주와 금이는 계곡에 자리를 잡고 있는 사이, 홍겨울은 연화와 함께 부처 바위로 향했다.

연화봉 부처 바위로 가는 산길은 울창한 숲이 나무 그늘을 만들어 주고 있는 데다 계곡에서 시원한 바람을 보내 와 한여름에도 서늘하다.

"어머나 신기해라. 저 돌탑은 그대로 남아 있네."

홍겨울이 장대비에도 무너지지 않고 부처 바위 옆에 남아 있는 돌탑 하나를 발견하고 소리쳤다.

"여기에 '정화'라고 새겨져 있어. 장대비에 쓸려가지 않는 것도 신기한데 글자도 그대로 남아 있네."

그 소리에 화들짝 놀란 연화가 달려갔다.

"이건, 이건….."

글자가 새겨진 돌을 요리조리 살펴보던 연화의 얼굴이 환해졌다. 지난가을 무월랑과 함께 만든 그 돌탑이었다. 다른 돌탑들이 장대비에 모두 무너져 내렸는데도 무월랑과 둘이 쌓은 그 돌탑만 남아 있는 것이 신기했다.

"이건 그때랑 좀 다른 것 같은데."

연화는 혼잣말을 중얼거리며 돌탑을 천천히 둘러봤다. 돌탑에는 미묘하게 달라진 것이 있었지만 처음엔 대수롭지 않게 생각했다. 시간이 그만큼 흐른 데다 장대비까지 쏟아졌으니 지금껏 남아 있는 것도 대단한 일이었으니까. 그런데, 보면 볼수록 이상한 것이 있었다.

"누가 손을 댄 건가…?"

사람의 손을 탄 흔적이었다. 그러나 연화는 애써 못 본척 하고 싶었다. 무월랑과 쌓은 그 돌탑이 어쩐지 무월랑을 돌아오게 해줄 것만 같았다.

"나는 위로 가서 자리 잡고 있을게."

홍겨울이 생각에 잠긴 연화를 위해 슬그머니 그 자리를 떴다.

'불안, 불안했는데… 천만다행이야.'

홍겨울은 연화가 돌탑이 바뀐 걸 눈치챌까 봐 가슴을 졸였다. 연화의 표정을 계속 살핀 것도 그 때문이었다.

"고 군관. 저 좀 도와주세요."

장대비가 쏟아진 뒤 홍겨울은 연화 몰래 고영우를 찾아갔었다.

"무슨 일 있습니까?"

"이번에 내린 장대비에 연화봉 부처 바위에 있던 돌탑이 다 쓸려갔을 거예요."

"그랬겠지요. 워낙 큰비가 내렸으니까. 근데 돌탑이 왜요?"

"연화가 또 상처받을까 봐 걱정돼서. 실은 연화와 무월랑이 쌓은 돌탑이 연화봉 부처바위에 있었거든요. 지난봄에 갔을 때 그 돌탑이 남아 있다고 연화가 엄청 좋아했어요. 소원을 들어주는 돌탑이라고. 무월랑 김유정의 '정'자와 연화의 '화', 둘의 이름 끝 자를 따서 '정화'라고 써놓은 돌을 돌탑의 맨 위에 꽂아두었다고 하면서."

"그러니까 그 돌탑이 이번 장대비에 쓸려갔을 가능성이 크다는 거죠?"

"예."

"걱정 마세요. 제가 내일 당장 다녀올 테니까."

고영우도 홍겨울 못지않게 연화의 아픈 상처가 덧나지 않기를 바랐다.

고영우는 그 길로 연화봉 부처 바위로 달려갔다. 아니나 다를까 돌탑은 흔적도 없이 모두 떠내려가고 없었다.

"너럭바위가 있는 큰 소나무 밑이라고 했으니까 여긴데…"

홍겨울이 알려진 위치를 찾아서 그 자리에 돌탑을 새로 쌓았다. 그런데 '정화'를 새긴 작은 돌이 무너진 잔돌 사이에 끼어 있었다.

"이 돌이 여기에 있었네."

세월에 씻기고 물에 씻겨 글자는 희미해지긴 했지만, 자세히 보면 알아볼 수 있을 정도였다. 고영우는 그 돌을 주워 돌탑 맨 위에 꽂았다. 이리저리 몇 번이고 꽂았다, 빼고를 반복하며 부러 잘 보이도록 꽂아두었다.

"연화 아가씨. 소원이 꼭 이루어질 거예요."

고영우는 종종 연화의 깊은 눈매에 그리움이 담겨 있는 것을 볼 때마다 가슴이 아팠다. 연화가 아파하는 것을 두고 보기 힘들어 고영우도 아팠다. 그래서 연화 몰래 돌탑을 다시 쌓아둔 것이었다. 그것이 연화를 연모하는 고영우의 방식이었다.

"연화가 좀 이상하지 않아?"

그날 이후 연화는 참으려고 해도 배실배실 웃음이 나왔다. 애써 감추려고 해도 감춰지지 않는 것이 마음이었다. 부처 바위의 돌탑은 그렇게 연화에게 웃음을 찾아주었고, 새로운 희망이 되어주었다. 큰물에도 쓸려가지 않은 무월랑과의 약속. 무월랑은 그 약속을 지키기 위해 반드시 돌아올 것이라는 믿음이었다.

입소문을 타면서 주문이 밀려들었다. 울금정화 공방은 일거리가 넘쳐났다. 명주에서 돈깨나 있고 힘깨나 쓰는 사람들이 너도나도 모전을 주문했다.

"죄송합니다. 주문이 밀려서요."

공방 구경이라도 하겠다며 찾아오는 사람들에게 양해를 구하느라 바빴다.

"금성 거래처에 약속한 수량을 모두 만든 다음에 꼭 만들어 드릴게요."

더는 주문을 받을 수 없다며 손님들에게 사정사정하면서도 공방 식구들은 기뻐했다.

"이렇게 가슴이 막 뛰고 뿌듯한 건 처음이에요. 언니들도 그래요?"

정주가 얼굴이 상기되어 묻자 홍겨울과 금이가 거의 동시에 대답했다.

"응. 나도 그래."

"나는 눈물이 다 난다니까."

연화는 그런 공방 식구들이 고마웠다. 혼자라면 해내지 못했을 일이었다. 그리고 무엇보다 더 큰 기쁨은 부모님의 흐뭇한 얼굴을 보는 것이었다.

"다들 밥 먹고 하시게."

"예, 어머니."

언젠가부터 어머니는 공방 식구들의 식사를 직접 챙겼고, 아버지는 명주 전역을 뒤져 좋은 품질의 양털을 구해왔다. 덕분에 울금정화 공방 식구들은 모전 만드는 일에 전념할 수 있었고, 약속한 날짜에 맞춰 금성에 가져갈 수량을 무사히 맞추었다.

"다녀오겠습니다."

벌써 세 번째 금성 행이었다. 석 대나 되는 마차에 모전을 나눠 싣고 금성으로 출발했다. 고영우가 맨 앞에서 마차 행렬을 이끌었다. 홍겨울은 한시도 공방을 비울 수가 없어 이번에는 연화만 금성으로 갔다.

"괜한 걱정을 했나 봅니다."

자초랑 부인의 첫마디에 연화는 안도의 숨을 내쉬었다. 자초랑 부인은 연화가 가져온 모전을 모두 살펴보고 흡족해하였다.

"수레용 모전도 금성에서 만든 것들과는 달라서 좋습니다."

연화는 모전을 살피는 자초랑 부인 옆에 바짝 붙어 서서 그의 품평을 귀담아들었다.

"참, 지난번에 가져온 화전을 몇몇 귀부인들에게 선보였더니 다들 서로 가지겠다고 난리가 났더랬습니다."

자초랑 부인은 또 한 번 연화를 놀라게 했다.

"다, 부인이 나서 주신 덕분입니다. 저는 상상도 못 한 일이라…."

"낭자들 솜씨가 좋아서지요. 특히 잉어 문양 화전을 탐을 내는 사람이 많았어요. 미리 주문하겠다는 사람이 많았거든요."

"정말요?"

"그렇다니까요. 내 제안할 게 하나 있어요."

"예. 말씀해주시면 반영하겠습니다."

"이번에 가져온 수레용 모전은 크기가 한 종류뿐인데, 다음엔 크기를 대, 중, 소로 나눠서 각각 따로 만들어 주세요."

"예, 그렇게 하겠습니다."

"또 하나 기쁜 소식이 있는데?"

자초랑 부인이 연화를 돌아보며 빙긋이 웃으며 말했다.

"또 뭐가 남아 있나요?"

연화는 잠시 어리둥절했다.

"이번에 낭자가 가져온 이 모전은 모두 왜국에 보낼 교역 물품에 포함시키려고 합니다."

"… 왜국에요? 우리 모전을요?"

"어째 믿어지지 않습니까? 빈말이 아니에요. 지금 이 모전을 살펴보면서 그렇게 마음을 정했습니다."

누구보다 까다롭게 물품의 품질을 따지는 자초랑 부인이었다.

그런 부인이 울금정화 공방의 모전을 왜국에 보낼 물품에 넣겠다고 하다니. 연화는 허공에 붕 떠 있는 기분이었다.

"신라에서 최상급 물품만 왜국에 보내는 걸로 알고 있습니다만…"

"맞아요. 낭자의 공방에서 만든 모전이 그 정도 수준이 된다는 것이지요."

그것은 울금정화 공방의 모전이 신라 최고 품질의 모전에 속한다는 것을 자초랑 부인이 보증한다는 뜻이었다.

'내 힘으로 뭔가를 해내는 성취감이 이런 건가?'

연화는 형언할 수 없는 벅찬 감동이 밀려왔다.

여자가 뭘 하겠다고?, 설치고 다니지 말고 가만히 집안일이나 하든지… 지난날 비수가 되어 날아들었던 무수한 말들이 허공을 떠돌았다.

설운 스님이 데려가 준 하곡현 강가의 암벽 바위에서 만난 앞서간 신라 여성들의 이름들. 거시지혜 부인, 아육모홍 부인… 거기에 자초랑 부인까지… 지금의 연화를 있게 하고, 또 연화를 달라지게 만든 고마운 이름들이었다.

그저 손 놓고 무월랑만 기다리고 있었더라면 맛보지 못했을 크나큰 성취감. 무월랑을 그리워하면서 자신의 처지만 탓하고 있었더라면 자존감은 바닥을 쳤을 것이다. 하지만 연화는 모전 생산을 통해 한 걸음 더 앞으로 나아갔다. 그렇게 성취감을 맛보고 자존감도 지켜냈다. 그것이 무엇보다 기쁘고 뿌듯했다.

"정말 잘했어, 연화야!"

연화는 자신이 대견했다. 자신의 두 어깨를 어루만지며 스스로를 칭찬했다.

여전히 별천지였다. 거래를 마치고 돌아가는 길에 연화는 고영우와 함께 공방 식구들에게 줄 선물을 사러 갔다. 벌써 세 번째 방문이지만 금성의 동 시장은 신기한 것들 천지였다. 건어물 골목, 고기를 파는 정육점 골목, 과일 가게 골목, 서역에서 물 건너온 서역상품 전문 골목 등… 시장 구석구석을 기웃거리며 구경하느라 넋을 빼고 보던 연화는 걸음이 빠른 고영우를 놓치기 일쑤였다.

한발 앞서서 시장을 둘러보던 고영우는 모전 가게 골목에서 놀라운 걸 발견했다.

'저건… 수로 부인 납치범들이 가져간 모전인데….'

모전 가장자리에 마치 쪽빛 인장을 찍은 것처럼 원래의 모전 색과는 다른 색을 입혀놓은 바로 그 표식이었다. 고영우는 모전을 구경하는 척하며 슬쩍슬쩍 곁눈질로 그 모전을 팔러 온 남자를 살펴보았다.

"이 화전은 여기에 흠이 있잖아. 바탕이 붉은색인데 여기 가장자리를 봐봐. 난데없이 쪽빛이 물들어 있는 불량품이야. 제값을 다 쳐주긴 힘들어. 그러니까 면 열 근은 말도 안 되고, 내 크게 인심 한번 써서 다섯 근은 쳐드리리다."

모전 가게 상인이 엉뚱한 색이 염색된 그 표식을 걸고 넘어졌다.

"그래도 주인 양반 너무 하잖아, 다섯 근은. 나도 이게 왜 엉뚱한 데에 묻어 있는지 속이 터지니까 일곱 근은 쳐 주쇼. 앞으로 더 많은 모전을 가져올 테니까."

고영우는 상인과 흥정하는 남자가 삿갓을 눌러쓰고 있어 얼굴을 볼 수가 없었다.

"알았어. 그럼 여섯 근 쳐 줄 테니 앞으로 우리 가게에 가져와
야 해."

헐값에 모전을 팔아넘긴 남자는 주변을 힐끗 둘러본 후 휑하고
가게를 나갔다.

'아가씨께 알릴 틈이 없는데 어쩐다….'

고영우는 연화가 보이지 않아 잠시 망설였다. 하지만 금성에서
활동하는 하슬라의 용 조직원을 잡을 수 있는 기회를 놓칠 수 없
었다. 일단 남자의 뒤를 따라붙었다. 갑자기 남자의 발걸음이 점점
빨라졌다. 설마, 미행을 눈치챈 것일까. 순간 고영우는 남자의 얼
굴을 확인하는 것이 먼저라고 생각했다. 그리고는 힘껏 달려가 남
자를 밀치며 넘어졌다.

"헉! 아이고 죄송합니다. 제가 그만 발을 삐끗하는 바람에…."

다행히 넘어질 때 삿갓이 벗겨져 남자의 얼굴이 드러났다. 고영
우는 손이 발이 되도록 비는 척하며 재빠르게 남자의 얼굴을 살펴
보았다. 부리부리한 두 눈에 코는 납작하고, 이마 왼쪽에 큰 흉터
가 하나 있었다. 어깨가 쩍 벌어진 다부진 몸에 힘깨나 쓰는 남자
같았다.

"나 원 참. 재수가 없을라니까 별꼴을 다 당하네."

"죄송합니다. 정말 죄송합니다."

고영우는 남자의 손을 잡아 일으켜 세우면서 그 짧은 순간에
목덜미를 확인했다.

'용 문신!'

목덜미에 용 문신을 한 자. 하슬라의 용 조직원이 분명하다.

"빌어먹을 쌍!"

남자는 고영우에게 쌍욕을 퍼붓고는 잽싸게 골목을 빠져나갔
다. 고영우도 조심스럽게 그 뒤를 쫓아갔다. 남자는 금성의 골목길
을 훤히 꿰뚫고 있는 것처럼 이 골목에서 저 골목으로 번갈아 오
가다가, 어느 한 골목을 따라 깊숙이 들어갔다.

'어디로 간 거지?'

그런데 분명히 그 골목으로 들어가는 걸 보고 따라갔지만 남자
는 종적을 감추었다. 미행을 눈치채고 숨어버린 걸까. 고영우는 숨
을 헐떡이며 이 골목 저 골목을 뒤지고 다니며 살폈다. 그러나 남
자는 이미 꼬리를 감추고 사라진 후였다.

"홍길수 낭도의 말대로 놈들이 금성으로 무대를 옮긴 건가?"

고영우는 비록 놈을 놓치긴 했지만, 성과가 없는 것은 아니었
다. 하슬라의 용 조직원들이 금성에서 활동하는 현장을 보았으니
금성으로 건너온 용의 꼬리를 확인하는 것이다.

"도대체 어디로 간 거야."

그 시각 연화는 정신없이 고영우를 찾아다니고 있었다. 영문도
모른 채 발을 동동 구르며 고영우를 찾느라 손수건을 떨어뜨린 줄
도 몰랐다.

"이건 잉어 문양인데…."

그때 가죽신 가게 앞에서 손수건을 주운 사람은 무월랑이었다.

"연화 낭자가 만든 손수건이 왜 여기에 떨어져 있지?"

무월랑은 연화가 잉어 문양을 수놓아 만든 손수건을 한눈에 알
아보았다.

"잉어 문양은 내 표식이에요."

명주를 떠날 때 연화가 잉어 문양을 수놓은 비단을 두른 털목도리를 주면서 한 말이었다. 무월랑은 그 말을 또렷이 기억했다.

"그럼 연화 낭자가 여기에 온 건가?"

무월랑은 두리번거리며 주변을 살펴보기 시작했다. 그러다 서역 상품 골목으로 들어가는 연화를 발견하고 단숨에 달려갔다.

"낭자! 연화 낭자!"

연화는 그 소리에 자신의 귀를 의심했다. 설마 그럴 리야 없겠지, 하고 돌아보았다. 그런데 환청이 아니다.

"무월랑!"

숨을 헐떡이며 달려온 무월랑이 연화의 손을 덥석 잡았다.

"여기에 웬일이오. 낭자."

연화는 목이 메어 말이 나오지 않았다.

"내 얼마나 낭자가 보고 싶었는데… 여기서 이렇게 만나다니… 꿈만 같소."

무월랑의 수척한 모습에 연화는 자신도 모르게 울컥했다.

"편지가 끊겨서 걱정했어요. 무월랑께 무슨 일이 생겼는지 알 수가 없어서."

겨우 마음을 진정시킨 연화는 궁금하게 여겼던 편지 얘기부터 꺼냈다. 그런데 무월랑은 되려 의아하다는 표정이었다.

"그럴 리가요. 내가 얼마나 낭자의 답장을 기다렸는데요. 편지를 보내도 계속 답장이 없어서 그간 애만 태우고 있었습니다. 당장 명주로 달려가서 확인하고 싶은 마음은 굴뚝같았으나 그럴 형편이 안 됐어요."

무월랑의 말이 믿기지 않아 연화는 자신의 귀를 의심했다.

"편지를 계속 보냈다고요?"

"그렇소. 낭자는 왜 답장을 안 한 거요? 무슨 일이 있었던 거요?"

무월랑은 연화가 편지를 안 보낸 것으로 오해하고 있었다.

"작년 봄에 무월랑이 보낸 편지가 마지막이었습니다. 그 뒤로 편지가 끊겨서 무월랑 마음이 변한 건가?, 아니면 무슨 사고라도 난 건가?, 별의별 생각을 다 하며 걱정을 했으니까요."

"그럼 내가 보낸 편지는 어디로 사라진 거죠?"

"편지가 사라졌다…?"

별안간 무월랑의 낯빛이 바뀌었다. 언뜻 짚이는 데가 있었다.

이태 전 겨울이었다. 금성으로 복귀한 무월랑이 연화와 혼인하겠다고 폭탄선언을 하자 집안이 발칵 뒤집혔다.

"아버지, 연화 낭자와 혼인하겠습니다. 허락해주세요."

"명주 처자랑 혼인이라니… 내 어처구니가 없어 말문이 다 막힌다. 어디 그게 가당키나 한 말이냐."

무월랑의 아버지는 노발대발하며 역정을 냈다.

"제 생각은 변함이 없습니다."

"유정아, 요즘 우리 가문 상황을 몰라서 그러느냐. 우리를 못 잡아먹어 안달 난 귀족들이 호시탐탐 기회를 노리고 있다는 거 정녕 몰라? 작은 실수 하나만 해도 벼랑 끝으로 밀어낼 준비를 하고 있는 자들이야."

"그자들이 그런 것이야 어제오늘 있었던 일이 아니질 않습니까. 연화 낭자와 혼인하는 것을 허락해주십시오, 제발."

무월랑은 아버지의 반대에도 막무가내로 맞섰다.

"그 혼인은 절대 안 된다. 내 눈에 흙이 들어가기 전에는. 우리 집안이 어떤 가문이냐. 태종무열왕의 자손이면 왕족답게 굴어야지. 왕께서 왜 나에게 힘을 실어주려고 하시는 줄 아느냐?"

"물론 잘 압니다. 귀족들 등쌀에서 벗어나 왕권을 강화하기 위해서지요. 아버님이 힘이 되어주실 것을 잘 아시니까."

"그렇게 잘 아는 놈이 어찌 한낱 지방호족에 불과한 집안의 딸과 혼인을 하겠다고 설치는 거냐. 엄연한 국법이 있는데 기어이 어기겠다는 것이냐."

부모님의 반대는 극심했다. 그 일이 있는 직후 무월랑의 어머니는 금성에서 이름만 말해도 다들 하는 귀족 집안의 딸과 무월랑의 혼인을 서둘렀다.

"저는 연모하는 사람이 따로 있습니다."

그때마다 무월랑은 혼인할 처자가 있다고 밝히며 부모님을 곤란하게 만들었다.

"무월랑이 명주 처자랑 혼인하겠다고 한다며?"

"어디 그게 가능하겠어. 곧 김지문의 딸과 혼인한다는 말이 파다하던데."

금성의 거간꾼들 사이에도 무월랑에 대한 소문이 파다하게 퍼졌다.

무월랑이 끝내 뜻을 꺾지 않자 그의 아버지는 더 강경하게 나갔다. 화랑단의 수련을 명목으로 무월랑을 계속 지방으로 뺑뺑이를 돌렸다.

"그 편지는 뭔가?"

그러던 어느 날, 무월랑의 어머니가 편지를 가지고 나가는 집사를 불러 세웠다.

"무월랑께서 명주로 보내는 편지입니다."

"그거 이리 주게."

"예, 마님."

집사는 마님의 명을 어길 수 없는 처지였다. 무월랑이 편지를 꼭 명주로 보내야 한다고 신신당부를 하고 떠났지만, 편지를 마님에게 넘길 수밖에 없었다.

"공 집사. 앞으로 무월랑이 보내는 편지든, 무월랑에게 오는 편지든 할 것 없이 모두 나에게 가져와야 하네. 무슨 말인지 알겠나?"

"그럼요, 마님 본부대로 하겠습니다."

그동안 무월랑의 어머니가 집사를 시켜 비밀리에 편지를 빼돌린 것이었다.

무월랑은 짐작한 바가 있어 연화에게 사과했다.

"낭자, 미안하오. 아마도 우리 집에서 누군가 편지를 가로챈 것 같소."

"그래도 다행입니다. 오늘 무월랑의 마음을 알게 되었으니."

연화는 안도의 숨을 내쉬었다.

"낭자, 지금 내가 최선을 다해 노력 중이오. 이번 일만 잘 해결하고 나면 좋은 소식 가지고 명주로 달려가겠소."

"집안에 무슨 일이 있습니까?"

"이번에 우리 집안에서 나랏일을 맡은 게 있어요. 내가 그 일만 무사히 잘 해내고 나면 부모님께 허락을 받아낼 수 있을 것이오. 그러니 조금만 더 날 믿고 기다려줄 수 있겠소?"

무월랑이 연화를 연모하는 마음은 변함이 없었다. 오히려 더 강해졌다. 그 진심이 연화에게 가 닿은 걸까. 그리움에 사무쳐 야속하기만 했던 연화의 마음이 화창한 봄날 눈 녹듯이 사라졌다.

"정말 대단하오, 연화 낭자!"

무월랑은 연화의 모전 공방 얘기를 듣고 진심으로 기뻐했다.

"모전 거래 때문에 금성에 자주 올 것 같아요."

"그럼 우리 이렇게 합시다. 낭자가 금성에 오거나 연락할 일이 생기면 수로 부인 저택으로 편지를 보내주세요. 내 수로 부인께 따로 얘기해 놓을 테니까."

"예. 수로 부인이시면 우리 사정 잘 알아주실 것 같아요."

그날 밤 연화와 무월랑은 황룡사 대로를 몇 번이나 오가며 정담을 나누었다. 둘은 걷고 또 걸었다. 둘의 머리 위로 반짝이는 별빛이 따라갔다.

"휴우, 다행이다."

황룡사 어귀에서 연화를 기다리던 고영우가 그 모습을 지켜보았다. 시장에서 하슬라의 용 조직원을 쫓아가느라 그만 연화를 놓치고 말았다. 다시 시장으로 돌아가서 연화를 찾았지만, 어디에도 없었다. 걱정이 태산이었다. 시장 문이 닫히고 사람들의 발길이 끊기고 난 뒤에야 숙소로 돌아왔다. 그래도 가만히 있을 수가 없어 황룡사 어귀에서 연화를 초조하게 기다리고 있었던 것이다.

"이제 걱정 안 해도 되겠어."

고영우는 두 사람을 방해하고 싶지 않았다. 연화에 대한 걱정을 내려놓고 몰래 숙소로 돌아갔다.

용의 꼬리

어스름한 새벽의 쨍한 기운, 지저귀는 새소리, 살랑거리는 바람 소리…. 금성에서의 마지막 날 연화는 눈에 보이는 모든 것이 눈부셨다. 마치 신비한 이야기 속에 들어온 것처럼 몽환적인 아침이었다.

이른 새벽 황룡사 법고 소리에 깨어났지만 피곤한 줄 몰랐다. 실로 오랜만에 맛보는 상쾌한 아침이었다. 연화는 어젯밤 무월랑과 함께 걸었던 그 길을 따라 이른 아침 산보를 나섰다. 황룡사 대로를 따라가면 알천으로 이어진다. 알천 아래에는 동쪽으로 토함산, 남쪽의 남산과 금오산, 서쪽의 선도산으로 둘러싸인 드넓은 들판이 자리 잡고 있다. 그 자리에 서자 여명이 트는 새벽 햇살 속에 멀고 가까운 산들이 각기 다른 농도로 어깨를 맞대고 넘실거린다. 눈이 부시게 아름다웠다. 모든 것이 완벽했다.

다시 주택가로 접어들었을 때였다.

"무슨 일이 있나?"

주택가 입구의 우물가에 이른 아침부터 사람들이 모여 쑥덕대고 있었다. 연화는 호기심이 생겨 우물가로 다가갔다.

"귀족들의 움직임이 심상치 않다고 하잖아."

"어떤 귀족이 그렇다는 거야?"

"김경상 쪽 귀족들이 아니면 누구겠어?"

"근데 왜?"

"왜긴 그걸 몰라서 물어. 지금 우리 금성 사람들이 누리는 풍족한 것들은 어디서 온 거지? 누구 덕에 우리가 이렇게 잘 살고 있는 거지?"

눈여겨보니 사람들 가운데 앉은 남자가 이야기를 주도하고 있었다. 말솜씨가 전문 이야기꾼에 버금갔다. 한눈에 봐도 평범한 보통 사람 같지는 않았다.

"태종무열왕께서 통일의 기반을 다지신 건 다들 잘 알 거야. 그 아드님이신 문무왕께서 삼국을 통일하신 덕분에 지금 우리가 이렇게 풍족하게 살게 된 거지. 어디 그뿐인가."

"그걸 누가 모른대. 우리도 그 정도는 알지."

"그렇지. 다들 잘 알지. 중요한 건 그다음이야."

"그다음?"

"그동안 우리 신라에서 가장 큰 문제가 뭔 줄 알아?"

남자는 사람들을 쥐락펴락하며 자신이 원하는 방향으로 이야기를 끌고 갔다.

"녹읍이야. 녹읍."

"맞아. 그건 그렇지."

"녹읍이 뭐야. 나라에서 관리들에게 직무의 대가로 일정 지역의 땅을 지급하는 거야. 근데 이게 왜 문제냐. 잘 들어 봐. 그 지역에서 세금을 거둬들일 수 있는 권리뿐만 아니라 그 토지에 딸린 노동력과 공물까지 모두 싹 다 가질 수 있는 특권을 준 거잖아. 특권."

"그거 때문에 귀족 관리들만 계속 부자가 되는 거 아니야."

"올커니. 진 씨가 잘 아네. 그놈의 녹읍 때문에 귀족 관리들이 신라 땅을 다 차지하게 생겼네. 그래서 문무왕의 아드님인 신문왕께서 그걸 폐지했잖아. 전격적으로. 그래서 귀족들이 난리가 났어.

근데 그때까진 대놓고 반발하기는 쉽지 않았어."

"녹읍을 폐지한 건 우리에겐 좋은 거잖아."

"맞아. 대신 귀족 관리들에겐 관료전을 지급하게 했어. 관료전
은 토지에 대한 조세만 거둬가고 그에 딸린 사람들은 지배할 권리
를 없애고, 관직에서 물러나면 관료전을 반납하도록 한 거야."

"그래서 귀족들이 반발한 거군."

"귀족들의 힘은 어디서 나와? 다 재산에서 나오는 거잖아. 그
럼 그 재산은 어디서 나와? 그게 다 녹읍에서 나온 거 아니겠어.
관직에서 물러나도 그 녹읍을 자손대대로 물려줄 수 있었으니까.
근데 관료전 시행으로 그럴 수 없게 된 거야."

"진작 그랬어야지. 그 얘기 들으니까 내 속이 다 후련하네."

"그리고 한 가지 더 있어. 신문왕의 둘째 아드님이신 지금의 우
리 왕께서 얼마 전에 백성들에게 정전을 지급한다고 선포하셨단
말일세. 그러니 귀족들이 딴마음을 품고 무슨 짓을 할지 모른다는
거야. 어디 가진 것들을 내놓을 자들이야, 귀족이란 작자들이."

남자의 얘기를 묵묵히 듣고 있던 한 노인이 입을 열었다.

"그래서 지금 그자들이 새로운 다른 돈주머니를 찾느라고 혈안
이 되어 설치고 다니는 거구면."

남자는 거기에서 한마디를 덧붙였다.

"그자들이 누구냐?"

남자는 사람들의 궁금증을 자극했다.

"누군데?"

"태종무열왕계가 아닌 귀족들이 물 밑에서 싹 다 똘똘 뭉쳐서
새로운 돈줄을 찾고 있다는 소문이 그래서 파다하게 퍼진 거지."

남자는 자신의 의도대로 사람들이 웅성거리며 분노하자 흡족한 듯 입꼬리가 살짝 올라갔다.

'왜 이런 데서….'

연화는 이상하다고 생각했다. 이른 아침 우물가에 모여서 쑥덕거릴 이야기가 아니었다. 나랏일에 관한 걸 저렇게 퍼뜨리는 저 남자는 누굴까. 연화는 몹시 궁금했다. 그러나 명주로 떠나야 할 시간이 다가와 그 자리를 떠났다.

따가닥 따가닥! 동해 바다의 절경을 따라 선물 같은 멋진 풍경이 펼쳐진다. 작은 포구마을을 부드럽게 둘러싸고 일어선 능선과 솜털처럼 출렁이는 너울이 인상적이다. 포구에는 여러 척의 크고 작은 배들이 드나들고 있어 활기가 넘쳐흘렀다.

"고 사부, 올 때는 이렇게 아름다운 풍경이 안 보였는데… 신기하게도 지금은 그때 못 본 것들이 다 보이네."

연화는 고영우와 나란히 마차를 타고 아름다운 동해안 풍경 속으로 달려갔다. 다른 마차 두 대는 자초랑 댁에 모전을 모두 넘기고 곧장 명주로 떠난 뒤라 둘이서 오붓하게 여행하는 기분이었다. 명주로 돌아가는 길은 금성으로 올 때와는 완전히 다른 길처럼 느껴졌다.

"소나기가 올 것 같은데요. 서둘러야겠습니다. 이럇!"

갑자기 먹구름이 몰려오는 것을 본 고영우는 마차를 전속력으로 몰았다. 하지만 순식간에 폭우가 쏟아지기 시작했다. 붉은 흙탕물이 세차게 길을 휩쓸고 지나갔다. 꽈광꽝! 요란한 천둥소리에 말이 놀라 앞발을 치켜들고 버둥거리는 바람에 마차에 타고 있던 연화도 얼마나 식겁했는지 모른다.

"이대로 가다가 산사태라도 만나면 큰일입니다."

고영우는 폭우에 흠뻑 젖어 앞이 잘 보이지 않았다. 기상 악화로 더는 마차를 몰고 갈 수 없는 상황이었다.

"그럼 어떻게 하려고, 고 사부?"

연화도 갑작스런 물벼락에 오들오들 떨고 있었다.

"마차를 여기 세워두고 비가 그치기를 기다리도록 하죠."

고영우는 마차를 세운 뒤 연화가 안전하게 내릴 수 있도록 손을 잡아 주었다.

"고 사부, 저기! 저기!"

막 마차에서 내린 연화가 바위산 쪽을 가리키며 소리쳤다.

"저 바위요?"

"응. 저 밑으로 가서 비를 피하면 될 것 같은데."

마치 기와지붕처럼 커다란 바위 두 개가 엇비슷하게 맞대고 있어 그 아래로 들어가서 비를 피할 수 있을 것 같았다. 비가 그칠 때까지 잠시 머물러 있기에 안성맞춤이었다.

"쉿!"

고영우가 뭔가를 발견했는지, 검지를 입에 댔다. 조심스럽게 다가가서 보니 바위 안쪽에 또 다른 바위가 비스듬히 누워 있었고, 그 뒤로 큰 동굴로 이어지는 통로가 드러났다. 또르르! 연화가 발을 헛디디는 바람에 돌맹이 하나가 떨어졌다. 순간 휙! 누군가의 손이 연화의 입을 틀어막았다. 그 바람에 너무 놀란 연화는 바닥에 주저앉았다.

"당신 누구야?"

날쌘 고영우가 재빠르게 그자를 제압했다.

"어, 어… 자네가 여기 웬일인가?"

그자는 연화가 잘 아는 명주 사람이었다. 몇 해 전 큰 흉년이 들었을 때 먹을 것을 찾아 떠도는 행렬이 끝이 없었다. 그때 연화의 아버지 박진우가 곳간을 풀어 굶어 죽어가는 사람들을 구제한 일이 있었다. 연화는 그때 본 얼굴을 또렷하게 기억했다. 키가 크고 맑은 눈빛을 가진 명석한 자로 오른쪽 눈 옆에 작은 점이 있었다. 그러고 보니 수로 부인 납치사건이 일어났을 때 아이들에게 노래를 가르쳐 준 남자의 인상착의와 정확히 일치했다. 연화가 기억하는 그자의 이름은 삼수였다.

"쉿!"

삼수는 말없이 목례를 한 뒤 두 사람을 통로 옆 틈새로 밀어 넣었다. 그리고는 조용히 엎드려 있으라고 수신호를 보냈다. 또 다른 인기척에 연화와 고영우는 영문도 모른 채 좁은 틈새에 엎드려 있을 수밖에 없었다.

"어디 가나?"

누군가 동굴 밖으로 나오자 입구에서 망을 보던 삼수가 물었다.

"오줌 싸려고."

"그나저나 자네 밥은 먹었나. 고생이 많네, 망보느라고."

남자 둘이 삼수에게 하는 말이었다.

"고생은 무슨 고생. 다들 하는 건데. 어서 나가 봐."

그런데 남자 둘이 동굴 밖으로 나가며 하는 말이 심상치 않았다.

"두목이 왜 모두 부른 거야?"

"이번 큰 건수가 있어서 다 부른 거래."

돌아가는 낌새가 이상하다고 생각한 고영우는 고개를 내밀고 남자들의 동태를 엿보았다. 세상에, 그놈이었다. 목덜미에 용 문신을 한 자. 금성의 동 시장에서 뒤쫓아 가다 놓친 바로 그놈이었다. 그렇다면… 이 동굴이 하슬라의 용의 은신처라는 것인데…, 고영우는 머리가 복잡했다. 그동안 명주에서 기를 쓰고 그자들을 추적했으나 종적이 묘연해 그 꼬리조차 찾지 못했다. 그런데, 그런데… 폭우 때문에 우연히 찾아 들어간 바위틈에서 놈들의 은신처를 본 것이다.

"이제 며칠 안 남았으니까 철저하게 준비해야 해."

"예! 명심하겠습니다."

동굴 안쪽에선 무슨 일인지 분주하게 돌아갔다. 창과 칼, 활과 화살 등 무기를 점검하는 소리가 연이어 들려왔다. 고영우는 연화에게 수신호를 한 뒤 포복으로 기어 나와 그 옆의 또 다른 틈새로 들어갔다. 그곳에선 동굴에서 나누는 얘기가 좀 더 또렷하게 들렸다. 분위기로 엿보아 무슨 회의를 하는 것 같았다.

"우리가 신라 최고의 조직이 될 수 있는 기회야. 그러니까 빈틈없이 준비해야 한다."

"그런데 두목, 그 집사를 그렇게 믿어도 되는 겁니까?"

"무슨 소리야. 그 집사는 그냥 집사가 아니라고 몇 번을 말해. 귀족 김경상의 수족이야. 그게 무슨 뜻이냐? 김경상이 집사를 통해 우리와 손을 잡고 정보를 준다고 보면 돼. 이번 일은 반드시 성공해야 그분이 앞으로 더 많은 일을 우리에게 맡기게 될 테니까."

고영우는 귀를 쫑긋 세우고 그들의 얘기에 집중했다. 뭔가 큰 음모를 꾸미고 있는 것이 분명했다.

"왜국에 보내는 교역품을 실은 배가 바다 한가운데 이르렀을 때 내가 신호를 보낼 거야. 그럼 그때 그 배를 일시에 덮치도록 한다."

"우리가 출항할 시간은 어떻게 잡으면 됩니까?"

"나흘 후에 교역품을 싣고 출항하니까 우린 그날 새벽에 먼저 배를 띄우도록 한다. 우리 애들 차질 없이 준비하도록 점검 철저히 해야 한다."

"예. 두목."

놈들은 왜국으로 가는 교역품 선박을 탈취할 계획을 세우고 실행할 준비를 하고 있었다.

고영우는 그 짧은 순간에 불상사를 막을 궁리에 바빴다. 문제는 동굴 틈새에 숨어서 지체할 시간이 더는 없다는 것이었다. 한시라도 빨리 이 사실을 알려야 교역품 선박이 탈취당하는 불상사를 막을 수 있을 테니까. 촌각을 다투는 큰일이었다. 고영우는 남자 둘이 볼일을 보고 한참 수다를 떨다가 동굴 안으로 들어가자 기회를 포착했다. 재빠르게 동굴 밖으로 기어 나온 뒤 연화에게 수신호를 보냈다. 연화가 무사히 동굴 밖으로 나오자 고영우는 입구에서 망을 보고 있던 삼수에게 귓속말을 했다.

"자네는 계속 이자들과 함께 있게. 그래야 계획대로 진행할 테니까. 나는 연화 아가씨와 함께 금성으로 가서 대비를 하겠네."

고영우는 폭우를 뚫고 금성으로 마차를 몰았다.

"무월랑의 집으로 가요, 고 사부!"

마차가 금성으로 들어서자 연화가 말했다. 무월랑이 한 말이 떠올라 짚이는 데가 있었기 때문이었다.

"큰 나랏일을 맡았는데 그 일을 잘 마무리하고 나면 혼인 허락을 받을 수 있을 것이오."

폭우가 쏟아지는 늦은 밤, 저택의 문을 두드리는 사람은 흔치 않았다. 마차에서 내린 고영우가 저택의 문을 두드리자 문지기가 놀라서 뛰어나왔다.

"이 편지를 무월랑께 전하세요. 지금 당장. 자면 깨워서라도 바로 전해야 합니다."

잉어 무늬 수를 놓은 연화의 손수건에 감싼 편지를 문지기에게 전하며 고영우는 긴급한 일이라고 거듭 강조했다.

"예. 예."

자다 깨 나온 문지기는 얼떨떨해하며 편지를 받아들었다. 그래도 긴급한 일이라는 말에 무월랑을 깨워 편지를 전한 모양이었다. 잠시 뒤 대문이 열리고 무월랑이 뛰어나왔다.

"폭우에 웬일입니까? 잠시 안으로 들어오세요."

무월랑은 연화와 고영우를 자신의 방으로 데려갔다. 그에 앞서 문지기에게는 아무에게도 이 사실을 알리면 안 되는 일이라고 단단히 일러두었다.

"잘 맞을지 모르겠는데 이 옷으로 갈아입으시죠."

무월랑이 수건과 갈아입을 옷을 챙겨왔다. 연화가 옷을 갈아입을 동안 무월랑과 고영우는 밖으로 나가 있었다.

"이제 들어오세요."

방으로 들어온 고영우는 이미 깨끗한 옷을 입고 있었다.

"혹시 이번에 무월랑 가문에서 맡은 나랏일이 왜국으로 가는 교역품 선박입니까?"

연화가 먼저 물었다.

"그렇소, 낭자."

"그럼 우리가 제대로 찾아온 것 같아요, 고 사부. 고 사부가 무월랑께 말씀드리세요."

"아가씨와 명주로 가던 길에 폭우를 만나 우연히 하슬라의 용 은신처로 들어가게 되었어요….."

고영우는 무월랑에게 놈들의 교역품 선박 탈취 계획을 전했다. 보고 들은 것들을 하나도 빼놓지 않고 모두 말했다.

"이 폭우에 정말 고생 많았소. 이제부터는 내가 알아서 조처할 테니 고 군관은 연화 낭자를 안전하게 명주로 모셔다드리세요."

"예, 무월랑."

고영우의 대답은 짧았다.

"무월랑, 놈들을 소탕하고 나면 명주에도 알려주세요. 걱정을 안 할 수가 없으니까."

"꼭 그렇게 하겠습니다, 낭자. 이번 기회에 놈들의 뿌리를 완전히 뽑아야겠습니다. 두 번 다시 이런 일이 일어나지 않도록 하겠습니다."

새벽이 되자 폭우가 그쳤다. 연화는 저택의 사람들이 깨어나기 전에 무월랑의 집을 빠져나왔다.

"이랏!"

고영우가 말고삐를 부여잡고 마차를 몰았다. 무월랑은 마차가 길에서 완전히 사라질 때까지 손을 흔들며 두 사람을 배웅했다.

하슬라의 용 소탕 작전은 은밀하게 진행됐다. 놈들이 금성의 고위층과 선이 닿아 있는 것으로 보았기 때문이다. 그렇지 않으면 교역품 선박의 출항 날짜와 시간까지 정확히 알 수 없는 일이었다.

"이번 작전의 생명은 보안에 달려 있습니다. 귀족들의 귀에 들어가지 않도록 철저한 보안을 유지해야 합니다."

"귀족 김경상의 주변을 살피는 일도 같이 병행하도록 하겠습니다. 무월랑."

홍길수 낭도가 무월랑의 손발이 되어 움직였다.

그날이 왔다. 이른 새벽부터 항구는 사람들로 북적댔다. 왜국으로 가는 교역품을 실은 선박이 마침내 돛을 올리고 항구를 빠져나갔다. 아무 일도 없었던 것처럼.

동해 바다로 나아가자 갈매기도 보이지 않는 망망대해가 펼쳐졌다. 고기 잡는 배들이 점점이 보일 뿐이었다.

"습격하라!"

신라에서 왜국으로 가는 바닷길 한가운데에서 해적들이 나타났다. 바다에서 기다리고 있던 해적의 배는 교역품 선박에 갈고리를 던져 끌어당기기 시작했다. 그리고는 줄사다리를 던져 한꺼번에 우르르 교역품 선박으로 넘어오기 시작했다.

"붉은 깃발을 올려라!"

무월랑의 지시가 떨어지자 붉은 깃발이 나부꼈다. 바닥에 엎드려 신호를 기다리고 있던 군사들이 칼과 창을 들고 일제히 해적들을 공격했다.

"불화살을 쏴라!"

그 사이 홍길수 낭도가 군사들을 이끌고 해적의 배에 불화살을 쏘아댔다. 삽시간에 해적의 배에 큰 불길이 타올랐다. 교역품 선박

으로 넘어와 싸우던 해적들이 불길을 보고 당황해 우왕좌왕 어쩔
줄을 몰라 했다.

그 와중에 교역품 상자를 챙기는 놈들이 있었지만 모두 빈 상
자였다.

"놈들을 모두 포박하라!"

무월랑의 해적 소탕 작전은 싸움을 시작한 지 한 식경 만에 끝
났다. 작전은 성공이었다.

"교역품 선박 정보를 준 자가 누구냐?"

금성으로 복귀한 무월랑은 직접 놈들을 문초했다. 그 결과 한
사람의 이름이 놈들의 입에서 나왔다.

"김덕수. 김덕수가 우리에게 정보를 넘겨주었습니다."

김덕수. 그 이름을 모르는 금성 사람이 없을 정도로 유명한 인
사였다. 귀족 김경상의 수족 노릇을 하는 그 유명한 김덕수 집사
였다.

"당장 김덕수를 추포하라!"

그러나 군사들이 김덕수 집을 덮쳤을 땐 이미 한발 늦었다. 다
음 날 김덕수는 알천 북쪽에서 시체로 발견되었다. 해적들에게 정
보를 판 죄를 죽음으로 갚는다는 유서와 함께.

"이거, 이거… 뭔가 찜찜합니다. 꼬리를 자른 냄새가 나요, 아
주 심한 구린내가 진동하는데…"

홍길수 낭도가 얼굴을 찌푸리며 말했다. 무월랑은 그의 말에
전적으로 동의했다.

"그러게. 하슬라의 용 꼬리는 잡긴 잡았는데, 머리가 그 몸통까

지 잘라버렸으니 머리로 이어지는 연결고리가 사라져버렸어. 머리를 잡기 더 힘들어졌는데… 이거 나 원 참."

무월랑은 혀를 끌끌 찼다. 누가 봐도 해적 집단 하슬라의 용을 움직여 이번 일을 꾸민 머리는 귀족 김경상이었다. 그러나 그의 집사가 모든 책임을 지고 죽는 바람에 더는 김경상을 추궁할 수 없게 된 것이다. 무월랑은 큰일을 해결하고도 그 때문에 시름이 깊었다.

"어떻게 금성의 내놓으라 하는 귀족이 저잣거리의 무뢰배보다 못한 짓을 하는 건지…."

워낙 어처구니가 없는 일을 당하고 보니 무월랑은 기가 막혀 헛웃음이 나왔다.

삼국을 통일하고 하나가 되면서 금성의 귀족들은 그 어느 때보다 부귀영화를 누리고 있었다. 귀족들은 경치 좋은 곳에 별장을 짓고 계절 따라 옮겨 다니며 호사를 누렸다. 그러나 태평성대는 겉보기에 불과했다. 귀족들이 호화로운 생활을 하는 동안 백성들은 갈수록 삶이 피폐해졌다. 그런데도 귀족들은 녹읍제도가 폐지되자 그들의 특권을 빼앗기지 않으려고 똘똘 뭉쳐 나라의 밑동을 흔들었다. 급기야 해적과 손을 잡고 나라의 교역품까지 탈취하는 만행을 저지르는 지경에 이른 것이다.

"반드시 머리를 잡아야 해. 반드시!"

무월랑은 자신에게 주문을 걸기라도 하는 것처럼 같은 말을 되뇌었다.

벽을 넘어서

해와 달이 바뀌는 시간, 해 질 무렵의 노을이 쏟아져 남대천이 붉게 물들었다. 아침부터 커다란 나무우듬지에서 까치가 울어대더니 반가운 소식이 날아들었다.

"잘 다녀와."

연화는 공방에서 뛰어나왔다. 금이도 허둥지둥 뒤따라 나왔다.

"금이 언니, 말을 타고 갈 거예요. 돌계단 입구까지."

"알았어."

연화는 능숙하게 말안장에 올라앉았다.

"내 손을 잡고 뒤에 타면 돼요."

연화가 내민 손을 잡고 말 위에 오른 금이는 연화의 등에 바짝 붙어 허리를 꽉 껴안았다.

"출발해요. 이랴! 이랴!"

연화는 말을 힘차게 몰았다. 더 이상 말을 타고 갈 수 없는 곳까지 쉼 없이 달렸다. 용연사로 가는 돌계단이 나타나자 말에서 내린 뒤 다시 숨을 헐떡이며 뛰어 올라갔다. 어둠이 짙게 내려앉아 연화도 금이도 마음이 급했다.

"언니!"

"누이!"

횃불이 환하게 밝히는 용연사 대웅전 앞마당에서 눈물겨운 상봉이 이루어졌다. 그동안 금이가 애타게 찾았던 동생들을 사 년 만에 만난 것이다.

"이게 다 스님 덕분입니다."

금이의 사정을 알게 된 설운 스님이 신라 땅에 있는 사찰마다
금이의 동생들을 찾는 통발을 돌렸었다. 그걸 본 옥천의 한 스님
이 금이의 동생들을 알아보고 용연사로 데리고 온 것이었다.

"언니, 어디 갔었어? 얼마나 찾아다녔는데…."

동생 옥이와 동이는 금이를 부둥켜안고 대성통곡했다.

"집에서 기다려야지…, 왜 집을 나간 거야? 왜?…."

금이도 목이 메 더는 말을 잇지 못했다.

"배가 고파서… 여기저기 동냥 다니다가 그만…."

금이가 납치된 뒤 어린 두 동생은 배고픔을 견디다 못해 거리
를 떠돌았다. 구걸로 연명하다 보니 어느새 옥천까지 가게 되었다.
다행히 그곳 스님의 눈에 띄어 가족 상봉을 하게 된 것이다.

"스님. 이 은혜를 어찌 갚아야 할까요."

금이는 두 손을 모아 합장하고 머리를 깊이 숙였다.

"이게 다 보살님의 간절한 마음입니다. 용연사에 머무실 때 새
벽부터 탑돌이를 하셨다고 들었습니다. 그 마음이 동생들을 찾은
거예요."

지켜보던 연화도 눈물이 핑 돌았다. 살며시 일어나 밖으로 나
왔다. 대웅전 돌탑 앞에 다시 섰다. 모전 공방을 시작한 뒤로 도무
지 짬을 낼 수가 없어 실로 오랜만에 돌탑 앞에 선 것이었다.

"금이 언니는 동생들을 찾았고, 정주도 어머니를 찾았으니까…
나도…."

불현듯 지난날이 스쳐 지나갔다. 정주를 애태우던 어머니의 소
식을 들었을 때 모두 얼마나 울었는지 모른다. 안타깝게도 정주의

어머니는 납치된 딸을 찾아서 명주 땅을 헤매다 객사한 것으로 확인됐다. 그나마 인심 후한 사람들이 얼기설기 만들어 놓은 어머니의 돌무덤을 찾아서 가슴 아픈 상봉을 했다. 정주는 그날 서럽게, 서럽게 울며 같은 말을 반복했다.

"어머니 무덤을 찾았으니까 됐어요. 이젠 됐어요."

연화는 어느새 두 손을 모아 합장하고 탑돌이를 하고 있었다. 간절한 마음으로.

"무월랑이 하슬라의 용을 소탕하고 무사히 돌아올 수 있게 해주세요. 명주를 다시 찾아올 수 있게 해주세요."

오전 내내 맑던 하늘에서 별안간 천둥 번개가 치고 사나운 소낙비가 쏟아졌다. 비가 그치자 언제 그랬냐는 듯 쨍쨍한 해가 드러나더니 쌍무지개가 떴다.

"저기, 저기 좀 봐봐. 쌍무지개야."

"그러네, 무월랑의 저택 아니야? 쌍무지개 뜬 데가."

"경사가 있을 모양이네. 저택 위로 쌍무지개가 뜬 걸 보니."

쌍무지개가 뜨자 금성 사람들의 시선이 한 곳으로 모아졌다. 여기저기서 수군거렸다. 그들의 말처럼 때로는 집 안에서는 보이지 않는 것이 집 밖에선 더 잘 보일 때가 있었다.

"유정아, 네가 큰일을 했구나. 장하다, 내 아들."

무월랑이 해적을 소탕하고 돌아오자 그의 아버지는 집안의 경사라며 기뻐했다.

"아버지!"

무월랑은 간절히 기다려왔던 때를 놓치지 않았다.

"그래. 말해 보거라."

"청이 있습니다."

"무슨 청인지 어디 들어보자."

"연화 낭자와의 혼인을 허락해주십시오."

목소리를 나직이 깔자 무월랑의 굳은 결심이 묻어났다.

"또 그 소리냐?"

"하마터면 우리 가문이 큰 곤경에 처할 뻔했습니다. 해적들의 교역품 탈취 계획을 사전에 알아내지 못했더라면⋯ 무슨 일을 겪게 되었을지⋯ 생각만 해도 끔찍한 일입니다."

"그래서?"

"다행히 놈들의 계획을 사전에 입수해 우리가 한발 앞서 움직일 수 있었습니다. 다 연화 낭자 덕분입니다. 나라의 교역품을 탈취하려는 자들을 소탕한 것도, 우리 가문의 명예를 지킬 수 있었던 것도⋯ 아버지."

"뜬금없이 그게 무슨 소리냐?"

"아버진 모르셨겠지만, 해적들의 은신처를 알아낸 것도 연화 낭자였고, 놈들의 탈취계획을 엿듣고 저에게 알려준 것도 연화 낭자였습니다. 폭우를 뚫고 저에게 알려준 덕분에 큰 변을 막을 수 있었던 겁니다."

"지금 나에게 무슨 헛소리를 하는 것이냐? 대체 그 낭자가 어떻게 그걸 알았다고."

무월랑의 아버지는 그 말을 도무지 믿지 못했다.

"수로 부인 납치범들을 추적할 때도 낭자가 저를 도와 사건을 해결할 수 있었습니다. 그때 그자들이 이번에 일을 벌인 하슬라의 용이란 해적 집단의 일당들입니다."

무월랑은 차분하게 앉아 사건의 자초지종을 말씀드렸다.

"허허… 그런 일이 있었어."

찰나의 짧은 순간 무월랑은 아버지의 눈빛이 흔들리는 것을 보았다. 그러나 아버지는 쉽게 허락하지 않았다.

"나리! 왕궁에서 전갈이 왔습니다."

그때 왕궁에서 무월랑의 공을 치하하는 연회를 베푼다는 전갈이 왔다. 무월랑의 가족들 모두 왕궁으로 초대되었다.

"유정아, 네 덕분에 월지 구경을 다 하는구나. 정말 아름다운 연못이야."

연회장으로 가는 길에 무월랑의 어머니는 눈앞에 펼쳐진 풍경에 감탄했다. 왕이 초대한 연회장은 월지의 임해전이었다.

월지는 삼국통일 후 문무왕이 궁 안에 조성한 인공연못으로 연못 바깥의 동쪽과 북쪽에는 인공 산을 만들어 놓고 진귀한 새와 짐승을 길렀다. 남동쪽의 돌로 만든 입수구를 통해 물이 들어와 못 안에 있는 크고 작은 세 개의 섬을 돈 다음 동북쪽으로 빠지는 화려한 연못이었다.

임해전은 월지를 감상할 수 있는 최고의 자리에 세워진 궁궐 전각이다. '바다를 바라보는 궁전'이라는 뜻의 임해전이란 전각 이름도 그래서 붙여진 것이었다. 정교하게 설계된 임해전은 삼면에서 경치를 감상할 수 있지만, 어느 곳에서 바라보아도 연못 전체가 한눈에 들어오지 않았다. 마치 바다를 한눈에 담을 수 없는 것처럼.

왕이 월지의 임해전에서 베푸는 연회는 신라의 국격을 대변하는 큰 행사였다. 외국의 사절단이나 나라의 경사가 있을 때 연회를 열었고, 그런 특별한 곳에서 왕이 무월랑의 공을 치하하는 연회를 연 것이다.

"무월랑! 이번에 네 공이 실로 컸다. 해적의 무리로부터 교역품 탈취를 막아내 나라의 국격을 지켰고, 또한 그 무리를 모두 소탕해 백성들의 안전을 지켜냈다. 내 너에게 큰 관직을 내릴 것이다."

왕은 술잔을 돌린 뒤 무월랑을 치하했다. 그리고는 무월랑에게 넌지시 물었다.

"지금 이루고 싶은 소원이 있느냐? 내 너의 소원 하나를 들어줄 테니 말해보아라."

무월랑은 주저하지 않았다. 왕과 모든 귀족들이 지켜보는 그 자리에서 당당하게 말했다.

"명주 지역의 연화 낭자와 혼인을 하는 것이 저의 간절한 소망입니다."

"네 소원이 명주의 처자와 혼인하는 거라고? 너는 왕족이 아니더냐."

"물론 그러하옵니다. 허나 명주가 우리 신라에게 어떤 곳입니까. 명주는 우리 신라의 생명줄과 같은 곳입니다. 명주가 있어 북방을 지킬 수 있고, 또한 명주가 있어 북방으로 나아갈 수 있습니다. 그런 곳에서 그들이 신라 왕실을 든든히 지켜주고 있습니다. 그러니 지방 호족의 딸에 불과한 것이 아니라, 신라 왕실을 지켜주는 대단한 지역의 따님입니다."

"아직 할 말이 더 있는가?"

"예. 더구나 이번에 해적들을 소탕할 수 있었던 것도 연화 낭자의 공이 컸습니다. 그리고 무엇보다 저는 연화 낭자를 연모합니다. 부디 제 청을 들어주십시오. 연화 낭자와 혼인하는 것이 저의 소 망입니다."

무월랑의 진심 어린 호소에 왕이 말했다.

"무월랑이 저렇게 간절히 말하는데 내가 어찌해야 하겠소?"

무월랑의 아버지를 향한 말이었다. 연회에 참석한 모든 사람들 의 눈길이 무월랑의 아버지를 향했다.

"소신은 국법을 어기는 것이 저어되었는데 왕께서 그리 말씀하 시니 신도 이 혼인을 허락하겠나이다."

"허허허 큰 경사입니다. 축하하네, 무월랑."

"이 은혜 꼭 보답하겠습니다."

"꼭 그 말을 지키시오, 무월랑. 나라를 위해 큰일을 해 줘야 하 니까."

"예, 전하."

무월랑은 마침내 오랜 소망을 이루었다. 왕의 전폭적인 지원 아래 연회에 참석한 모든 이들이 무월랑의 혼인을 축하했다.

왕궁을 나온 무월랑은 하늘을 올려다보았다. 궁궐 한가운데 낮 달이 떠 있었다.

"연화 낭자도 저 낮달을 보고 있을까?"

"낮달이 떴네."

홍겨울이 용연사 공양간에서 나와 하늘을 보며 말했다.

"낮에 달을 보니까 신기한 일이네. 그치?"

금이와 정주, 연화까지 네 여자가 나란히 서서 하늘을 올려다 보았다.

"정주야, 저 낮달이 너의 어머니처럼 보인다. 내 눈에는."

깊은 생각에 잠겨있던 연화가 말했다.

"맞아. 그러고 보니 연화 말이 맞네."

홍겨울이 맞장구를 쳤다.

"고마워요, 언니들. 그리고 내 친구 박연화."

정주는 공방 식구들의 고마움에 눈시울이 붉어졌다. 어머니의 기일에 맞춰 울금정화 공방의 여자들은 용연사에서 정주와 함께 하루를 보냈다.

용연사 숲에서 날아온 까치가 나뭇가지에 내리 앉아 요란하게 울어댔다. 다음 날 아침에도 까치가 울어대는 바람에 울금정화 공방의 여자들은 이른 아침잠에서 깨어났다.

"반가운 손님이 오려나."

금이가 나뭇가지 위에 앉은 까치를 보며 말했다. 그러자 홍겨울이 한마디를 덧붙였다.

"연화야, 우리는 지금 공방으로 갈 테니까 너는 여기서 며칠 쉬었다 와."

"그러고는 싫지만, 공방 일이 바쁘잖아."

"아니. 공방은 네가 없어야 더 잘 돌아가니까 걱정 마세요."

"엄청 서운한데. 내가 없어도 공방이 잘 돌아간다고? 그럼 그렇게 해보쇼."

연화는 눈을 살짝 흘기며 농담을 했다. 잠시라도 쉴 틈을 주려는 홍겨울의 배려를 연화는 알고 있었다.

그날 아침 모두 공방으로 돌아갔다. 연화만 혼자 남았다.

"아, 참 좋다."

잘 늙은 절집은 푸근하다. 연화에게 용연사는 그런 곳이었다. 마음이 부대낄 때나, 기쁜 일이 있을 때나, 언제든 용연사 들머리에만 닿아도 마음이 놓였다. 그렇게 탑돌이를 하고 나면 얼음처럼 차가웠던 마음 한 조각이 녹아 따뜻한 온기가 돌았다.

연화는 두 손을 모으고 탑을 돌았다. 부드러운 저녁볕이 나무 사이를 가르며 대웅전 앞마당을 비추었다. 땡그랑 땡그랑! 저녁 공양 시간을 알리는 범종 소리가 탑돌이를 하는 연화의 머리 위로 은은하게 울려 퍼졌다.

"낭자!"

꿈결처럼 들려온 무월랑의 목소리였다. 그런데 뒤돌아보니 연화의 눈앞에 무월랑이 서 있었다.

"낭자, 내 한달음에 달려왔소. 여기 계시다고 해서."

무월랑을 보는 순간 연화는 눈물이 왈칵 쏟아졌다.

"오래 기다리게 해서 미안합니다. 낭자!"

무월랑은 대웅전 돌탑 앞에서 한쪽 무릎을 꿇고 반지를 내밀었다.

"어머니께서 연화 낭자를 위해 직접 주문해 만든 혼인 반지입니다. 우리의 혼인을 허락하셨습니다. 부모님께서. 그러니 이 반지를 받아주세요."

"정말입니까? 믿어지지가 않아요."

연화는 무월랑이 혼인 반지를 끼워주는 그 순간에도 꿈인지 생시인지 허공에 붕 떠 있는 것 같았다.

"생각해 보니 참 묘한 인연입니다. 보세요. 우리가 연화봉 부처 바위에서 돌탑을 쌓고 풀 반지를 끼워주었죠. 그리고 지금 용연사이 돌탑 앞에서 혼인 반지를 끼워주고 있지 않습니까."

"그러고 보면 우리를 이렇게 맺어준 건 다 돌탑인 것 같습니다. 무월랑."

"그렇지요. 골품의 벽을 넘어서게 해준 것도 다 이 돌탑인 것 같습니다. 낭자."

연화는 손가락을 들어 혼인 반지를 노을에 비춰보았다. 가락지가 노을빛을 받아 반짝반짝 황금빛으로 빛났다.

'고맙습니다. 무월랑을 돌아오게 해주셔서.'

연화는 두 손을 모아 합장하고 돌탑을 빙빙 돌았다. 무월랑도 연화를 따라서 탑돌이를 했다. 황금빛 노을이 골품의 벽을 넘어 둘의 어깨 위로 살며시 내려앉았다.

6

봉인

팽나무와 사철나무가 한겨울에도 푸르른 잎 그림자를 개운포 앞바다에 드리웠다. 금성으로 공급되는 소금은 모두 개운포를 거쳐 갔다. 개운포는 신라가 동해로 나아가는 출구였고, 서역의 상인들이 들어오는 바닷길의 입구였다. 꽃피는 춘삼월이 되자 신라의 국제무역항 개운포는 서역에서 들어오는 상인과 서역으로 떠나는 사람들로 북적였다. 먼바다를 건너온 아름다운 유리구슬 목걸이와 고운 색의 유리그릇 등 진귀한 물건들이 개운포에서 내려서 금성으로 들어갔다.

진귀한 물건이 들어오는 곳에는 돈이 모였다. 돈이 모이면 그 돈을 힘으로 하는 새로운 권력이 생겨났다. 개운포 일대의 신흥세력이 그 세력을 확장해가고 있던 곳에서 용연사 작은 스님이 김주원 공 납치사건의 핵심 증거를 손에 넣었다.

"용 문신을 한 자가 개운포에서 김용상의 집사를 만나는 걸 목격했습니다. 금성에서부터 뒤쫓았는데 그자들의 근거지가 개운포였어요. 거기서 김용상의 집사와 은밀한 거래를 하는 걸 보고 그자의 뒤를 다시 쫓았는데, 그자의 품에서 엉뚱한 것이 나왔습니다."

순간 방안의 모든 시선이 작은 스님에게 쏠렸다.

"뭐가 나왔습니까?"

궁금한 것을 참지 못하고 내가 먼저 물었다.

"편지 한 통이 나왔습니다. 김주원 공 납치를 지시하는 내용이 담긴 편지였어요."

"그런 걸 그자가 가지고 있었다고요?"

묵묵히 듣고 있던 연화 부인도 깜짝 놀란 눈으로 작은 스님을 바라보았다.

"두목이 사건 직후 없애라고 했는데 그자가 몰래 숨겨서 가지고 있었던 모양입니다. 나중에 큰돈이 될 것 같아서 그랬다고…."

"그건 우리에겐 참 다행한 일인데요. 근데 김용상은 누구입니까?"

분위기를 깨는 나의 난데없는 질문에도 작은 스님은 귀찮아하지 않고 친절하게 알려주었다.

"김용상은 교역품 탈취를 사주한 김경상의 동생입니다. 또 김경신의 측근이기도 하고요."

나는 연화 부인의 생을 추적하면서 한 가지 풀지 못한 의문이 있었는데 방금 작은 스님의 말을 듣는 순간 바로 그 수수께끼가 풀렸다.

"이제 알 것 같습니다, 스님. 김경상이 교역품 탈취 사건 이후로 세간의 이목 때문에 예전처럼 움직이기 힘들어졌잖아요. 그런데도 다시 하슬라의 용 잔당들이 움직이기 시작했거든요. 그럼 놈

들의 뒤를 봐주는 누군가가 또 있다는 건데, 그자들이 누군지 알
수가 없었거든요. 그런데 작은 스님의 말씀을 듣고 보니 앞뒤가
딱딱 맞아떨어지네요. 김경상이 하던 일이 동생 김용상에게 넘어
간 거였어요."

"이 편지가 그 증거인 셈이지요."

"그럼 김용상과 그 집사를 당장 잡아들여서 국문을 하면 되지
않습니까?"

그러나 그것은 나의 순진한 생각일 뿐이었다. 큰 스님은 물론
작은 스님과 연화 부인까지 모두 착잡한 표정으로 입을 꾹 다물고
있었다.

"무월랑께서 돌아가시기 전에 저에게 남긴 유언이 있습니다."

입을 꼭 다문 채 생각에 잠겼던 연화 부인이 드디어 결심이 선
듯 무겁게 입을 열었다.

"부인! 나는 이 신라 땅에서 다시 피바람이 일어나서는 안 된다
고 생각합니다."

무월랑은 병으로 쓰러진 뒤 하루가 다르게 몸이 쇠약해졌다.
연화 부인은 하루도 쉬지 않고 그의 곁을 지키며 정성껏 간호했다.

그러던 어느 날, 무월랑이 연하 부인의 손을 꼭 잡고서 가쁜 숨
을 몰아쉬며 말했다.

"부인. 나는 부인과 혼인해서 함께 사는 동안 참으로 행복했소.
더 바랄 것이 없어요."

"저도 행복했고, 또 행복합니다. 무월랑."

연화 부인은 남편 무월랑이 안쓰러웠다. 기상 넘치던 젊은 무

월랑은 어느덧 흰머리가 내려앉은 노인이 되어 누워 있었다.

"마지막으로 연화봉 부처바위에 다시 한번 가보고 싶은데⋯ 그러기는 힘들 것 같습니다."

"아닙니다. 어서 기운 차려서 저랑 손 붙잡고 꼭 다녀옵시다. 그러니 조금만 더 힘을 내세요."

"그렇게 할까요."

무월랑이 힘없이 말했다. 그리고는 다시 힘을 내어 연화 부인에게 당부했다.

"부인, 우리 주원이에게 꼭 전해주세요. 혜공왕의 죽음을 더는 파고 들지 말라고. 또다시 반란이 일어나면 우리 신라는 뿌리째 흔들릴 겁니다. 그러니 꼭 전하셔야 합니다."

그것이 무월랑이 남긴 마지막 유언이었다.

무월랑은 신라에 피바람이 다시 일어나는 것을 극도로 경계했다. 성덕왕 때 화랑으로 청년 시절을 보내고, 경덕왕 때 높은 관직 생활을 했다. 신라의 최전성기를 산 셈이었다. 그러나 무월랑은 그 이면에 숨겨진 것들이 걱정이었다. 기득권을 지키려고 혈안이 된 귀족들의 반발에 부딪혀 폐지되었던 '녹읍제'가 757년 경덕왕 대에 부활하였다. 더구나 경덕왕의 뒤를 이어 왕좌에 오른 혜공왕은 반란군에 의해 인질로 잡히는 참사가 일어났다. 김양상이 궁궐로 쳐들어가서 반란군을 진압했으나 혜공왕은 주검으로 발견되었다.

"혜공왕을 죽인 진짜 범인은 따로 있어. 반란군이 왕을 시해했다고는 하나 이미 처형되었으니 아무도 모르는 일이지. 원래 죽은 자는 말이 없는 법이잖아."

금성 정치가에 은밀한 소문이 나돌았다. 반란군이 왕을 죽인 게 아니라, 진압군의 손에 죽었다는 소문이었다. 사람들은 그 소문을 믿었다.

"누가 가장 큰 이득을 보았어."

"그야 왕좌를 차지한 김양상이지."

소문대로 반란군을 진압한 김양상이 왕좌에 올랐다. 피바람 끝에 차지한 왕좌였다.

무월랑은 그다음을 우려한 것이었다. 혜공왕의 죽음에 의문을 품으면 가만있을 자들이 아니었다. 또다시 피바람이 분다면 신라는 걷잡을 수 없는 혼란에 빠질 것이 자명했다.

김양상이 왕이 된 지 다섯 해 만에 죽자 그의 동생 김경신이 주원과 다음 왕위를 놓고 경쟁했다. 결국 태종무열왕의 6세손인 김주원이 알천을 건너지 못하는 바람에 김경신이 왕좌에 올라 태종무열왕계의 시대는 끝이 났다. 그리고 신라 왕위는 내물왕계의 차지가 되었다.

"부인, 나는 왕좌를 지키는 것보다 신라의 안위가 더 중요합니다."

그것이 무월랑의 마음이었다. 왕위보다 신라의 안위를 선택한 것이다

"큰스님!"

연화 부인이 다시 말을 이어갔다.

"무월랑의 유언이 이와 같은 데 지금 그 편지를 공개하는 것이 옳은 건지 저는 잘 모르겠습니다."

이것이 연화 부인이 무월랑의 유언을 꺼낸 이유였다.

나는 연화 부인이 처음 무월랑의 유언을 꺼냈을 때만 해도 뜬금없다고 생각했다. 하지만 이제는 연화 부인이 증거를 손에 넣고도 왜 공개를 망설이는지 그 마음을 알 것 같았다.

"아마도 또 피바람이 일 테지요. 김용상이 누굽니까. 새 왕이 된 김경신의 최측근입니다. 김경신의 지시 없이는 움직일 자가 아니지요. 그러니 왕좌를 지키려는 자들은 지키기 위해 칼을 빼 들 것이고, 부당하다고 여기는 자들은 그에 맞서기 위해 칼을 들 것입니다."

큰스님이 먼저 연화 부인의 마음을 헤아렸다.

"부인께서 무월랑의 유언을 지키고 싶은 것이지요?"

"그렇습니다. 스님. 무월랑이 신라의 미래를 선택한 것처럼 저도 그러고 싶습니다."

"그럼 봉인하도록 하지요."

그 자리에서 김주원 공 납치사건의 증거가 담긴 편지를 봉인하기로 결정했다.

용연사 대웅전 마당의 돌탑 보수공사가 시작된 것은 그로부터 며칠 후다. 금이 간 돌탑의 옥개석을 해체한 뒤 새로운 옥개석을 다시 올리는 공사였다. 명주 지역 최고의 장인이 만든 옥개석을 삼층 돌탑에 올렸다. 그때 증거가 담긴 편지를 새로 만든 옥개석 안에 넣어 봉인했다.

바람이 불었다. 보수공사를 마친 돌탑의 옥개석 위로 숲에서 불어온 바람이 사그락사그락 소리를 내며 스쳐 지나갔다.

"우주 낭자. 나는 먼저 들어가 보겠습니다."

마지막까지 돌탑 앞에 서 있던 연화 부인이 객사로 들어갔다. 돌탑 앞에 나는 혼자 남았다. 밤하늘엔 별이 총총하게 빛났다.

그 여자의 꿈

"또 꿈인가?"

수직으로 낙하한 작은 별똥별 조각이 돌탑을 간신히 비껴 내 앞으로 떨어졌다. 마치 꿈꾸는 것처럼 비현실적인 풍경이다. 깜짝 놀라 살펴보니 주먹 두 개 크기의 작은 돌멩이 같은 운석이었다. 습관적으로 운석을 집어 들었다. 하지만 큰 바위처럼 무거웠다. 그 바람에 나는 뒤로 발랑 넘어졌다. 이번에도 돌탑이 빙글빙글 춤을 추기 시작했고, 윙윙거리는 소리와 함께 누군가 저만치서 나를 부르는 소리가 들렸다.

"우주 보살님. 아침 공양 시간입니다."

용연사에 도착한 나에게 템플스테이 프로그램을 안내해 준 스님이었다.

"이게 그 돌탑인가?"

"그런 것 같은데…."

용연사 템플스테이에 참석한 젊은 대학생들이었다. 돌탑을 지나 공양간으로 들어가는 것이 보였다. 나는 정신이 번쩍 들었다.

참 경이로운 경험이었다. 돌탑에서 깨어난 나는 단숨에 뮤지컬 대본을 써 내려갔다. 하룻밤 만에 〈뮤지컬 명주 여자〉를 완성했다. 글을 써서 밥벌이를 시작한 이후 이렇게 막힘없이 단번에 작품을 완성한 건 처음 있는 일이었다. 마치 명주 여자 박연화가 자신의 이야기를 나에게 들려주는 것 같았다.

"살아보니 미래는 그냥 오는 것이 아닙디다. 내가 만들어가는 게 미래더군요. 나의 시대는 여성의 삶을 마을 밖으로 못 나가도록 가두는 시대였어요. 나도 그런 시대에 순응하며 살 수도 있었어요. 그러나 나는 그게 안 되는 사람입디다. 그 안에 나를 가두고는 도저히 살 수가 없었어요. 다행히 나에겐 나보다 앞서 살다 간 신라 여성들이 있었어요. 암벽 바위에서 만난 이름들 그리고 자초랑 부인… 당당하게 자신의 이름을 걸고 살았던 선배들이 나에게 큰 힘이 되어주더군요. 그래서 넘을 수 있었어요. 그 높은 골품의 벽을 넘을 수 있었어요. 그러니 우주 낭자도 힘을 내세요. 나의 후배들이여, 부디 힘을 내어 살아주세요."

강릉부의 남쪽에 큰 내가 있고 그 내의 남쪽에 별연사가 있으며, 그 절의 뒤쪽 언덕은 연화봉이다. 노인들이 전하기를, 주원공의 어머니 연화 부인이 여기에 살았으므로 이것을 따서 봉우리의 이름을 삼았으며 절은 곧 그 옛집이라고 한다. 절 앞에는 연지가 있는데 이름을 잉어지라고 한다. 노인들은 또 이렇게 말했다. 명주 때에 한 서생이 있었는데 이곳으로 공부하러 왔다가 처녀와 혼약을 했다. 그 부모는 알지 못하고 장차 시집을 보내려 하니 여자가 편지를 못 속에 던지자, 1자쯤 되는 잉어가 그것을 물어다가 서생에게 전하여, 그 인연을 이루었다고 한다. 지리지인 「동국여지승람」에도 기록되어 믿을만하다 하며 또한 여러 고적과 다른 문서에도 기록되어 있다.

(중간 생략)

신라 때는 명주라 하고 고려 때는 동원경이라 하였는바 신라 때의 유수(고을수령)는 반드시 왕자가 아니면 종친이나 대신의 자제를 임명하였으므로 주, 군, 현에도 나가게 되는데 이때 왕족이 되는 무월랑이라는 이가 청년으로 본주에 소임을 맡아와서 청정의 보좌 또는 대리역으로 있으면서 화랑도를 거느리고 산수를 유희하였는데 어느 날 단독으로 연화봉을 등산하고 두루 살피더니 그 봉 아래 연못이 있고 그 연못가에서 빨래하는 처녀가 있었는데 그 처녀가 심히 아름다울 뿐 아니라 보통 집 처녀가 아님을 직감하고 무월랑이 기뻐하고 말을 하였더니 그 처녀가 말하되 본 이는 사족의 몸으로 마음대로 처신할 수 없은즉 서둘지 마시고 낭이 만약 미혼이거든 청혼을 하여 약혼을 할 것이며 육례를 갖추어 나를 맞으소서, 그렇게 하면 소저도 허락할 것이며 맹세코 다른 데를 생각지 않을 것입니다. 한즉 낭도 그것이 옳다고 허락하고 돌아간 후 임기가 만기되어….

(중간 생략)

연화 처녀의 글임으로 무월랑이 이를 직접 휴대하고 금빛 잉어와 함께 왕에게 고한즉 왕이 크게 기이하다 하고 금빛 잉어는 궁내에 있는 못에 방류하고 대신에게 명하여 채단과 폐백을 갖추어 대신 한 명을 무월랑과 함께 명주로 다녀오게 하였다.

(중간 생략)

연화 부인은 수일 전부터 병을 핑계하고 일어나지도 아니하고 세수도 하지 아니하고 아프다고 기동을 하지 않음으로 어머니께서 꾸짖어도 듣지 아니하다가 무월랑이 왔다는 말을 듣고는 급히 일어나 세수 화장하고 옷을 갈아입고 나오므로 모두 농담하며 즐거워하였다. 그리고 모든 사람들이 신기한 일이라 놀래하더라.

  _ 교산 허균의 「성소복부고」 권지 7(규장각 소장)

소설에 대한 역사적 고찰

〈명주가〉와 관련된 전승 설화의 내용은 대체로 일치한다. 「강릉 김씨파보」에 전하는 설화의 내용은 다음과 같다.

신라 중엽 강원도 명주(지금의 강릉) 남대천(南大川) 남쪽 연화봉 밑에 서출지(書出池)라는 연못이 있고, 그 못가에 박연화(朴蓮花)라는 예쁜 아가씨가 살고 있어 날마다 못가에 나와 고기에게 밥을 던져 주었다. 이렇게 몇 해를 지내자 고기떼들은 연화의 발걸음 소리만 나도 물 위로 떠올라 모여들었다.

어느 봄날 하루는 연화가 못가에 나와 있으려니까 웬 서생이 자기를 보면서 못가를 서성이고 있었다. 여러 날이 지나 그 서생이 한 장의 편지를 떨어뜨리고 가므로 이상히 여겨 주워 보니 그것은 자기에게 사랑을 고백한 내용이었다. 서생의 이름은 무월랑이었다.

다음날 답장을 썼는데, "부모가 계시기 때문에 여자로서는 아무렇게 경거망동할 수 없는 것입니다. 부디 당신이 저를 사랑하신다면 더욱 글공부에 힘써서 입신양명을 하시면 그때 부모의 승낙을 받아서 당신의 아내가 되겠습니다"라는 내용이었다. 그 말에 감동된 무월랑은 서울(경주)로 가 열심히 학문에 전념하고 있었다.

한편 연화의 집에서는 나이가 과년하므로 혼처를 정하고 오래지 않아 날을 받아 성례를 시키려 하였다. 그를 안 연화는 편지를 써 가지고 못가에 나와, "너희들은 오랫동안 내 손에 밥을 먹고 자라왔으니 내 간절한 사정을 서울로 간 뒤 한 장의 편지조차 없는 낭군에게 전해다오"라고 사람에게 말하듯 하면서 그 편지를 물 위에 던졌다. 그러자 그 중에 가장 큰 잉어가 편지를 물고 물속으로 들어가 버렸다.

한편 서울(경주)에 온 무월랑은 어느 날 어머니에게 드리려고 큰 물고기 한 마리를 사 와서 배를 갈랐다. 이상스럽게도 그 속에 편지 한 장이 있어 떼어보니 분명 연화가 자기에게 보낸 급한 사연이었다. 이를 보고 무월랑은 자기 부모에게 자세한 이야기를 하고 그 길로 명주로 말을 달렸다.

명주에 도착하니 마침 새신랑이 문으로 막 들어가려는 순간이었다. 급히 가로막고 연화의 부모를 불러 그들의 진실한 사랑 관계를 이야기하였다. 연화의 부모가 이르기를, "이 지극한 정성이야말로 진정 하늘까지 뜻이 통할만한 일이다"라고 하면서 새신랑을 보내고 무월랑을 맞아서 사위로 삼았다.

_ 『한국민족문화백과사전』, "명주가(溟州歌)" 中에서

명주군왕릉(溟州郡王陵, 강원도 시도기념물 제12호)
강원도 강릉시 성산면 보광리 산 285번지 소재(사진 출처 : 문화재청 국가문화유산포털)

신라 하대의 진골 귀족으로 강릉 김씨의 시조인 김주원의 묘소이다. 그가 명주군왕으로 봉해졌기에 왕릉이라고 부른다.

태종무열왕의 둘째 아들인 김인문의 5세손으로 알려졌으나, 최근 연구에 의하면 무열왕의 셋째아들인 문왕의 5세손이라고 하며, 선덕왕이 죽은 후 왕위를 계승할 사람이 없자 왕가의 혈족인 그가 왕으로 추대되었다. 그러나 그가 경주로 가는 중에 큰비가 내려 강을 건널 수 없어 회의에 참석지 못하게 되었다. 이에 신하들은 하늘이 그를 왕위에 오르지 못하게 함이니 다른 사람을 뽑자 하여 김경신(후의 원성왕)을 왕으로 추대하였다.

김주원은 이듬해 선대로부터 인연이 있는 명주(지금의 강릉)로 와서 중앙과 대립하는 독자적인 세력을 형성하여 '명주군왕'으로 봉해졌으며, 강릉 김씨의 시조가 되었다. 원성왕은 그에게 통천에서 평해까지의 동해안 일대를 식읍(食邑: 공신에게 주는 땅)으로 주었다.

현재 묘역에는 봉분 아랫부분에 긴 사각형의 둘레돌을 두른 묘 2기가 앞뒤로 배치되어 있으며, 묘 앞에는 묘비가 있다. 좌우에는 망주석, 문인석, 동물석상이 한 쌍씩 세워져 있고, 동네 입구에는 신도비(神道碑: 왕이나 고관 등의 평생 업적을 기리기 위해 무덤 근처 길가에 세운 비)가 있다.

명주 여자 박연화

2022년 4월 30일 초판 1쇄 인쇄
2022년 5월 10일 초판 1쇄 발행

지은이 | 정종숙
펴낸이 | 김영호
펴낸곳 | 도서출판 동연
등   록 | 제1-1383호(1992년 6월 12일)
주   소 | 서울시 마포구 월드컵로 163-3
전   화 | (02) 335-2630
팩   스 | (02) 335-2640
이메일 | yh4321@gmail.com

ISBN 978-89-6447-797-7 03810